小匠女開業中 3

風文創 1196

染青衣 著

風 文創
1196

目錄

第四十九章

落霞山，得名於傍晚時分晚霞層疊之景。平日臨近傍晚時，山上會有不少遊人，凌晨卻人跡罕至。

此時，天色漸明，雖已入夏，山上仍舊冷風颼颼。

荀柳只覺得大腿被馬鞍磨得生疼，卻咬著牙不作聲，眼看前面的山路越來越曲折，心裡也越來越急。

王嬌兒早在幾個時辰前就到了落霞山，不知是否還趕得及救人？

前方拐過一道彎，道路豁然開朗，前面是一片寬敞的平地。臨近山崖之處，有一座廟宇，枯草叢生，廟門大敞，似是被荒廢了許久。

最令人膽戰心驚的是，廟門口竟躺著數具屍體，其中有護送王嬌兒上山的精兵，也有蒙面的黑衣刺客。

除此之外，還有兩輛馬車和幾匹來不及被騎走的馬。

荀柳認得那兩輛車，其中一輛便是王嬌兒經常乘坐，後來又借給牧謹言的那輛。

不好，他們來晚了！

王景旭面色冷寒，立即領著人下馬，翻看屍體。

不遠處，有人發現了線索，喊道：「公子，他們從這裡逃走了。」

荀柳剛準備下馬，聞言扭頭看去，果然有條通往廟後的小道，應該是繼續上山的路。

王景旭翻身上馬，帶人趕往那條小道。

荀柳看軒轅澈一眼，兩人也駕馬跟上。

一路上滿是雜亂的馬蹄印，分不清哪些是王嬌兒等人的，還是刺客的。

沒過多久，他們又在路邊看到一具精兵的屍體，背後插著一支羽箭，看來已氣絕多時。

王景旭臉色越發陰沈，一言不發，行進的動作卻更加急切。

荀柳也焦急不已，但她不願將情況想得最壞。

這時，馬兒忽然停在茂密的樹林前。

眾人忙拉緊韁繩，發現前面是一處斷崖，不見任何刺客，更不見王嬌兒等人的蹤影。

荀柳和軒轅澈跟隨王景旭等人下馬，王景旭走至斷崖處，蹲下身子查探。

荀柳走過去一看，只見不少馬蹄印在這裡徘徊幾圈，又折返回去。其中還有幾串馬蹄印硬生生停在此處，竟是奔著懸崖而去。

她倒吸一口涼氣，不用想也知道，懸崖下定然多了幾具馬屍。

依據廟門前的情況推斷，王嬌兒等人逃亡在前，那些刺客緊追在後。

然而，一路找到這裡，他們只發現一具屍體和一些羽箭，不見任何打鬥的痕跡。

雖然荀柳很不想承認，但在場眾人都明瞭，情況已是凶多吉少。若掉下懸崖的是那些刺客，他們不至於現在還找不到王嬌兒等人的蹤跡。

那些折返的馬蹄印，很可能是刺客的。而刺客折返只有兩種可能：任務已經完成，或是目標已死。

王景旭臉色鐵青，起身對眾人道：「下山谷找，活要見人，死……」狠狠捏了捏拳。「要見屍！」

荀柳心中難受非常，前幾日她才見過王嬌兒，還在為她的婚事出謀劃策，不想才過沒多久，便發生了這樣的事情。

她應該早些去王府的，讓靖安王等人得知西瓊太子之事還有其他解決之法，便不需要犧牲王嬌兒的婚事。

但現在說什麼都晚了。

她想著，便要跟著一起去山谷裡尋人，卻被軒轅澈一把抓住手腕。

「阿姊，等等。」

荀柳看向他，只見他蹲下身子，在那幾串止於崖前的馬蹄印旁邊抹了抹，又捏起一撮土撚了撚。

陽光下，灰土如粉，在他白皙好看的指尖散落。

軒轅澈嘴角露出一抹淺笑，回眸看她，起身順著痕跡走至斷崖旁的濃密灌木叢，伸出手撥開枝葉。

荀柳見他這副表情，知道他定然是發現了什麼，跑過去看，猛然一愣。

「這裡有人！」她衝著正準備下山谷的王景旭等人喊了一聲。

眾人立即圍上來。

王景旭看著那人，目光微閃，正是護送王嬌兒的精兵之一，身上、胸前插著好幾支斷掉的羽箭，已然了無生氣。

但他所在的位置卻極為奇怪，似是被人特意藏在這裡的。

軒轅澈搖頭。「他是自己藏在這裡的。那幾串馬蹄印旁的泥土，有被人刻意抹平的痕跡，我一路尋來，便找到了他。那群刺客行刺時，正是深夜，看得並不仔細，誤以為他們全部跌落了山崖。」

誤以為？這三個字讓眾人目光一亮。

「你說，他們可能躲過了刺客的追殺？」

這個時候，只要有一絲希望，王景旭都不會放過，不等軒轅澈回答，便派人去找。

然而，眾人找遍落霞山，卻不見半點人影。

「既然如此，又為何找不到人？」王景旭臉色更為冷沈。

荀柳也只能看著那具屍體乾著急。

軒轅澈神色冷靜，沈思片刻，忽然將目光投向斷崖。

「那裡可曾找過？」

王景旭眉頭一皺。「何意？」

沒等軒轅澈回答，他便恍然大悟，抬腿往斷崖走去。

荀柳緊隨其後，走至斷崖前，伸頭往山崖下一看，渾身一顫。

距離崖上不足一丈處，有一株斜長出來的老山楂樹，樹幹上掛著一根繩子，繩子兩頭各自捆著三個人，似是兩女一男。但三人的腳皆朝下，低著頭，看不清樣貌。

王景旭一喜，叫人把他們救上來。

人救上來了，卻發現王嬌兒仍舊不在裡面。

這三個人是王嬌兒的丫鬟香琴、牧母，還有一名面生的男子，應當也是護送王嬌兒的精兵之一。

三人唇色發白，似是吊在半空久了，被勒得血氣不通，暈了過去。除此之外，倒是沒有受傷。

幸虧軒轅澈觀察入微，找到線索，不然再多吊幾個時辰，就算三人沒斷氣，這繩子怕是也撐不住了。

王景旭命人餵水給他們喝，三人慢悠悠地醒過來。

「小姐……」

首先恢復神志的是香琴，情緒激動，剛醒來便亂抓對方的袖子。
「小姐！小姐！快救救我家小姐！」
王景旭聽見妹妹的稱謂，衝過來扣住她的手腕。「嬌兒怎麼了?!」
香琴這才看清楚，眼前不是別人，正是她家大少爺，立即跪倒在地，抽噎起來。
「少爺，小姐和牧公子掉到山崖下了，求您快去救救小姐！」
這句話使眾人的心又沈入谷底。本以為終於找到了人，不想希望變成了絕望。
王景旭一刻未敢耽誤，帶人上馬往谷底奔去，只留下幾個人照顧香琴等人。
荀柳抓住香琴，繼續問道：「香琴，到底怎麼回事？你們為什麼會在懸崖底下？」
「是那位大哥的主意。」
香琴哭著指了指旁邊從灌木叢中抬出來的屍體，正是那中箭身亡之人。
「他說我們抵抗不了，只能想個危險的法子，要我們設法把自己吊在那棵山楂樹上。他留在上面幫我們抹去痕跡，並逼著馬匹跳下山崖，造成我們已死的假象，這樣就可以騙過那些刺客。」
她越說越傷心，分不清是為了這位捨身取義的英雄，還是為了不知生死的主人。
荀柳聽完，滿心唏噓，不忍再問。
這時，牧母也恢復了神志，喃喃念叨著自己兒子的名字。
荀柳見狀，讓香琴幫忙照顧牧母，和軒轅澈重新上馬，跟著王景旭的隊伍，準備去山谷裡找人。

去山谷得回頭經過那座破廟，荀柳的目光微微掃過那些屍體時，注意到一件奇怪的事。

「小風，等等。」

軒轅澈停下來，荀柳下馬，走到幾具刺客的屍體旁，神色疑惑。

「阿姊？」

荀柳盯著屍體手上的長劍，對軒轅澈招手。

「你來看看。」

軒轅澈目光微動，下馬走去，見那柄長劍銀光閃亮，非同於一般兵器，只是上面有乾涸血跡，乍看並不明顯。

他打量了一眼，也是一驚。

荀柳提起長劍。「這劍紋，我只在一個地方見過。」轉頭看向軒轅澈，心中複雜萬分。

「鐵爐城。」兩人同時開口。

劍紋，顧名思義便是鑄劍師在鑄造兵器時，因為打鐵方式不同而產生的劍身紋路，每人有各自的特色。頗有名望的鑄劍師甚至以此作為自己的獨家標誌，內行人一看劍紋，便知是真是假。

荀柳手上拿著的劍，劍身是精鐵所鑄，劍紋呈柳葉層層疊加的形狀，是簡鶴與其徒弟袁成剛的獨門手藝。

但是，這些刺客怎麼會有鐵爐城的兵器？

還是說……五年前與那夥山匪勾結的，是西瓊人?!

當年，她對那群山匪運送兵器的方式，一直心存疑問。雖然匪寨和鐵爐城位於龍岩山脈深處，但就算用人力將兵器運走，也躲不過大漢關卡的盤查。

後來她聽說惠帝命蕭世安和賀子良共查此案，結果不了了之，便又猜測，或許這根本是蕭黨私自侵吞礦脈，謀求暴利。

有這些貪官打點，兵器自然能悄無聲息地運送出去。

即便這樣，還是有許多無法解釋的地方。比如那麼多兵器，到底被運去了哪裡？又有什麼用處？

她曾大膽猜測過，或許蕭黨早有謀逆之心，私囤兵器是為了起兵造反。但這個猜想很快便被推翻，因為那時蕭黨當道，蕭嵐地位穩固，比起禍亂後宮，謀反實乃下下策。

蕭黨挑撥離間的本事十分高明，配上惠帝那樣多疑且易妒的性格，實在是順風順水，三皇子奪得皇位只是時間早晚的事，何須畫蛇添足，多此一舉。

又或者，蕭黨早和昌國勾結，那些兵器是賣給昌國的？

但她想想，又覺得不可能。

彼時，唯一和昌國接壤的嶙州正戰火連連，兩國商隊根本無法往來通行，遑論北部還有雲峰把守，蕭黨更別想從他眼皮子底下運出任何兵器。

這個問題，她一直沒想明白，如今看到手上這柄劍，腦子裡很多思緒被捋順了。

若是這些兵器都被送到西瓊，就好解釋多了。因為龍岩山脈裡最天然方便的運輸途徑，便是靈河！

她記得，靈河源頭與鐵爐城，只相隔幾十里。

如此一來，不少疑問有了答案，但隨之又產生不少新問題。比如，當初那個斗篷人是誰？西瓊不過區區小國，蕭黨冒著被揭發的危險與之合作，圖的是什麼？而昌國與蕭黨，又是何種關係？

背後一定有一條重要的線索，但還沒被他們找到。

她抬頭看軒轅澈一眼，只見他眸色深沈，似是也在思索。

「真相早晚會水落石出，先找人要緊。」

荀柳說著，放下那柄劍，正想起身時，忽然覺得大腿內側鑽心一疼，身體不覺一歪，被軒轅澈眼疾手快地扶住了肩膀。

「阿姊？」

軒轅澈往低處一瞄，鳳眸波瀾微漾，眉頭輕輕皺起。「妳受傷了。」

荀柳順著他的目光，往自己大腿內側看去。因為下蹲的姿勢，裙襬被掀了起來，露出一點裡褲的顏色。

原本她大剌剌習慣了，反正裡面有穿褲子，也不怕什麼。

但今天的褲子裡，卻沁出一點血色。

糟了，看來她的大腿果真磨破了皮，剛才一起身，帶血皮肉黏到衣料上，猛地被撕扯，才這麼疼。

但王嬌兒現在音訊全無，她不可能待在原地，什麼都不做。

她看了看下面的山路，道：「沒事，這裡離山谷不遠，你先騎馬追上王公子他們，幫忙找人，我走下去便是。」

「不必，他們人手已夠，我陪妳一起走。」軒轅澈淡淡道了一句，便撒開韁繩，任由馬兒自行奔跑，扶著她的胳膊往山下走去。

荀柳見他堅持，沒再說什麼。

如今，她只希望王嬌兒和牧謹言吉人天相，千萬別真的出事才好。

谷中溪水潺潺，伴隨著鳥語花香，似乎有什麼熟悉的味道傳到了王嬌兒的鼻子裡。

她慢慢睜開眼，覺得渾身疼痛，費力地撐起身子，摸摸自己的額頭，發現那裡腫起一個高高的包。

她不敢再摸，打量周圍，見身旁幾株桃花開得正豔，剛才她聞到的味道，應該就是桃花香。

她記得，荀柳的院子裡便種著一棵大大的桃花樹。

不對，昨晚她是來尋牧公子的！

她立即爬起身，往四周尋找，果然在溪水旁看到熟悉的人影。

她慌張地跑過去，見牧謹言遍體鱗傷、雙目緊閉的模樣，淚水忍不住落了下來。

「牧公子！牧公子！你醒醒！」探到牧謹言還有呼吸，她才破涕而笑，抱著他的上半身，想要叫醒他。

她記得，方才因為馬匹失足，她和他不慎跌落懸崖，幸好被幾棵斜長在懸崖上的山楂樹攔住。

但牧謹言為了護住她，在兩人掉落的那一瞬間，用自己的背替她擋了撞擊。看這些大大小小的傷口，便知道他定然傷得不輕。

她叫喊許久，又接來溪水替他潤了潤唇，才見他悠悠醒轉。

「牧公子，你醒了！有沒有覺得哪裡疼得厲害？」

牧謹言似是還有些暈，半晌才看清眼前人是誰，發現自己竟然靠在王嬌兒的懷裡，立即想忍著痛挪開距離。

然而，這一動，背後便傳來鑽心的疼。

王嬌兒見他神色痛苦，著急地問：「怎麼了？是不是哪裡傷得重了？」

「不是。」牧謹言微微撐起身子。「還請王小姐幫我看看後背是否有異物？」

王嬌兒應下，將他扶起來坐好，轉過身去看他的後背，一看便是一驚。

「牧公子，你後背上扎著許多木刺，密密麻麻的，好可怕……」

「煩勞幫我拔一根下來。」牧謹言神色鎮定。

王嬌兒嚥了嚥口水，伸手拔出一根，遞到他跟前。

牧謹言看著木刺，苦笑一聲。「這是火刺木。」

「火刺木是什麼？不會有毒吧？」王嬌兒忍不住擔心。

牧謹言點頭。「只是小毒，過一陣子便好了。」

王嬌兒打量他半晌，忽然道：「你騙人！若毒性這麼小，你才不會皺著眉呢。你跟我哥哥一樣，總愛說反話，我要聽真的。」

牧謹言愣了愣，盯著她氣鼓鼓的臉頰，覺得有些好笑，只能老實交代。

「火刺木的毒確實不會致死，只是被刺中之後，傷口會如火炙烤般，疼痛無比，若未及時醫治，傷口會潰爛，屆時怕要剜肉療毒。不過，我身為男子，身上多幾處疤痕也不要緊，王小姐不必替我憂心。」

「還、還要剜肉啊？」

王嬌兒癟了癟嘴，光想到那個場面，便有些害怕。而且，若不是為了護著她，他也不會被火刺木傷著。

她想起從前看的話本。女主角和男主角雙雙跌落懸崖，男主角為了救被毒蛇咬傷的女主角，用嘴替她吸毒。

她又看了看他後背那些駭人的木刺，比蛇牙印兒還可怕。

男女授受不親，剛才她對他說了那般不害臊的話，大概已經惹得他厭煩了。這會兒又這樣做，他會不會更覺得她行事荒唐？

但哥哥說投桃報李，欠了別人的人情，須儘早還了。

反正，以後她嫁到別家，也見不著他，她才不想總欠著他人情。

她橫下心，捏了捏拳頭。就這麼辦吧！

第五十章

「牧公子，你往前趴，我幫你拔掉這些木刺。」

牧謹言未多想，覺得拔掉木刺也好，就順著她的話，上半身向前傾。

果然，他感覺到王嬌兒細心地替他拔刺。木刺一拔出，便覺得後背傳來一陣火辣辣的疼，只能咬牙忍著。

最後一根刺被拔出來時，他正想說話，後背火辣疼痛的地方，忽然覆上了一抹柔軟的涼意。

他驚得想轉身，一雙小手猛地抓住他肩膀。

「別動，我正在幫你吸毒，你差點害我將毒血吞下去了。」王嬌兒吐出一口毒血，頗為埋怨。

牧謹言似是沒見過這般行事大膽，還理直氣壯的閨閣小姐，一時間不知該如何是好。

「王小姐，男女授受不親。若傳出去，在下一介男兒無所謂，可妳女兒家的名聲……」

「那又怎樣，反正我馬上要嫁給不喜歡的人，我才不管他們會怎麼想呢。」王嬌兒帶著氣道：「你別動，吸都吸了，毒還是清掉比較好。」

她說著，又不管不顧往他背後貼上去。

牧謹言身體虛弱，想阻止也阻止不了，只能難耐地忍受著背後怪異又曖昧的感覺。

王嬌兒終於將毒血吸乾淨，這才跑到溪邊，用溪水漱了漱口，再走回來。

牧謹言看著她，神色複雜，半晌後道：「昨夜王小姐所說之事，若王小姐依然願意，我便登門。」

王嬌兒神色一喜，但想了想又問：「如果我沒替你吸毒，你還會這麼說嗎？」

牧謹言沈默不語。

「我就知道。」王嬌兒氣鼓了臉。「婚事勉強不來，你不願就是不願，不必因為我替你吸毒就改變主意，我才不稀罕這樣的夫君呢。」

她的目光暗了暗。「你放心，吸毒的事，天知地知，你知我知。只要你我不說，別人也不會知道，更不用擔心會壞了我的名聲。」

牧謹言凝視著她的側臉不語。

這時，山谷的上方突然傳來叫喊聲，其中有幾道聲音，王嬌兒熟悉至極，正是王景旭和荀柳。

她連忙站起身，衝著聲音的來處，大聲喊道：「哥哥，荀姊姊，我們在這裡！」

荀柳聽到王嬌兒的聲音，立時鬆了口氣，再看不遠處的王景旭，他已然比她快一步跑了過去。

「嬌兒，妳可有事？」

王嬌兒搖搖頭。「幸好崖壁上有不少山楂樹，我們沒摔傷。但是牧公子為了護住我，被火刺木刺傷，得盡快回去醫治。」

王景旭見妹妹四肢完好地站著，身上雖髒污不堪，有許多細小傷口，裙襬還被刮爛了，但似乎沒受到重傷，遂放下心。

「那就好。」

他又看向坐在地上、一臉蒼白的牧謹言，十分有誠意地行了個禮。

「多謝牧公子相救。」

牧謹言神色複雜地看王嬌兒一眼，正準備開口說話，卻被王嬌兒打斷。

「哥哥，有話留到以後說吧，我累了，牧公子的傷還要盡快治呢。」

王景旭點頭。「事不宜遲，我們回府。」

荀柳發現牧謹言欲言又止的樣子，有些納悶。但現在人多眼雜，只能先忍下疑問。

王景旭派了一批人處理那些刺客的屍體。

荀柳大腿有傷，和王嬌兒主僕同坐一車；另一輛車，則留給牧謹言母子。

香琴得知自家小姐沒事，十分高興，但王嬌兒臉上卻絲毫劫後餘生的欣喜也無，也沒了平日的朝氣，顯得心事重重。

荀柳撩開車簾，打量前面的馬車一眼，目光正好對上騎馬的軒轅澈。

他彎唇一笑，緩緩靠近她，從袖中掏出一樣東西遞過來。

荀柳愣愣看著那襯著白玉瓷瓶煞是好看的指節。「這是什麼？」

「方才從刺客身上搜出來的，是上好的金創藥。阿姊那裡的傷，最好早些處理，我替阿姊守著車窗吧。」

荀柳心下一暖，沒想到他居然還記著這件事。不過，一提起「那裡」兩個字，她還是有些莫名的尷尬。

「好。」她放下車簾，背過身去抹藥。

王嬌兒見她勾著頭幫自己抹藥的滑稽樣子，忍不住開口。「荀姊姊，我來替妳抹吧。」

大家都是女孩子，荀柳沒矯情，將藥交給王嬌兒。

看王嬌兒抹個藥還板著小臉的樣子，荀柳忍不住問起昨晚的事。

「嬌兒，妳跟牧公子到底怎麼了？」

嬌兒抿著嘴不說話。

荀柳看她臉色確實不好，香琴也對她微微搖頭，便憋住了話，不再追問。

想也知道，定是那件事沒成功。

然而，擦完藥，王嬌兒卻主動開口。「荀姊姊，我怕是要嫁到陶家去了。」

「為何？」荀柳有些驚訝。「妳不喜歡陶家，這幾天另尋一家便是，現在已經不需要妳犧牲婚事。」

「不，荀姊姊，是我自己想通了。這世上或許是有好男兒，但好男兒不一定心儀我。我現在才明白，尋得心儀之人不是難事，難的是情投意合。」

王嬙兒臉色暗淡。「雖然爹爹總是說我任性，但我不傻，無論我嫁到誰家，若是靖安王府還在，我便吃不了苦；相反地，若是靖安王府出了事，我也不會有好下場。

「西瓊太子想拿我做文章，就算有別條路可選，若我一日未嫁人，便一日有可能成為靖安王府的掣肘。我不想連累祖父他們，陶家是我最快且最好的選擇。」

是除了牧謹言之外，最好的選擇吧？

荀柳想起方才在山谷裡牧謹言欲言又止的樣子，總覺得事實可能不像王嬙兒想的這樣，又看看王嬙兒的神色，便不說話了。

終於到了碎葉城內。

因為牧謹言背上的傷不能再耽擱，王景旭派人送他去附近的醫館。

軒轅澈擔心荀柳腿上的傷口留疤，也要帶著她一起過去。王嬙兒等人則要跟王景旭回靖安王府。

兩隊人要分開時，荀柳特意觀察了下，發現牧謹言果然盯著王嬙兒的馬車，許久未回神，更加覺得兩人之間肯定還有別的事。

「據我所知，火刺木的毒不會過了兩個時辰還未發作。」軒轅澈忽然輕聲說了一句。

荀柳轉過頭看他。「什麼意思？」

軒轅澈意味深長地看牧謹言一眼，但笑不語。

到了醫館，老大夫差會一點醫術的孫女替荀柳看傷。

重新敷了藥，荀柳才覺得好多了。

出來時，她瞥見牧母在臨屋裡照看牧謹言，看樣子，似乎也是剛敷完藥。

她想了想，走到門口敲門。「牧伯母，牧公子。」

牧母見來人是她，欣然道：「是荀姑娘啊，快進來坐。妳可好些了？」

荀柳瞧著她容光煥發的樣子，想起她的壽命只剩下幾天，心裡莫名發酸，笑著開口。

「我好多了，小傷而已。牧伯母，我有些話想跟牧公子單獨說，不知您能不能……」

牧母會意，回頭看兒子，見他點頭，便對荀柳笑了笑，先去大堂幫他抓藥了。

等牧母走後，牧謹言才看著荀柳。「荀姑娘是想問我關於昨晚之事？」

荀柳點頭，心想牧謹言為人果然坦蕩。

但還未等她說話，牧謹言先一步道：「荀姑娘不必來當說客，等在下治完傷，自會去靖安王府登門拜訪。」

荀柳愣了愣，情況跟她想像中不太一樣啊。

「我不太明白，牧公子說的是什麼意思？」

牧謹言沈默，不打算解釋。

荀柳想起方才軒轅澈說的話，神色懷疑道：「牧公子，昨晚你未答應嬌兒，今日卻改口，你和嬌兒是否還隱瞞了別的事情？」

前因後果，她大概也猜到了一半。能逼得坦蕩君子改口，山崖下又是那般情況，多半是因為兩人逾矩了。

「牧公子，我不是來當說客的。方才在車上，嬌兒已經決定要嫁到陶家，想必她決意如此，是因為確定了牧公子的心意。容我多一句嘴，若牧公子心不在此，便與陶家公子無甚區別，或許更不如陶家公子會曲意討好。牧公子可明白我這話的意思？」

她說著，站起身。「嬌兒鼓起勇氣向靖安王和世子請命，連夜上山尋你，並不是為了求一個貌合神離的夫君。如果牧公子給不了嬌兒想要的，還是放手為好。」

牧謹言愣了許久，見荀柳轉身要走，有些惶然道：「既不是來做說客，荀姑娘此番來找我，又是為何？」

「我來找你，是我以為牧公子一路頻頻看嬌兒，是對嬌兒有意，看來是我看走眼了。牧公子不必擔心，嬌兒若嫁到陶家，西瓊太子自然無法再生事。感情之事不能勉強，牧公子無須心存愧疚。」

她以為，話說到這裡，就到此為止，沒想到牧謹言卻驚得坐起了身子。

「荀姑娘此言何意？為何還扯上西瓊太子？」

荀柳滿臉驚訝。「嬌兒沒告訴你？」

「她未說。」牧謹言神色複雜，竟帶著一絲焦急。「懇請荀姑娘解惑。」

荀柳想了想，將西瓊太子以王嬌兒威脅靖安王的事告訴他。見他愣怔不語的樣子，又忍不住嘆氣。

「這麼好的法子，她居然沒用，看來是不想讓你為難。沒想到這丫頭平時愛撒嬌，對心上人竟好到這個分上。也罷，牧公子，那我先走了，你好好養傷吧。」

她又看了仍未回神的牧謹言一眼，轉身出了房門。

軒轅澈正在醫館大堂等她。

荀柳並未把牧謹言和王嬌兒的事情告訴他，在他替她抓藥時，先一步走出醫館，想散散渾身的藥味。

就在這時，她忽然瞥見一道奇怪的人影出現在不遠處的街角。

那是一名男子，穿著玄色斗篷，寬大兜帽蓋住了他整張臉，只露出弧線優美的下巴。

她一驚，想追上去，但一晃眼的工夫，那道人影便消失在人群裡。

身後傳來軒轅澈的聲音。「阿姊在找誰？」

荀柳心神不定，回頭看他，猶豫半晌才道：「小風，你還記不記得當初在鐵爐城匪寨裡看過的斗篷人？」

軒轅澈目光微閃。「記得，妳看到他了？」

荀柳點頭。「不知道是不是他，我只來得及看見一道十分相似的背影。若真是他，是不是就能證明西瓊確實跟鐵爐城的事情有關？不然這也太巧了。」

軒轅澈眸中閃過一絲寒光。「我會派莫離去查，無須擔心。」

她怎麼可能不擔心？若她之前的猜測都是對的，證明西瓊多半跟蕭黨有勾結。這次西瓊太子帶來的風波，說不定蕭黨也參與其中。若真是這樣，表示他們這五年的安生日子要到頭了，本以為與世無爭的碎葉城不再安全。

「阿姊。」軒轅澈溫聲喚道：「一切有我。」

荀柳望向他，只見他眸如深潭，莫名讓人有種安定內心的力量，笑著點點頭。

「我知道，阿姊不怕。」

「荀姑娘。」

這時候，牧謹言被牧母攙扶著從醫館走出來。

荀柳看去，覺得他身上似乎也多了些變化。

「謝謝方才姑娘所言，在下依舊要去靖安王府一趟。」

「為何還要去？我方才的話，公子莫不是還沒聽明白？」荀柳有些無奈。

牧謹言朗朗一笑。「不，在下聽得很明白了，現在在下去王府的理由，已與一刻之前有所不同。此次我去王府，是為了自己。」說完，便和牧母上了馬車。

站在一旁的軒轅澈挑眉。「阿姊，方才妳與牧公子說了什麼，我怎麼不知道？難道阿姊方才故意避著我，與他在房中私談？」

荀柳裝作無事般，眼珠一轉，叫馬車停下，找了個藉口，說是也要去王府一趟，便一頭鑽了進去。

軒轅澈看著她倜促的背影，眼底閃過一絲深深的笑意，卻沒跟上去。

等馬車走後，他收起笑，走到一處無人的巷子中，跺了跺青磚。

數道人影閃出，三個打扮各不相同的男子跪在他面前。

「公子。」

軒轅澈嘴角沁著一抹涼意。「去查查西瓊太子最近與何人往來。」

「是。」

三道人影一閃，消失在巷子裡。

大街上，尋常的攤販和路人中，又多了三道互不相識的身影。

另一邊，荀柳和牧謹言母子到了靖安王府。

本來荀柳想陪同他們一起進去，這般便省了很多麻煩，能更快見到靖安王，卻被牧謹言抬手拒絕。

「既是親自拜訪，便不能藉助他人之力，禮不可廢。」

他說著，走到守衛前，鄭重地遞上一封拜帖。

守衛看他一眼，讓他在門口等候，進去報信。

許是近幾日牧謹言在君子軒一戰，名聲大噪，又加上昨日的事，不一會兒守衛便出來傳話，二人可以進去前廳等候。

牧母本來還有些忐忑，她並不知道兒子的打算，還擔心王府嫌棄他們家境貧寒，拒不接見，沒想到居然這般順利。

「謹言……」

「娘，沒事。」牧謹言安慰牧母幾句，衝著荀柳點點頭，走了進去。

荀柳並未跟上，而是轉道去了王嬌兒的院子。

正巧，世子夫婦和王景旭夫婦也在院子裡安慰王嬌兒，她只聽到隻言片語，似是正在商議王嬌兒嫁去陶家的事。

這下，荀柳倒是不知道該不該進去了。畢竟這是人家的家事，她摻和過一次，但不能回回都摻和啊。

她正準備轉身，世子妃姚氏瞥到她的身影，忙喚道：「荀姑娘。」

王嬌兒本來悶悶不樂，瞧見荀柳後，笑著過來挽住她的胳膊。

「荀姊姊，爹娘準備與陶家商量，過幾日便完婚。這幾天，妳留在王府陪我可好？」

方詩瑤見狀，扯出笑容。「嬌兒若是無聊，可以去我那裡坐坐，何必麻煩荀姑娘？」

「不，嫂嫂懷著身孕，我怕碰著我的小外甥，還是讓荀姊姊陪我吧。」

什麼怕碰到，明明是比起她，王嬌兒更喜歡荀柳。

方詩瑤的臉色頓時有些不好看，不由望向站在一旁的夫君，卻見他面無表情，似乎也沒打算替她說幾句話。

姚氏看著女兒這般強顏歡笑，心裡酸澀。

「嬌兒，如果妳不喜歡陶家，不如我們再相看相看？」

「娘，我很中意陶家，不必換了。」王嬌兒笑得歡喜，然而那雙亮晶晶的笑眼裡，卻少了往日的神采。

王承志見狀，也忍不住嘆了口氣。

荀柳打量眾人的臉色，尷尬道：「或許你們不用這般擔心。剛才牧公子跟我一道來的，此刻正在前廳面見王爺，事情可能還有轉折。」

「妳說什麼？」王嬌兒愣了一下，抓著荀柳的胳膊笑起來。「牧公子也來了?!」

王承志皺眉。「出爾反爾，非君子所為。嬌兒豈是他想拒就拒，想娶就娶的？」

「爹爹。」王嬌兒不依地叫了一聲。「我想去前廳瞧瞧。」

「妳一個女兒家，怎能去前廳與男子議事？」

「女兒家又如何？昨日你已經破例，還在乎這點俗禮？若是我女兒能嫁得良婿，這些我都不在乎。嬌兒，娘陪妳去。」

王承志的話還未說完，就被姚氏打斷了，率先抬步往外走去。

王嬌兒看了神色尷尬的自家爹爹一眼，又衝著荀柳俏皮地吐吐舌頭，轉身跟上姚氏。

荀柳不好多待，向王承志和始終未發一言的王景旭夫妻行了個禮，跟著離開。

身為外人，她自是不好繼續跟著王嬌兒等人進前廳，便去找了老管家，請他派人跑一趟，告訴軒轅澈他們，這幾天她暫時住在靖安王府，不回去了。

第五十一章

荀柳與老管家說完，剛回到前院，得知王景旭也跟在姚氏母女身後，一起進了前廳。

不久後，前廳大門一開，王嬌兒羞澀地挽著姚氏的胳膊走出來，牧母則跟在姚氏身側，臉上帶著受寵若驚的表情，姚氏說一句，她才敢答上一句。

靖安王面帶笑容，看來很中意牧謹言這個孫女婿，王承志方才臉上的不悅也散去不少，三個男人並肩邊走邊談，氣氛十分融洽。

看來這婚事八成是妥了，折騰這麼久，總算有了好結果。

靖安王父子還有差事在身，閒談幾句，便離開了。

要分開時，牧謹言衝著姚氏作了個揖。「世子妃，可否容我與嬌兒單獨說幾句話？」

王嬌兒面色一紅，姚氏好笑地瞥自家女兒一眼，點點頭。「可以。」

荀柳也打趣道：「嬌兒，那我在這裡等妳，可別太久。」

王嬌兒睨她一眼，羞羞怯怯地跟著牧謹言出去了。

姚氏又和牧母寒暄幾句，笑著離開，只留下荀柳和牧母。

正是花紅柳綠時，荀柳和牧母站在院中，望著廊下的一對人影，女兒嬌俏，男兒俊秀，端的是讓人賞心悅目。

「沒想到我兒竟有緣當王府女婿。」牧母忽然微微笑道：「往後，我不必擔憂他孤苦伶仃了。」

荀柳微微一驚，見牧母正看著廊下那對人影，眼中既有不捨，也有寬慰。

「伯母，您為何這樣說？往後您有兒子跟兒媳承歡膝下，或許還會再添兩、三個孫兒……」

「荀姑娘，妳不必騙我。」牧母笑著打斷她。「這世上哪有什麼起死回生的湯藥？我老嫗雖不懂，但可以問。」

荀柳喉頭一哽，半晌才道：「您都知道了？」

牧母慈和地笑了笑，沒回答她的問題，只道：「荀姑娘，我想托妳替我辦件事。」

「您說。」

「謹言有大才，但這幾年他為了我的病奔波，散盡家財，未將心思放在科考上。我過世後，希望荀姑娘能替我勸他，莫要為我守喪，為自己的前程好好盤算盤算。這樣，我便能瞑目了。」

牧母說完這話，臉上笑容溫暖至極，竟已生死無懼。

荀柳忍不住心酸，鄭重點頭。「好，我一定替您好好勸他。」

「謝謝荀姑娘。」

兩人的話剛說完，便見那邊的一對人影過來。

荀柳對牧謹言點點頭，抬步朝王嬌兒走去，身後傳來牧母歡喜非常的聲音。

「我們這就回去籌辦婚事，哪怕家中簡陋，也不能虧待人家姑娘，知道嗎？」

「是，娘，一切由您作主，往後我和嬌兒一起孝敬您。」

牧母的聲音哽了哽，笑道：「好。」

婚期訂在五日後，婚禮當天便是她最後一日壽命，談何孝敬？

荀柳忍住心中的酸澀，笑問王嬌兒。「方才牧公子與妳說了什麼？」

王嬌兒想到剛才在廊下，男子對她的溫言軟語，臉頰忍不住一紅。

「昨晚，小姐曾說，妳願飛蛾撲火，賭我是妳的命定之人，那時我只當小姐是任性之言。但如小姐所說，這世上的人千千萬，尋一個如小姐般坦率可愛之人，卻是難如登天。在下雖不知自己是否是小姐的命定之人，但餘生且長，願隨小姐一試。」

這是她這輩子聽過的最動人的話，覺得自己沒選錯人，即便嫁過去要忍受貧苦，也覺得值得。

荀柳見王嬌兒含羞帶怯，不打算告訴她，便沒繼續追問。

王嬌兒的婚事已定，西瓊太子應該不會再鬧事了吧？

第二天，西瓊太子又親自登了王府的大門。

荀柳得到消息時，正好在王嬌兒的院子裡，幫她挑選婚服。

王嬌兒聽見又是西瓊太子，氣憤不已，隨手將婚服丟在桌子上。「這西瓊太子真是煩人得很，他又想來幹什麼？」

香琴卻道：「小姐，西瓊太子這次好像不是來找碴的。方才我在前院看到他帶來半輛馬車的奇珍珠寶，對王爺和世子也是笑臉相向，不知道到底打了什麼主意。」

「還帶了禮物？」王嬌兒也覺得不對勁，看向一旁的荀柳。「荀姊姊，妳說他是來幹什麼的？」

荀柳搖搖頭，心裡也是一團亂麻。

這幾日，她一直在想落霞山上的那些刺客，想西瓊和蕭黨之間的關係。但無論怎麼想，總覺得裡頭還有什麼事情沒摸透，更別說去猜西瓊太子的心思。

不過，靖安王行事老辣，必定應付得了他。

前廳裡，靖安王和王承志互換眼色，便一同看向對面的西瓊太子顏修寒。

顏修寒笑了笑，道：「王爺，世子，小王剛剛才聽到消息，說是王小姐前晚在落霞山遇刺，幸而王小姐沒事，不然可真是遺憾了。小王備了些薄禮，聊表安慰……」

「太子殿下。」他的話還未說完，便被靖安王冷言打斷。「你的心意，本王替嬌兒收下了。但這些奇珍異寶，還請收回，不然若是讓旁人知曉，誤會你我互通利益，引起不必要的後果，就不好了。」

他說著，抬頭掃顏修寒一眼。「還有，嬌兒將於五日後成婚。這是她自己中意的夫婿，怕要辜負殿下的青睞了，請殿下再另尋佳緣。」

靖安王的語氣已經算重，但顏修寒卻一絲不悅之色也無，嘴角的笑意甚至更大了些。

「小王已有耳聞，可惜小王一片真心，不得佳人歡喜。不過小王能成人之美，這些奇珍也可當作新婚賀禮。這次小王過來，是來告辭的。」

此話一出，王承志不動聲色地看靖安王一眼，對顏修寒笑得十分溫和。

「太子殿下只在碎葉城歇息了兩、三日，為何要急著走？我與殿下投緣，本想再尋機會，與殿下喝酒談天呢。」

顏修寒也笑咪咪。「世子才情過人，小王本也有心深交，無奈求和之事為重，小王須儘早進京，才不負父王所託。」

「欸，求和之事不急於這兩日。不如殿下再待幾天，我可親自帶你領略領略碎葉城的風土人情。」

兩人你一言、我一語，都在打太極。兩人都知道，一個不愛酒，一個不談文，怎麼可能深交？

顏修寒臉上的表情漸漸不耐，乾脆抓起桌上的茶灌了一口，眼角之間，已隱隱露出一絲殺氣。

王承志見狀，目光轉了轉，笑了起來。

「小女四日後大婚，懇請殿下留下，一起慶賀後，再啟程上京。待得歸來日，你我再一同喝酒暢飲，如何？」

靖安王撫鬚道：「如此甚好。」

顏修寒目光微閃，掃了兩人一眼，神色緩和不少。「好，就如王爺和世子所願，使團四日後動身。」

事情談完，顏修寒似乎也不願多待，敷衍地說了幾句，便走出前廳。

兩個守在廳外的西瓊護衛見狀，跟在他的身後離開。

廳內，王承志望著顏修寒的背影，神色複雜。「難道他已經察覺我們的動靜？」

靖安王冷哼一聲。「這西瓊太子奸猾得很，派人看緊了。」

此時，王嬌兒的院子裡，荀柳和王嬌兒主僕還在討論此次西瓊太子的來意，忽然有個小丫鬟從院子外跑進來。

「小姐，荀姑娘，外頭來了個叫莫笑的姑娘，說是來找荀姑娘的。」

莫笑？她來幹什麼？

「讓她進來。」荀柳想了想，又道：「等等，我和妳一道出去，正好將挑好的婚服交給管家。」

小丫鬟點頭，幫荀柳抱著婚服，一起往外走。

兩人走到門口，果然見到莫笑，她手上還提著一個小食盒，裡面裝著不少吃食。

莫笑一看見荀柳，笑著走上前。

「姑娘，這是小公子差我做的，都是妳愛吃的點心，吩咐我留在這裡，說是別家小姐都有丫鬟伺候，總不能讓妳早上洗臉，還得自己打水。」

荀柳好笑道：「我自己打水又怎麼了，又不是手腳不能動。」

莫笑搖搖頭，臉上笑意更深。「小公子說，妳最不喜歡幹力氣活，小時候，總是差他去打水的。」

這渾小子，越來越會拆她的臺了。

荀柳暗自腹誹軒轅澈，無奈地答應讓莫笑留下。

兩人正準備進去時，有人走出王府門口，為首之人棕髮墨瞳，舉止尊貴，和身後兩人皆是一身異域打扮，應該就是西瓊太子了。

她拉著莫笑往旁邊退，目光無意中掃過西瓊太子身後的兩道人影，瞥見其中一人的眼睛，忽然渾身一震——

「等等！」

莫笑一驚，立即抬頭，和王府守衛們齊齊看向竟有膽子衝著西瓊太子吆喝的自家姑娘。

顏修寒似是沒想到有人敢對他這般大喊，饒有興致地轉過頭，看向出聲的女子。只見她穿著普通，長相也只能算是清秀可人，唯一讓人稱讚的，是那雙燦若星河的笑眼。

然而，荀柳的目光不是看向他，而是看向他身後的護衛。

莫笑沒來得及拉住荀柳，她喊完，便朝那名護衛跑過去，還膽大地拉住他的袖子。

「哥哥，我終於找到你了！」

荀柳拉住那護衛，異常燦爛地笑著，惹得顏修寒高高挑起了眉，另一個護衛也忍不住扭頭看向她。

「姑娘認錯人了。」

嗓音平平無奇，除了那雙眼睛很相似，表情和聲音卻不是她想像中的那人。

難道，真是她看走眼了？

荀柳又仔細地打量對方一遍，見對方仍舊面無表情，似是對她很不耐煩一般，才鬆開他的袖子。

「抱歉，或許真是我認錯人了。」

荀柳對三人抱歉地笑了笑，退回到莫笑身邊。

顏修寒並未在意，只微微掃了荀柳一眼，便轉身上車。

馬車駛離後，莫笑見荀柳仍舊盯著馬車不放，忍不住問道：「姑娘，我從未聽您提過，您還有個哥哥。」

荀柳回過神，衝她笑了笑。「無事，不過是從前認識的人罷了，是我認錯了。」

她方才叫那護衛一聲哥哥，是為了找個可以解釋的藉口。她真正懷疑的，是他的身分。

那人的眼睛，極像是五年前在龍岩山匪寨裡見過的斗篷人。那段經歷驚心動魄，她自認絕不會認錯。

但剛才那人神色如常，如一般護衛，看不出任何問題。她本以為斗篷人易容換裝，跟著西瓊太子來了王府，或許是她這幾日思慮過甚，看錯了。

她想也想不通，遂轉身進去。

希望軒轅澈那邊能查到一些有用的消息。

此時，一品樓二樓雅間。

天氣漸漸熱了起來，雅間內檀香冉冉，軒轅澈身著一襲雪青薄衫，腰配同色玉石腰帶，一頭墨髮只用一根木簪鬆鬆束在腦後，白如瓊脂的指節打著一把紙扇。

那紙扇也與一般紙扇不同，兩側皆是同處山景，然而一面是花紅柳綠時，一面則是冬雪皚皚日。

更令人側目的是，他腰側佩的既不是玉，也不是劍，而是一個四四方方、約小兒拳頭大的木頭玩意兒。但要說奇怪，這東西戴在他身上，卻又有一種說不出的契合感。

「公子，近日朝中很不尋常。皇上日益醉心求道，蕭皇后把持後宮以來，如今宮中已有三年未再納入妃嬪，我們安插進去的人也盡數被她斬殺。蕭世安更是狡猾至極，年前徐州官員勾結貪腐之事被揭發後，皇上一怒之下斬殺了幾人，蕭黨便再無動靜，近日太子甚至主動請願帶兵去憲州剿匪。」
說話這人頭戴斗笠，口音不似西關州人，坐在軒轅澈對面，語氣擔憂。
「還有，禁衛軍統領蕭朗不知何故，開始重查五年前雲貴妃的死因，甚至說是有人縱火殺人，並偷天換日綁走了二皇子。」
最後一句話，讓軒轅澈手中搖扇的動作微微頓了頓，但也只是一瞬，隨即又恢復了慢條斯理的樣子。許久後，嘴角勾起一抹淺笑。
「暗鬥不過，便乾脆轉暗為明，蕭世安是想逼我現身。」
「所以，賀大人派我來問您，接下來該如何處置？」
摺扇又緩緩打了幾下，軒轅澈微微抬眸，一雙鳳眼攬月藏星，竟泛著一絲幽暗而又惑人的光。
「那便讓他查。賀大人那裡，不正留著我的東西？在龍岩山脈深處找出一具身穿宮衣、頭戴金冠的童屍，對賀大人來說，應當算不上難事。」
「公子的意思是……」
軒轅澈輕笑著，搖了搖摺扇。「母妃之死，他只傷心了數日。不知這一次，他的傷心能否讓蕭世安再落敗一次？」
這句話引來斗笠人的側目。
眼前人的面容更似當年貌動京城的雲初霜，但舉手投足之間，卻已有君王之威。

他又想到朝中太子軒轅昊，雖貌似惠帝，但為人陰狠毒辣，行事比其母蕭皇后還要張揚幾分。

惠帝年輕時好歹也算個英明的君王，無奈久居高位，又聽信讒言，如今卻是越發昏庸無道。不知他若是看到流落在外的兒子成長得如此出色，會是什麼感想？或知道兒子談起他時，是這般雲淡風輕的語調，又會是什麼想法？

「既然如此，公子，那我先告辭了，賀大人那邊還等著我的回信。」斗笠人藏起心中想法，起身向軒轅澈作揖。

他轉身時，發現雅間門外多了一道身影。看身段和髮型，知是女子，便看軒轅澈一眼。軒轅澈衝著他微微搖扇。

斗笠人會意，打開雅間的窗戶，運起輕功，閃身跳窗離開。

斗笠人離開之後，軒轅澈這才抬眸看向門外的身影，眸色微沈，起身緩步走近門邊。在那人的腦袋幾乎要貼在門框上時，他神色一冷，拉開了門。

「哎喲！」

女子似是剛要將手撐在門框上，門卻突然一開，頓時失去重心，眼見便要跌進眼前男子的懷裡。

她未感覺害怕，甚至還有一絲絲的期待。

然而，「投懷送抱」的情節並沒有像她意料中那樣發生。

軒轅澈腳步輕移，竟避開了她的身子。頃刻之間，她便摔了個狗吃屎。

「小姐！」

站在門外的丫鬟立即上前扶起女子，女子不是旁人，正是幾日未見的方詩情。

自從上次負氣離開君子軒後，她一直覺得不甘心，又在君子軒等了幾日，卻未再見過軒轅澈的身影。

她越等越焦心，乾脆又試著之前的法子，讓人打聽出他的行蹤，帶著丫鬟跟過來。

但她沒想到，生平第一次偷聽人說話，便被對方抓了個正著。

這也就罷了，被抓住之後，還以這麼不雅的姿勢在他面前摔倒，不由更覺得委屈。她好歹也是刺史千金，如何能自跌面子到這分上。

這一切，還不是因為眼前男子一而再，再而三地不留情面。

她抬起臉，怒瞪著軒轅澈。芙蓉粉面杏兒眼，雖是生氣，卻別有一番美人姿態。

然而，軒轅澈卻絲毫不在意，合起摺扇，面色冷淡道：「不知方小姐這次主動跟來，又是為何？」

方詩情面色一紅，臉上露出一絲難堪。

「你胡說什麼，誰說我是跟來的？我只是湊巧來用飯，方才不小心崴了腳，靠一靠門框罷了，誰知你突然開了門……」

「這麼說，還是在下的錯了？」
軒轅澈輕勾起一抹笑，只是那笑意不達眼底。
「改日，在下定差人備上賠禮送往方府。現在還有要事要辦，先行告辭。」
他說完，不等她開口接話，施施然轉身下樓。

第五十二章

方詩情見折騰了這麼久，話還未說幾句，軒轅澈便要離開，有些不服氣地上前攔住他的去路。

軒轅澈倒也不急，淡淡抬眸，彷彿想聽她到底要說什麼。

見軒轅澈這般看著她，方詩情心中猛跳，本來粉紅的臉頰更紅潤了些。

她今日的行為實在出格，但話已到嘴邊，不說卻是不甘心，便鼓起了勇氣。

「敢問荀公子，你是不是對我很不耐煩，抑或嫌棄我是個女子，不配與你在文才上一較高下？」

俗話說：女子無才便是德。但有文采的女子，總是受世人高看一眼，當年世子妃姚氏如此，她姊姊方詩瑤也是如此。所以，她不信自己得不到心想之事。若是能讓他多了解了解她，他對她定然不會這般敷衍。

她一個女兒家，厚著臉皮把話說到這分上，他總不至於連一點面子也不給吧？說完便羞怯地低下頭。

軒轅澈的目光在她臉上打轉，忽然淺淺一笑。

「方小姐，古有文人鬥詩，或為追名，或為逐利，或為自省不足。不知方小姐兩次邀我一鬥，目的又為那般？」

這句話，好似已經看穿了她的心思，方詩情唇角動了動，一時答不上話來。

軒轅澈的目光從她身上挪開，語氣更加平淡。

「方小姐若想一較長短，我倒覺得牧兄最為合適。世人皆知我極少作詩，反而對議國策更感興趣，方小姐是找錯人了。」

他說完，準備繞過她，往臺階下走。

方詩情不服氣，轉身衝著他喊道：「荀公子怎知我不懂議國策？」

「哦？」軒轅澈轉過頭，嘴角噙著一抹飄忽不定的笑。「那請問方小姐，《論秦》第三百六十一章的諸子所言，屬意為何？」

「這……」

方詩情咬了咬唇，臉色憋得通紅。

軒轅澈掃她一眼，面上笑意淡下來，打了打摺扇，語氣略帶涼意。

「方小姐，事不過三。」

他沒再看她，轉身下了樓。

那句「事不過三」，是明晃晃地告訴她，他不僅知道她的所作所為，更要提醒她，再有下次，會連敷衍也無。

她活到這麼大，第一次被一個男子如此對待，還是她自己選中的心上人，她何曾受過這種委屈。

方詩情心中又是委屈，又是難堪，站在原地，緊緊捏著手掌心不放。

丫鬟夏荷小聲勸道：「小姐，荀公子不是還有個姊姊？婚事都是父母之命，媒妁之言，不如咱們從他姊姊那裡下手……」

「妳還讓我做這麼丟臉的事？不過就是雲子麟罷了。他不稀罕我，我自然也不用稀罕他。回府！」

然而，回到方府後，方詩情看了母親范氏為她物色來的男子畫像，越發覺得一個都不如荀風。

她越想越是不甘心，姊姊方詩瑤當年順風順水嫁給了心儀之人，為何事情到了她這裡，便這般不順？

當年姊姊的婚事，是由兩府長輩操辦，姊夫並未見過姊姊幾面，就答應了。

或許夏荷說得沒錯，先接近荀風的姊姊，多了解一些荀風的事，才是正途。說不定出身市井的荀老闆一見她這般親切，恨不得立刻攀上他們。

方詩情想著，放下手中的畫像，挽著范氏的胳膊撒嬌。

「母親，這裡頭的人，我一個都不想嫁。」

「胡說。」范氏嗔她。「這已經是碎葉城內家世最好的幾位公子了，妳一個都不喜歡，難不成要學王嬌兒，被人議論到十八歲，最終只能嫁個清貧子？」

范氏出自京城，當年跟著方刺史被調來碎葉城，向來遵從京城世家的那一套做法，將兩個女兒養得知書達禮，美貌傾城。從兩個女兒出生起，便為她們盤算好了，如今大女兒嫁得甚合她的心意，小女兒自然也不能相差半分。

方詩情一驚。「王嬌兒嫁人了？我怎麼不知道？」

范氏滿不在乎地說：「還沒呢，不過就是這兩、三日的事情，說是她自己中意的。但對方的出身實在太低了些，想必世子和世子妃也是頭疼多時，乾脆隨意辦了。」

她從鼻子裡哼了一聲，繼續說下去。

「好好一個千金小姐，生生被那荀老闆帶歪了。一個二十一歲的老姑娘，自己拖著不嫁人，整日拋頭露面也就算了，還攛掇王嬌兒跟著她耗到了十八歲，真是作孽。世子和世子妃也不知怎麼想的，居然由著荀老闆繼續和王嬌兒來往，這幾天籌辦婚事，還讓她跟著住在王府裡。」

末了，范氏又皺著眉補了一句。「詩情，妳可千萬莫要學那荀老闆的做派。」

方詩情的目光閃了閃，小心地說：「母親，其實……我已經找到了心儀之人。」

范氏連忙放下畫像，驚訝地看向自己的小女兒。「誰家公子？我可知曉？」

方詩情臉紅。「母親可還記得積雲山的雲子麟？」

范氏一介婦道人家，自然不清楚雲子麟是何人物，但也聽女兒提過幾句。

「記得。妳說的人，莫不是他？可積雲山離碎葉城如此之遠，妳也未見過雲子麟，如何這般草率認定是他？」

「不，他現在就在碎葉城。前幾日他在君子軒賽詩會上拿了頭籌，如今整個碎葉城無人不知他才高八斗。若是他將來有意進京趕考，定能加官進爵，封侯拜相。」

范氏眼睛一亮。「真的如此厲害？那妳可打聽到，他是碎葉城內哪戶人家的公子？」

方詩情表情心虛，小聲道：「這也是我想跟母親說的，他……正是荀老闆的弟弟。」

「什麼?!」范氏神色一變，立即甩手。「不行，世人誰不知道，做官除了要靠自己的本事，更要靠背後的關係人脈？他區區一個市井小民，還是商戶出身，縱然才高八斗又怎樣？將來能考個狀元，做得了五品官便是頂天了，更別說他還有個行為如此出格的姊姊。不行，如此家世實在不妥。」

「母親，您先聽我說完嘛。」方詩情不依不饒。「您可知他便是出自雲松書院？近幾年，朝中新晉升的高官可都出自雲松書院，前有御史大夫領頭，皇上也頗為青睞。」

「那又如何，跟雲子麟有何干係？」

「干係可大了，這些新黨與雲子麟關係匪淺，甚至說受益於他也不為過。上個月父親提起的官升四品的大人，正是昔日向雲子麟求教中的其中一個。您說，若是他將來入仕，這關係跟人脈，比不過那些靠著祖輩庇蔭的富家子？」

「這說的倒也是……」

見母親神色鬆動了些，方詩情又笑著接話。

「荀家姊弟家中無父母，我嫁過去，不用侍奉公婆，豈不是更高枕無憂？往後再勸說荀公子上京趕考，將來在京城做了大官，說不定還能幫哥哥一把，母親說是也不是？」

范氏被她這麼一說，倒真覺得有理有據。況且，這些日子她挑來挑去，還是那幾個人選。如今大女兒的地位已經穩了，倒是可以讓小女兒賭一賭。

「母親，您就依了我嘛。」

方詩情挽著范氏的胳膊，繼續撒嬌賣乖。

「行了行了，我依了妳就是。不過這荀公子是不是真有妳說的這般好，等妳父親回來，我得先問過他。還有，他無父無母，這婚事要怎麼談？」

方詩情笑得十分欣喜。「這個容易，他姊姊正在靖安王府。近日王府大喜，我們身為親家，理應提前去道賀，不是嗎？」

范氏忍不住瞪了她一眼，笑道：「妳這個鬼靈精，原來是早就盤算好了。那就明日吧，等我問過妳父親，咱們倆便去王府拜會拜會那位荀姑娘。」

「謝謝母親！」

方詩情摟住范氏，嬌俏地笑著，心底得意非常。她就不信，她這般優秀的女子，荀風拒絕得了一次、兩次，還能拒絕得了第三次？

次日，荀柳才剛睡飽懶覺起床，聽到來傳話的小丫鬟說方夫人要見她，愣了一下，和同樣一臉懵的莫笑對視一眼。

「方夫人？哪位方夫人？」

莫笑想了想，不確定道：「姑娘，莫不是王公子夫人娘家的人？」

荀柳更不明白了。「方詩瑤的母親？奇了怪了，她見我幹麼？」

小丫鬟道：「奴婢也不知，但世子妃、大小姐和大少夫人都在，正等著您呢。」

「好，我收拾一下就去，妳先去回話吧。」

雖然不知方夫人為什麼要見她，但畢竟她暫住在王府，總得給世子妃幾分面子。

一會兒後，荀柳沒帶莫笑，自己晃晃悠悠到了姚氏的院子，果然看到兩名陌生的女眷坐在屋裡，和姚氏等人品茶說笑。

嚴格來說，其中一個她並不算完全陌生，正是沒見過幾次的方詩情。

今天方詩情穿著一身鵝黃輕衫，髮型和妝容無一處不精緻，比起她姊姊方詩瑤的大器婉約，更添了幾分活潑俏麗。

方詩情身旁，是一位著絳紫闊袖罩衫的中年貴婦，姿容端莊，保養得當，端著茶盞和姚氏說話。

王嬌兒許是嫌氣氛無聊，低頭端著茶杯，像是在數茶葉。

丫鬟見到荀柳，便對眾位主子說了一聲。「世子妃，方夫人，荀姑娘來了。」

王嬌兒立即抬頭，放下茶盞，衝荀柳招手。

「荀姊姊，過來我這兒坐。妳可真能睡，早上我去向娘請安，妳還未起，怕不是專程來我這補眠的？」

范氏聽到這句話，忍不住皺了皺眉。這荀姑娘果然是不講規矩，這還是住在王府呢，要是在自己家，舉止不知會多麼出格。

若非昨日自家老爺對雲子麟讚不絕口，她真不想來跑這一趟。

范氏不知，這是荀柳在靖安王府的特權。靖安王與她一樣不喜俗禮，兩人又是忘年之交，若真讓她跟著王嬌兒天天向姚氏請安，怕是姚氏也不自在，所以王府裡從來無人敢對荀柳要求什麼。

而荀柳睡得晚，不只是因為懶。雖然現在奇巧閣的事情大半都交給了錢江夫婦，但新品的設計圖，她還是要費腦子畫的，這幾日自然也不能停歇。所以，白日她要陪纏人的王嬌兒聊天解悶，晚上還要設計圖稿。

還有，關於西瓊太子的那些事情，她也得費心思捋個明白。

如此一來，她能在這個時辰起來，已經算是勤奮了。

「世子妃早。」

荀柳見到姚氏，向她行了個禮，姚氏笑著拉過她的手，向對面的范氏介紹。

「荀姑娘，今日我要替妳引薦，這位是方夫人，方才一直在跟我談妳的事情，我便差人叫妳過來了。」

荀柳聽了，向范氏行禮。「見過方夫人。」

范氏心裡不喜，但想到小女兒的婚姻大事，只能佯裝高興道：「早就聽說奇巧閣的荀老闆心思奇巧，今日一見，果然是個伶俐的丫頭。快坐吧。」

荀柳客氣地點點頭，走到王嬌兒身旁坐下。

范氏又問：「荀姑娘，我對奇巧閣聞名已久，都說裡頭的奇巧物事是妳親手設計的，不知荀姑娘從哪裡學得這般好手藝？」

「算不得好。家父曾是京城裡的木匠，我自小耳濡目染，頗感興趣，又看了不少書，說起來只是投機取巧罷了，難登大雅之堂。」

范氏心道，這話倒是說得還算讓人舒服，不過父輩是木匠，出身實在太低了些。

「怪不得荀姑娘手藝這般好。」范氏敷衍一句，又問：「不知荀姑娘家中還有何人？」

荀柳聞言，挑眉看向姚氏，見她臉上也有些驚訝，似是沒想到范氏會問得這麼奇怪。

不過，這也沒什麼好顧忌的，荀柳大方道：「家中有一弟，另有三位結拜大哥，其中兩人已從軍，另一人在家中幫襯鋪子裡的瑣事。」

「哦，是這樣。」果真是市井出身。

方詩情有些焦急地暗中拉了拉范氏的袖子，范氏才道：「不知荀姑娘的那位弟弟，可就是名動積雲山的雲子麟？」
這回，不只荀柳挑眉，姚氏和王嬌兒也忍不住對視了一眼。
然而，不等她們問出聲，范氏便笑著向她們解釋。
「是這樣的，我聽我家老爺提起君子軒的事，對這位少年才俊很好奇，就多問了幾句，世子妃和荀姑娘莫要見怪。」
姚氏聽她解釋後，確實不甚在意，但王嬌兒和荀柳卻心知肚明，有默契地瞥向在范氏身旁低頭不語的方詩情。
什麼好奇，這趟怕就是特地為了荀風過來的。
荀柳只笑了笑，並未接話。
她倒是沒想到，方詩情居然能說動范氏前來向她探底。據她所知，范氏出自京城大戶，雖只是旁支，但在女兒的婚事上卻是野心不小，且極重門戶，從當年方詩瑤嫁入靖安王府便能看得出來。
這樣的人能看得起她，也算是一件奇事了。
姚氏不知其中緣由，自然沒想那麼多，只當范氏聽說了荀風的名號，心下欣賞罷了，也笑著附和。
「妳倒是說對了，荀公子俊秀，前途無量，世子在我面前提過他數次，亦讚嘆不已。」
范氏聞言，目光一亮。「世子也稱讚他？」見小女兒側臉微紅，便笑著看向荀柳。「這般才俊，實屬難得，荀姑娘真是有福了。」

她說著，目光一轉。「荀姑娘，恕我多問一句，不知令弟是否已有婚配？是這樣的，我和我家老爺聽說荀公子的行事，非常喜歡。正好，家族中有幾個相貌品性都不錯的小輩，若是令弟尚無婚配，我倒是樂意做個中間人，如何？」

方詩情似是沒想到母親會這樣繞彎，一時心急，卻也明白母親定有她的考量，便看著對面的荀柳，默默咬唇。

方詩瑤也看出母親和妹妹的心思，臉色登時不好看了，但當著姚氏的面，不好發作。

她自是知道荀風的事情，但讓妹妹嫁到荀家，她卻是不答應，更不懂母親為何放著碎葉城這麼多的大戶公子不選，非看上了荀家人。

第五十三章

方詩瑤既然能看出來，姚氏向來聰慧，自然也看出些端倪，在方詩情身上微微掃了一眼，又看向荀柳，不等荀柳回答，便笑著開口。

「方夫人，妳問了許是白問，荀姑娘怕是不會參與荀公子的婚事，只會讓荀公子自己拿主意，挑選情投意合的姑娘。」

范氏聞言，忍不住皺眉，但為不掃面子，語氣更溫和了些。

「哦？這倒是稀罕的說法。大漢自古以來，婚事皆由家中父母作主，父母不在，便由家中長者決定。荀姑娘長姊如母，本應該為弟弟精挑細選門當戶對、品貌兼優的妻子，為何卻放手不管？」

荀柳剛想說話，一旁的王嬌兒忍不住先開了口。

「荀姊姊才不是放手不管，她是想讓荀公子挑選情投意合的伴侶。至於門當不當，戶對不對，才不是她會考慮的呢。」

「這更讓人難以理解了。」

范氏沒料到，她的話都說到這個分上，荀柳居然不領情，連姚氏和王嬌兒也幫著她說話，臉色就有些不好看了。

「門當戶對自然重要，令弟這般傑出之人，若能配個背景相當的賢良女子，豈不是更錦上添花？不然，以男人的心思，傑出之人也有沈迷煙花柳巷的，若全由著他們的性子……」

「母親。」方詩瑤阻止她繼續說下去。

范氏這才抿嘴，察覺到自己失言。這後半句話的意思，豈不是將荀風也罵了進去。

怪只怪她以為最好說服的人，孰料一開口便這般不順。荀柳一句話未說，卻能讓姚氏和王嬌兒一個個幫著她說話，看來是她小看了這個丫頭片子。

方詩瑤還是頭一次見母親失態，她在王府待的時日長，自是知道王府對荀柳的態度，說是處處維護都不為過。

但母親不知，她怕母親因此間接得罪姚氏，遂暗中猛對母親使眼色。

一時間，氣氛有些尷尬起來。

姚氏見狀，想岔開話打個圓場，荀柳卻忽然開了口。

「方夫人，世子妃和嬌兒的意思是說，我不會左右小風對自己婚事的決定，無論是門當戶對，或是市井小民，他若決定娶，我便沒有任何意見。

「至於夫人說的錦上添花，我認為夫妻風雨同舟，互相體諒，才是應當。若有這般女子，無論出身為何，小風能遇到，便是他的幸運。至於夫人說的那幾個方家小姐……」

她說著，掃了神色尷尬的方詩情一眼。「回去後，我會問問小風的意思，先替小風多謝夫人掛心。」

姚氏聞言，滿意地點點頭。荀柳這話說得滴水不漏，面子給了，意思也表達得足夠清楚，比她強扭著打圓場可好得多。

范氏的神色緩和不少，什麼族內小輩，不過是她找的藉口而已。這次她特地帶著小女兒來見她，意思已經表達得很明顯。拿族中小輩當藉口，只是為了留一手。如果事情不成，也可完全跟小女兒撇開關係。

荀柳雖是接著她的話說，但必然明白她的真正意思。就算不知，姚氏聰慧如此，也定會背後提點，就看這對姊弟識不識好歹了。

方刺史雖只是一介小官，但方范兩家在西關州跟京城人脈極廣，新黨再壯大，又如何比得過勢力盤根錯節的士家貴族？她不信荀風辨不清其中利害。

她的小女兒品貌兼優，縱然跟京城的世家姑娘比，也是不差，任何男子都沒有拒絕這門婚事的理由。

范氏越想越是順心得意，臉上的笑容越發真切起來。

王嬌兒對荀柳說的這些話極不滿意，趁著自家娘親和范氏聊天的空檔，偷偷扯著荀柳的袖子，噘起嘴。

「荀姊姊，妳怎麼真答應了？什麼族中小輩啊，她就是被方詩情攛掇來的。方詩情可討人厭了，以前我去過她辦的詩會，請的都是喜歡吹捧她的小姐們，也不顧別人喜不喜歡，一個勁兒炫耀她的詩才，這種人才不好相處呢。」

「不論小風喜不喜歡，我總得跟他說一聲。不然讓方夫人知道我如此敷衍她，豈不是更麻煩？」

王嬌兒想了想，道：「說的也是。」

幾人又閒談幾句，方夫人便要帶著方詩情告辭，方詩瑤送她們出去。

姚氏看著范氏的背影，目光微閃，轉身對荀柳笑了笑。「方夫人事事要強，她說的話，妳聽便聽了，不必為此過於心憂。」

「謝過世子妃，我明白。」荀柳笑了笑。

就算得罪方府，她也沒什麼可擔心的。她得罪過的人，比方府厲害的可多了去。

方詩瑤挺著肚子，送母親和妹妹出門後，忍不住出了聲。

「母親，您怎可答應詩情嫁給荀公子？先不論荀柳行為多麼出格，荀公子一看也不是什麼好拿捏的人物，遑論他跟新黨走得極近。您又不是不知道，父親他……」

這話，方詩情可不愛聽了，不等方詩瑤把話說完，便打斷她。

「姊姊，就許妳當年追著姊夫跑，就不許我歡喜荀公子了？虧我方才還說要來陪姊姊養胎呢，原來姊姊這般不願意支持我。」

「妳……」

「行了行了。」范氏擺手。「這件事，也是妳父親同意的。妳在王府好好養胎，旁的事情就別操心了，再給我添個金外孫才是正事。過幾日，我們再來看妳。」

方詩瑤想勸卻無人聽，只能眼睜睜看著母親和妹妹上車離去。

晚上，荀柳回到房間，將這件事情告訴莫笑，問她到底該怎麼問軒轅澈才好，畢竟她從來沒幫人操辦過這種事情。

莫笑一愣，半晌說不出話來。雖然她猜不中主子的心思，卻知道主子對方詩情的態度。如果姑娘真的沒點眼色，直愣愣就去問了，以主子的性子，八成是要發脾氣。

主子的脾氣，可不是誰都能受得住的。

但她也不能提醒荀柳別去說，考慮半晌，只能委婉道：「姑娘，我覺得，不如等王小姐的婚事結束之後再說吧。上次我送點心回去，聽哥哥說，最近小公子似乎比較忙，或許現在不是個好時機。」

荀柳想了想，點點頭。「也對，那就過幾天再說吧。」

婚期越近，主角王嬌兒卻閒了下來。這一閒，她越發想做些有意義的事情，例如去找牧謹言。

然而，大漢的規矩，成婚之前，男女雙方不能見面。她想出去，只能找荀柳掩人耳目。

荀柳拗不過她的糾纏，跟姚氏說是想出去買些首飾，便被王嬌兒拖走了。

既然是去私會的，兩人都沒帶丫鬟。下車溜達，找到了牧家。

牧謹言開門看見兩人時，頗為驚訝，見到王嬌兒粉面含情，也忍不住微微紅了君子臉。

也是巧了，此時牧母出門置辦東西，並不在家。

荀柳不想進去礙事，跟兩人說了一聲，自己在牧家附近轉悠。

孰料，她這一轉悠，好死不死又見到了老熟人。

又是斗篷人！

荀柳愣愣看著巷子尾的那抹人影，雖只有背影，但她堅信自己沒認錯。

黑袍如雲，兜帽如斗，在陰暗而潮濕的破落街巷映襯下，更顯得他氣質邪佞，令人不寒而慄。

可是，為何他會出現在這裡？

荀柳想了想，目光一閃。

對了，王府別院就在離牧家不遠的地方！

等等，西瓊太子等人應該待在別院，那裡有王虎帶人看著，必定不會讓外人隨意出入。

既然這樣，斗篷人如何能見得了西瓊太子？

還有前日在王府門口看到的西瓊侍衛，即便她沒有證據，卻覺得那人有蹊蹺。若真如她猜測的一樣，那斗篷人又是怎麼混進別院的？

她想搞清楚，今天可能是唯一的機會，不然就算她告訴靖安王這些事，沒有證據反而會打草驚蛇，讓西瓊太子逃了，更是得不償失。

眼看斗篷人要消失在拐角處，她咬了咬牙，小心翼翼地跟上去。

五年前在匪寨內，荀柳曾見識過斗篷人的身手。為了不被他發現，她一點動靜都不敢出，也儘量跟對方保持足夠長的距離。

過了半個時辰，斗篷人依然只在這繞來繞去的破巷子裡繞圈，不知到底在幹什麼。

正當她懷疑自己是不是早已經被發現時，卻見斗篷人停在一扇門前，先是伸手敲了幾下，然後直接推開了門，閃身進入。

不是王府別院？是她猜錯了？還是斗篷人在碎葉城還有別的同夥？

她左思右想也想不明白到底怎麼回事，自己武力值太弱，自然不能正面迎敵，只能摳著牆垛拐角，死死盯著那扇門。

然而，整整等了一炷香工夫，門內卻一點動靜也沒有。

她想了想，乾脆悄悄蹭過去，扒著門，貼上耳朵聽了半晌，仍舊沒聽出個所以然。

門內毫無人聲，甚至連任何活物的聲音也無，完全不像個正常的人家。

她猶豫至極，想進去一探究竟，又怕反倒自投羅網。

半晌後，一陣邪風忽然颳來，門吱嘎一聲，自己開了。

她這才注意到，門居然沒上鎖，咬了咬牙，心一橫，小心翼翼地推開門。

看見門內的景象，她頓時一愣。

院子已經荒廢許久，到處長滿雜草和灌木。屋子門窗破舊，根本無法住人，主屋的後牆也塌了一塊。

日光灑進來，更顯得院子裡幽暗寂靜，哪裡見得到斗篷人的身影？

看來她是被對方耍了一道。斗篷人不知何時早已發現她在背後跟著，這一個時辰是故意耍她的。

荀柳無趣地揪了一把雜草一丟，轉身往回走。

然而，她一轉頭，卻見背後已然無聲無息地站了個人影。

身體比她的腦子反應得要快些，這會兒她連臉都沒敢仔細認，立即轉身，要往正屋裡的牆洞跑去。

斗篷人的身手卻比她更快，她剛邁步，身側黑影一閃，只覺腰肢被人緊緊一箍，被帶著身形一轉，就被人掐著脖子，壓到牆上。

「呵……」

還是那道熟悉的、無比陰冷而邪佞的輕笑，還是那張豔如地府之花、雌雄莫辨的面孔，她確定，是五年前匪寨裡的斗篷人無疑。

確定是確定了，卻要搭上自己的一條命，這筆買賣可真不划算。

至少還是要掙扎一下，都過了五年，而且當年她穿的是男裝，她賭他記性沒這麼好。

荀柳想著，怯怯垂下眼眸，裝成是非常害怕的良家小女子。

「英雄，你這般捉著奴家幹什麼？奴家只是路過而已。」

說完之後她都想罵自己，這藉口爛到家了，傻子都不可能會信。但是這個時候，她能想出什麼驚天絕世的好法子？能拖就拖吧。

孰料，對方又輕笑一聲，聲音裡帶著一抹如蛇般的陰柔。

「哦？前日姑娘才喚在下為哥哥，只隔一天，便裝作不認識了？」

荀柳心中一驚，前天那西瓊侍衛果然是他！

「你到底是什麼人？」

「不裝了？」男子勾唇，邪笑一聲，伸出拇指在她的臉側摩挲。「我找了妳許久，本以為妳死在龍岩山脈，原來在這裡。妳說，這是不是得來全不費功夫？」

這陰陽怪氣的傢伙找她幹什麼？這話聽起來怎麼這麼嚇人？

「讓我猜猜……」男人嘴角的笑意越發陰邪，拇指從她的側臉滑到下巴上。「碎葉城奇巧閣荀老闆，擅長製作奇巧機關，背靠靖安王府。五年前西關州的管道救旱法，可是出自妳的手筆？」

荀柳抿嘴不語。

男人又輕笑一聲，高高挑起她的下巴。「看來我是猜對了，可惜這般女子卻白白浪費在碎葉城。不如，我給妳兩個選擇？」

他湊近她，聲音帶著一絲寒意。「其一，為我所用。其二，留命於此。」

「閣下未免過於自負了。」

男人話音剛落，便聽破舊的院門外響起一道冷涼如霜的聲音。

一道真氣襲來，木門竟生生折斷，門板直衝斗篷人迎面飛去。

斗篷人目色一冷，斜身一退，避開那道木門，任其撞在正屋門上，支離破碎。

荀柳一獲得自由，立即轉身往院門跑。

斗篷人雙目微瞇，踮腳運起輕功，準備追上。

這時，荀柳覺得一道白影迎面飛來，在斗篷人就要碰到她的肩膀時，輕巧摟住她的腰身微微一帶，便飛上了破屋屋頂。

這、這就是輕功？

她緊緊窩在男子懷中，腳下是極不平穩的破瓦礫，稍微動一下，便落下一大片，只能死死揪住輕輕鬆鬆宛如釘在屋頂上的男子衣袖，生怕自己摔下去。

男子見狀，又摟緊了她的腰身，溫言柔語道：「阿姊莫怕。」

來人正是軒轅澈。

荀柳望著下面的斗篷人，見他飛身一躍，也飛上來，站在對面。

獵物被搶了，斗篷人也不生氣，一雙邪佞的眼睛打量軒轅澈許久，輕笑一聲。

「你是當日那個少年。五年時間便有如此功力，倒是奇事。方才一直跟在我身後的是你？竟敢孤身前來救人？」

斗篷人的語氣猖狂至極，看樣子絲毫未將軒轅澈放在眼裡。

荀柳不禁有些擔心地看軒轅澈，見他一絲緊張也無，反而如斗篷人般冷冷勾了勾唇角。

「閣下怎知我是一人前來？」

他話音剛落，荀柳便聽腳下傳來一道喀嚓聲，忽有幾道人影持劍破瓦而出，將斗篷人團團圍在其中。

與此同時，荀柳也被軒轅澈摟著腰身，縱身飛下屋頂，看那群人與斗篷人纏鬥。

這幾人身手極為了得，尤其是團功打法，極有默契和滴水不漏，連她一個外行人都看得出厲害。

但斗篷人的功夫更是深不可測，這麼多人圍攻他一個，居然只能堪堪困住他，占不到半點便宜。

不知過了多久，只見有人一劍劃中斗篷人的胳膊，斗篷人也藉此找出破綻脫困，捂著胳膊，縱身越到屋頂。

臨走時，斗篷人轉身，對著荀柳幽幽一笑。

「荀姑娘，我們不久之後還會再見，屆時希望妳能選對答案。」

而後，斗篷綻開如一抹黑雲，他縱身一躍，消失在屋後。

軒轅澈微微瞇眼，抬手讓眾人莫追。

荀柳渾身起了幾層雞皮疙瘩，想起剛才斗篷人在屋頂上說的話。方才他故意用這座院子設下圈套，難不成不是要對付她的？

回想他對軒轅澈說的話，難道他一直跟在她身後？

荀柳看向軒轅澈，見他還摟著她的腰身，身姿頎長，俊顏如玉。兩人隔著衣料接觸的地方，也能感覺到專屬於男子的結實肌肉。

他已經完全不復當年稚嫩的樣子，這姿勢無端端的有些曖昧。

她掙開他的懷抱，壓下心頭的怪異感，看向面前幾人，更覺得疑惑了。

她知道他這五年在積雲山美名遠揚，積累不少人脈。之前他解釋過，這些大多是他經由無極真人結識的友人，但她總覺得，這幾人對他的態度不像友人，更似下屬對待主子。

第五十四章

眾人忽然扯下面巾，面向軒轅澈，單膝一跪。

領頭的不是別人，正是莫離。

「公子，此人身手莫測，似故意收斂，看不出路子。別院那邊，可需要加派人手？」

「不必，都出去。」

「是。」

莫離起身，帶著眾人閃身退出了院子。

荀柳有些愣怔，她從未見過這樣的軒轅澈。

五年前，他弱小聽話，軟軟糯糯的，極為乖順；五年後，他雖有些變化，是因為身上多了書卷氣，偶爾會在她面前展現不同的一面，她也覺得那是因為長大的關係。更何況，他背負血海深仇，應該有些想法不願讓她知曉。

如今眼前男子面對眾人跪拜，身上竟有一股令她陌生的氣勢。不同於靖安王，他的氣勢似乎與生俱來，如今在歲月打磨下，顯得更為尊貴，而難以接近。

這時，她才恍然發現，他與她到底是不同的。他生於皇家，注定要回去，無論是為了復仇，還是為了其他。

「小風，你到底還有什麼事情瞞著我？」

方才的馨香滿懷遠離了，軒轅澈的一雙鳳眸定定看著荀柳。

「阿姊想知道嗎？若是妳想，我可以全告訴妳。」

「不、不用。」不知為何，她心裡竟有些害怕，逃避一般別開眼。「你不必對我說這麼多，時辰不早，我要去接嬌兒了。」

她轉過身，錯過軒轅澈欲牽她手腕的指尖。

軒轅澈獨自站在荒蕪的院中，晚霞微微照在他的衣襬上，顯得背影有說不出的寂寥。

莫離一直等在院外，見狀便猶豫著走進來。

「公子，不如讓屬下去向姑娘解釋……」

斗篷人所說的跟蹤者，其實是他。

這幾日，他一直在追查斗篷人的蹤跡，今日好不容易有了進展，正想探探這人的底，孰料卻撞上荀柳。

他無奈之下，通知附近的同伴，主子這才帶人趕來，見荀柳有難，迫不得已出了手。

如今，他們的身分怕是要藏不住了。

主子對荀柳的一片心，他不忍讓荀柳誤會主子。

「不必了。」軒轅澈淡淡說了一句，轉身出了院子。

她不想知道，是因為不願參與他的未來；她可以為他赴湯蹈火，卻不願與他共度人生。

如此，就算解釋又有何用？總不會是他真正想要的。

荀柳心情複雜地走到牧家門口，正好看見牧謹言送王嬙兒出來，兩人目中含情，卻舉止矜持，皆是一副情怯模樣。

若是平日，荀柳定會調侃幾句，但此刻她全然沒心情。

兩人一路走到朱雀街，甚至上了馬車，都是王嬙兒嘰嘰喳喳在跟她說話。

王嬙兒見她神情恍惚，問了好幾句才回幾個字，忍不住擔心。

「荀姊姊，妳怎麼了？跟丟了魂似的，臉色也這麼不好看，是不是哪裡不舒服？」

荀柳回過神來，對她勉強扯出笑容，搖頭道：「沒事，許是天氣熱了，有些沒精神。」

「呀，該不會是中了暑吧？我們趕快回府。」

王嬙兒沒多想，招呼車夫盡快回去。

回到王府，剛進院子，莫笑便迎上來，見荀柳面色不好，也忙著關心。

「姑娘這是怎麼了，臉色這般蒼白？」

「荀姊姊怕是有些中暑，妳快和香琴去廚房弄碗冰鎮蓮子湯過來。」

「好。」

莫笑連忙和香琴去準備，荀柳卻看著莫笑的背影半晌，最終轉頭和王嬙兒打了聲招呼，便回到自己的房間。

此時已是傍晚，往日在家時，她總喜歡和錢江等人坐在桃樹下，讓莫笑準備幾盤時令水果，放在石桌上，飯後邊談笑邊吃，日子平淡且幸福。

她從不認為身分能代表什麼，每個人也總有些不為人知的秘密，比如謝凝，比如小風。即便是她，也藏了不少不為人知的往事。但她都不在乎，只要能同住一個屋簷下五年，甚至更久，就算身分不同，又有什麼關係？

如今她卻覺得，自己似乎把事情想得太簡單了。謝凝趕赴西瓊，軒轅澈也開始在朝堂布局。她一直以為的平淡生活，早已暗藏洶湧。或許，她心心念念的平淡，根本就是一種假象。若真的是假象呢？屆時，她又該怎麼辦？

門外的天色越來越暗，荀柳坐在暗處，凝視著院子裡被夕陽餘暉映照的花草。不知坐了多久，房門外傳來腳步聲，莫笑端著冰鎮蓮子湯走進來，見屋裡漆黑一片，心裡納悶。

「姑娘為何不點燈？」

荀柳幽幽看向她，不說話。

莫笑越發覺得奇怪，走過去將燭燈點燃，待得室內亮堂不少之後，才將蓮子湯捧到荀柳跟前。

「姑娘可是不舒服了？喝點這個解解暑吧。」

荀柳低頭端詳莫笑捧著蓮子湯的手，虎口之間起了一層繭。她記得多年前曾問過莫笑，說是往年在前主子院中做過幾年粗活，經常砍柴所致。

那時，她並未在意，可現在一想，比起一般丫鬟，莫笑會的也太多了些，會廚藝、會伺候人，還能說會道，甚至算帳，比起一般人更機警聰明。這般有能耐的女子，如何能安穩在她那方小小的院子裡待上五年？

諸多往日細節，如今樁樁件件都透著蹊蹺，但她居然都忽略了。

荀柳想著，嘴角露出一抹苦笑，伸手接過那碗蓮子湯抿了一口。

莫笑這才笑道：「待會兒晚膳便好了，姑娘是和王小姐一起吃，還是單獨在屋裡用？」

「在這裡吧，方才我和嬌兒說過了。」

「好。」

莫笑笑應一聲，走出院子，將外頭的衣服收回來。

荀柳看著她忙碌的背影，冷不防道：「笑笑，妳今年應當有二十了，可曾想過嫁人？等嬌兒婚事過後，我去求世子妃，替妳物色物色對象？」

這話說得平常至極，卻讓莫笑忽然打了個冷顫，回頭看向荀柳。

荀柳面色溫和，與平日一般無二，她仍舊從中看出了一絲不對勁。

兩年前，荀柳曾問過她同樣的話，但她以不願離開為由回絕，如今為何突然再提？

「姑娘知道我的性子，比起嫁人，跟在姑娘身旁更自在。姑娘曾答應過，不會趕我，為何今日又提起這件事？」

這五年，她早已習慣了荀柳的平等待人，所以這番話的口氣並不似主僕，甚至還帶著一絲埋怨和一絲試探。

荀柳緩緩放下手中的湯碗。「是妳不願離開我，還是妳的主子不讓妳離開？」

莫笑渾身一震，望進對面女子那雙平平無波的眸子裡，一句話也說不出來。

「事到如此，妳還不願對我說出實情嗎？」

荀柳眸中閃過一絲失望，她向來拿莫笑當姊妹，甚至以為後半輩子也是這樣，但她怎麼也沒想到，五年前，她和莫離就是被軒轅澈安插在家裡的下屬。

她可以允許有秘密，但感情也能這般算計嗎？這五年間，他們到底瞞著她多少事情，這讓她如何接受？

「也罷，想必妳也有妳的苦衷。往後，妳莫要留在這裡了，回去向妳主子覆命吧。」

她嘆了口氣，疲累地站起身。

荀柳沒走兩步，莫笑忽然屈膝，重重一跪。

「求姑娘別趕我走！」

荀柳轉過頭，莫笑驚慌地看著她，臉上滿是愧疚不安，甚至還有一絲莫名的害怕。

「姑娘想知道什麼，奴婢全說就是，只希望姑娘別趕我離開。這五年是奴婢最快活的日子，奴婢被交派任務時，心中曾有過疑問和不解，如今卻慶幸主子當初選了奴婢。奴婢確實有不少事情瞞著姑娘，但奴婢的心從未改變，對姑娘亦是一片赤誠。」

她說著，眼眶越發赤紅，最終竟落下淚來。

無人知道，她的童年過的究竟是什麼樣的日子。她出身貧苦，自小便被父母賣進青樓，七歲那年險遭客人侮辱，拚命逃出青樓之後，被暗部的人所救，後來被帶到明月谷，和數百名同樣出身困苦的孩子學習武藝。

她受盡苦楚，才終於從數百名孩童中脫穎而出，後來便是無窮無盡的刺殺任務。她和莫離並不是親生兄妹，若是任務需要，莫說是兄妹，就算是當父女、夫妻，甚至小妾，她也得甘心服從。因為她這條命是明月谷所給，自當以命來還。

然而，她沒想到，最後一件任務為她換來了五年的幸福時光。

她不是沒做過奸細和探子，偶爾也會遇到好相處的人家，但從未有人像荀柳一般，真正將她當成家人。有一回，她得了風寒，發了高燒，荀柳衣不解帶，親手照顧她整整兩日。醒來後，她才知道，荀柳連一口水也未喝過。

這五年，她習慣了在院子裡和荀柳嬉鬧，習慣了荀柳叫她笑笑，更習慣揀著荀柳愛聽的趣事陪荀柳談笑。在她心裡，荀柳已然和主子同樣重要。主子在她上頭，姑娘則在她心裡。

荀柳聽莫笑又說出奴婢兩字，抹著淚，滿眼驚惶，到底還是不忍心，彎腰去扶她。

「我只說了一句，也沒真的要趕妳，這般難過做什麼？先起來再說。」

莫笑掙開她的手，繼續跪著。「不，姑娘想知道什麼，奴婢跪著說出來，方能心安。」

荀柳見她居然鬧起脾氣，不由有些好笑，點點頭。

「行，妳說吧。」她走到一旁，從軟榻上扯下軟墊，遞到莫笑的膝蓋前。「墊一墊，舒服點。我要問的話可不少。」

莫笑愣了愣，咬唇看著軟墊半晌，見荀柳堅持的樣子，便順從地接過來墊上。

舒服倒是舒服了，但本來以表忠心的姿勢，這會兒顯得有些奇怪啊……

荀柳見莫笑聽話，這才走至凳子前坐下，端起那碗蓮子湯，繼續慢悠悠喝著。

「我不問妳和莫離到底是誰，我只問，除了妳和莫離之外，這五年我身邊到底還有多少是你們的人？」

莫笑猶豫了下，坦白道：「姑娘可記得咱們家對面賣燒餅的大娘？」

荀柳驚得動作一頓。「她也是你們的人？」

莫笑小心翼翼地點點頭。「不只是她，還有咱們巷子裡的秀才、裁縫……」

荀柳端著湯碗，氣笑了。「妳不如告訴我，咱們巷子裡大約半數人家都是你們的人，不就得了？」

她是真沒想到，這五年來她以為和和氣氣的左鄰右舍，居然都是軒轅澈的人。這一演就是五年，挺有能耐的啊。

荀柳氣得剩下的幾口蓮子湯也喝不下去了，將湯碗擱到桌上。

「如果這次我沒發現，你們和小風是不是打算騙我一輩子？」

莫笑連忙搖頭。「姑娘，主子是為了您好。當年他走時，特意留下我們，便是要保護您的安全。五年前斷腸之毒的事，主子心有餘悸，遂又請了謝姑娘過來，也是為了護住您。

「公子知道姑娘嚮往平安喜樂，不願告訴您太多，這五年暗暗要我將姑娘的事，事無鉅細地飛鴿傳信過去；他心掛姑娘，從未放下。姑娘可以埋怨奴婢等人，但千萬莫要誤會主子，這世上，怕無人能像主子對姑娘這般小心呵護了。」

荀柳心中一動，想起下午時軒轅澈對她說的那句話。

阿姊想知道嗎？若是妳想，我可以全告訴妳。

若是真心想隱瞞，他大可提前差人將她引開。但他沒有，反而是她在最後一步阻止了他的坦白。

說到底，她心裡還是怕了。

她來自異世，嚮往山野；他出身皇族，注定不凡。五年前，或是受人算計，或是因緣際會，她藉著些許小聰明，陪著他幾經生死，走到了現在。

但這世上沒有不散的筵席。

他已不再是當年孱弱少年，區區五年，無論朝堂、市井，或是文人、武將，腳下臣服者已成百上千。不久的將來，若是功成，他或許還能登上龍座，成為廟堂上萬人跪拜之人。

這樣的人，是不需要有軟肋的。

如今，她已漸漸成了他的那根軟肋。

荀柳心裡莫名有些喘不過氣，緩緩抬眸看向莫笑。

「這五年，他並不是在雲松書院求學，是不是？」

莫笑抬頭看她，猶豫半晌，最終還是點了點頭。

「是。雲松書院是當年賢太皇太后所創，算是我們的一處分部，但主子一直待在明月谷，向無極真人學藝，他的一身本事也是無極真人和谷中幾位長老所教。這五年來，主子每日卯時起，子時睡，為了苦學本事，從未有一刻放鬆過，經常舊傷未癒，又添新傷。即便如此，他每日仍要抽出半刻，讀奴婢寄去的信。」

荀柳微微顫了顫指尖，眼眶微紅。「還有呢？我要聽實話。」

莫笑哽咽幾聲，緩緩道：「剛入谷時，主子雖聰慧過人，但根骨不太好。以主子的資質，絕無可能在十年內出谷，但他執意要在五年內出谷復仇。無奈之下，無極真人想出一個主意：以毒破髓，再以術造髓。用秘藥餵養過的毒蟲、毒蟻噬咬主子整整四十九日，再用金針術重塑主子全身筋脈。」

荀柳呼吸一窒，心臟疼得抽搐。

五年前，軒轅澈只是個十二、三歲的少年，如何受得了那般痛苦？為了復仇，他竟連命都不要了。

莫笑說著，抹了抹眼淚。「公子不准我們對您提起此事，重塑筋脈後，他還費了不少心思除去渾身上下的疤痕，為的就是不想讓您知道，心裡難過。」

「他以為他能瞞得了多久?!」

荀柳站起身，咬牙狠狠拍了桌子，震得湯碗滾了兩下，啪的一聲落在地上，摔成碎片。此刻，她的心卻比那碎成一地的瓷片還要破碎。

「就算是血海深仇，又何至於如此？」

她赤紅著眼，卻越說不下去。他背負著何等仇恨，這世上無人比她更清楚，她又有什麼資格責怪他做出如此犧牲？

如今西瓊求和之事有解，朝中新黨更是日益壯大，她還能幫他多少？

自從來到碎葉城後，斷腸之毒，再加上今日的斗篷人之事，她已然拖累他許多。這還是未暴露在蕭黨眼前，若有朝一日，他去了京城呢？

如今，他一呼百應，根本不再需要她的那些小聰明。而她能為他做的最後一件事，便是不讓她成為他的弱點。

荀柳撐著桌子，越想心中越是難過，同時又覺得自己可笑。

以往明明是她一直在說分開，但如今真的面臨分離，卻心有不捨。

軒轅澈是她來到此世之後，第一個以命相托的人呢……

她眼睜睜看著他吃盡苦頭才走到今天，但他的未來裡不能有她。以前她或許是因為自私，想要自由；而今，卻是不想成為他的絆腳石。

他的未來極為艱險，容不得一步走錯。

「姑娘。」莫笑見她許久未說話，忍不住喊了一聲。

荀柳指尖微動，輕輕抬手。「妳先出去吧，讓我自己靜一靜。」

「可馬上就是晚膳時辰了。」

「不必了，出去吧。」

莫笑看出荀柳神色疲累，也不堅持了，抹了抹淚，起身出了房間。

天色已經完全暗下來，荀柳緩緩走到床邊躺下，愣愣看著窗外的月色發呆。

不久之後，她聽到門外傳來動靜，似是王嬌兒來探望，被莫笑找藉口勸了回去。

她不想理會，仍舊愣愣看著窗外發呆。

莫笑擔心她不吃晚飯，會餓得難受，便去小廚房煮了碗粥端來，敲敲房門，喊了一聲姑娘，仍舊一絲動靜也無。

她嘆口氣，只得端著粥退下。然而，她剛轉身，肩上便被人拍了拍，是幾日不見的莫離。

站在莫離身後、長身玉立的男子，正是軒轅澈。
她忙要行禮，卻被莫離阻止。
莫離看看她身後緊閉的房門，對她使了個眼色。
莫笑小心翼翼地看自家主子一眼，跟著莫離離開。
荀柳也感覺到外面的動靜，以為又是誰知道了她中暑，前來探望，便沒理會。
但過了一會兒，她聽見門外有人離開，卻多了一道熟悉的身影。
此時，桌上的蠟燭已經燃燒殆盡，那抹影子顯得越發清晰。
不知過了多久，她聽到門口傳來一聲無奈的嘆息。
「阿姊，妳打算以後不再見我了嗎？」
荀柳未答，門外的人也未再開口。
兩人便這般，一個站在門外，一個躺在屋裡，相對著不說話。
荀柳想起了不少事，在宮裡的四年，出了宮的五年，甚至前世三十餘年的悲喜人生……
這般想著想著，她竟真的睡了過去。
那抹身影，卻還守在門外。
隔天，荀柳頭一次披著第一縷晨光醒來，被窗臺上帶著露水的幾隻小東西吸引了目光。
她起身走過去，往窗外看了一眼，昨晚那抹身影已不知何時悄然離去。

她拿起那小東西仔細一瞧，忍不住笑出聲來。

這是幾隻草編小蚱蜢，不過做工實在是彆扭，腿不是腿，胳膊不是胳膊的，兩根觸鬚也長短不一。只有最後一隻還算有點樣子，似是有人昨晚嘗試了許久，才編好的。

當初在龍岩山脈裡，趕路太苦，她編來逗他開心的，沒想到他學會了。

他以為拿這小玩意兒來哄她，她就能不算帳不成？

這時，房門外傳來莫笑的聲音。「姑娘可是起來了？」

荀柳這才回過神，將那幾隻草編蚱蜢收進袖子裡，應了聲。「進來吧。」

王嬌兒婚期將近，她不願再想這些煩心事，先幫王嬌兒和姚氏操辦婚事，才是要緊。

第五十五章

如此又過了兩日，王嬌兒和牧謹言的婚期終於到了。

相較於闊綽氣派的王府，牧家破陋寒酸，又窄小至極。即便如此，靖安王還是決定讓牧家一手操辦婚事，無論公親貴族、文臣武將，凡是來道賀者，都必須前往牧家。

這是為牧家撐足了面子，也成全牧謹言身為男子的骨氣，更是在向整個碎葉城表態，靖安王府不論出身貴賤，若男才女貌，情投意合，便是王府千金也甘願下嫁。

牧家也為婚事盡足了心意，雖無高床軟枕，又無真金白銀，但牧母母子將院子打掃得乾乾淨淨，甚至這幾日牧謹言還賣了自己的不少畫作，才湊齊婚事所需。

行禮之時，牧謹言當著雙方親朋好友的面，向王嬌兒承諾一生一世一雙人，惹得王嬌兒在蓋頭底下偷偷抹淚。

賓客之間，卻是神色各異。

西瓊太子怕是頭一次參加這般寒酸的婚事，連張像樣的凳子也沒有，只能和眾人一起委屈地窩在小板凳上，更襯著那張黑臉顯得滑稽非常。而且，不知靖安王是不是故意想給他一點臉色瞧瞧，直到他走了，也未有人送上一送。

其他人當中，看著牧家攀上這一樁親事，羨慕有之、嫉妒有之、嘲諷也有之，但比起兩家歡樂來說，這些心思倒是顯得微不足道了。

如此，整整忙活一日，婚禮才終於圓滿。

因牧家人丁單薄，軒轅澈便受了牧謹言之託，代牧家送客。他少年成名，又風度翩翩，極會做人，才一會兒工夫，已經得了不少賓客青睞。

荀柳遠遠看著，因為昨天的事情，總覺得心裡有說不出的彆扭，便轉過身，繞過門口，往院子後走去，卻看見牧母靠在牆角，一副很難受的模樣。

她連忙走過去，扶著牧母。「牧伯母，您……」

話說至一半，她忽而想起一事，心裡一沈，衝到嘴邊的話戛然而止。

牧母撐不過今晚，但沒想到提早毒發了。喜宴剛散，便又要迎來白事嗎？這叫牧謹言如何承受得住？

牧母白著臉色，兩隻眼睛像是灌了鉛一般，沈甸甸的，看似想合上，卻又極力保持清醒。聽見荀柳的聲音，抬起手，無力地揪住荀柳的袖子。

「荀姑娘，不要出聲……」牧母小心翼翼地看向新房，嘴角露出笑容。「今天是他的大喜日子，我想看著他和和美美過完今天。」

剛才，牧謹言敬完酒，入了洞房。

「可是，牧公子定然希望能與您再說上幾句話。」荀柳有些鼻酸。

牧母顫顫巍巍地道：「該說的都說過了，夠了……」

「如何能夠？」

兩人身後傳來一道威嚴的聲音，荀柳轉身看去，只見靖安王正帶著王承志和姚氏站在他們身後。

軒轅澈也站在不遠處，正定定望著她，見她目光投來，便衝著她露出一抹笑。

看來，是他把人尋來的。

牧母正要行禮，卻被姚氏扶住。「妳我已是親家，不用再如此多禮。現在賓客已散，請隨我們一道去堂中吧。」

「去……去堂中做什麼？」

牧母轉頭看荀柳，荀柳也是一頭霧水，但仍扶著她，勸道：「既是世子妃說的，您便跟我們一起去吧。」

牧母強撐著打起精神，被荀柳扶到堂內的主座上，靖安王父子卻是坐在一旁下首，似是特意讓出位置的，心裡更是疑惑。

荀柳抬起頭，見門外大紅燈籠層層疊疊，照得院子裡一片通明。

此時，院門外忽然傳來打更人的一聲梆響。「三更天過，平安無事。」

院中響起數道腳步聲，八名丫鬟和小廝舉著紅燈籠，分成兩排站在廳堂門外，開出一道亮堂的路。

路的盡頭，竟是換下婚服的牧謹言和王嬌兒。

王嬌兒已經改作婦人妝，扶著夫君的手臂，眉眼含笑，緩緩走至堂內。然而每近一步，兩人眼角的潮意卻越濃。

丫鬟香琴在牧母跟前擺上蒲團，端上敬茶，送至牧謹言夫妻身前。

王嬌兒端過一杯茶，乖巧和牧謹言一齊跪在牧母跟前，眼角含淚。

「娘，謝謝您這些年對夫君的養育之恩。往後，無論貴賤，我會對夫君始終如一，望您放心。」

牧母看著兩人的模樣，手指微微顫著，許久才哽咽道：「好，好孩子。」

她從手腕上褪下一只鐲子，看起來並不名貴，猶豫著遞過去，似是有些羞於出手，又想縮回去。

王嬌兒抹了抹淚，衝她燦爛笑道：「這是娘送嬌兒的禮物吧？嬌兒很喜歡。」接過那只鐲子，直接戴到手上，比了比。「真好看，謝謝娘。」

牧母聞言，再也忍不住，淚凝成珠子，順著蒼老的臉頰滾下來。

這時候，有雙熟悉的手握住她，她抬起淚眼，只見兒子正定定看著她。

「娘，您放心，往後兒子不會孤身一人……」

牧謹言緊緊握著母親的手，低下頭忍住喉頭的哽咽，再抬頭，已然是笑容淺淺。

「兒打算婚後帶嬌兒赴京趕考，等考取功名後，再回來探望您。」

「好，好……」牧母又是哭、又是笑。
一直扶著她的荀柳感覺到，她的身子越來越沈，已然是撐不住了。
王嬌兒見狀，也伸手抓住牧母的另一隻手，喊了聲娘。
牧母吃力地緩緩攏住牧謹言夫妻的手。
「我兒俊秀，將來必會前程似錦，夫妻美滿。為娘安心了……」
她說罷，嘴角含笑，身子微沈，緩緩閉上了眼睛。
「娘？」牧謹言小心翼翼地喚了一聲，卻未見回應。
七尺男兒落下淚來，仍舊忍著，死死握住母親的手不肯放開。
姚氏和僕人們似是不忍再看，別過頭暗自抹淚。靖安王父子也是連連嘆息。
春風至而桑枝死，子欲養而親不待。這世上傷心事，不過如此。
荀柳忍著淚，慢慢退出廳堂，只覺得此時通紅喜慶的院子，看著竟令人心酸難忍。
她走出院門，只見門口多了一抹清俊身影。
軒轅澈靜靜望著她，身如玉竹，目若幽潭。
「若我也身患重疾，命不久矣，阿姊是不是才會順著我些？」
都這個時候了，他居然還有心情開玩笑？
荀柳哭笑不得，走近他。「你上次說，若我想知道，你便都告訴我？」
「自然。」這聲音聽起來異常愉悅，她甚至能看見軒轅澈高高揚起的嘴角。

荀柳也好心情地笑了笑，背過身，帶頭往前走。

「家中還有幾罈玉玲花酒，夠你我聊了。」

這句話引得軒轅澈眼角笑意越深，望著她的背影，也抬步跟了上去。

婚禮過後，西瓊太子便如火燒屁股一般，再也忍耐不住，又去向靖安王告辭。

然而，他去了幾次，靖安王不是在軍營練兵，便是出門視察民情。而西瓊使團若無靖安王府的放行令，死活也出不了碎葉城。

這回，便是傻子也看出靖安王府的態度了，明擺著就是扣押，不讓他們走。

而西瓊太子幾次碰壁後，反應更是奇怪，居然不慌不忙地安心留下，甚至還在別院裡公然招妓，一連三天三夜荒淫度日。

這些消息，都是莫笑從外面打聽回來的。自從那晚軒轅澈將所有事情告訴她之後，她消化了好久，才重新接受莫離跟莫笑的身分。

接受之後，她倒對武功產生了興趣，還逼著莫笑教了她幾招。

但是，換成她練，再俐落好看的招數也成了母雞打架，別提多難看了。所以，她當機立斷，連皮毛都沒學到便放棄。

但夜深人靜的時候，她卻逼軒轅澈帶著她像上次上屋頂那樣，又飛了幾次。那恍若大腦灌風的滋味確實讓人上癮，但鑑於這種事多少有點浪費載重者的真氣，她也就沒好意思再多提幾回。

後來，不知道是她多想還是怎麼的，軒轅澈居然像是在這無聊的復仇日子裡找到了別的樂趣，就是教她寫大字。

她本來不想學，但莫離和莫笑在一旁敲邊鼓，一個說她字跡有辱本人，一個說技多不壓身。想想也是，以後逢人提起她是雲子麟的姊姊，字卻寫得有如雞爬，這就有點尷尬了。

於是，這三天她什麼也沒幹，從最低級的小學子做起，跟雲子麟大文豪學寫毛筆字。

這一日，當莫離帶著暗部的消息匆忙走進屋時，看到的便是這一幕。

自家主子正站在荀柳身後，一隻手正握著她的手，帶她描摹字跡。

這本來沒什麼，但主子嘴角的那抹笑意卻溫柔得有些晃眼，兩人一高一矮，若是再近半分，便正好能契合成一體。

屋中的氣氛，再遲鈍的人也能覺察出幾分曖昧，偏偏當事人卻不懂。

地上和桌子上滿是被捏成球的紙團，荀柳臉上不知什麼時候也多了兩道墨印，但她仍舊專心致志地死死盯著自己手底下的那個荀字，大有一種「今天老娘寫不好，老娘就吃屎」的架勢，全然沒發現身後的清俊男子已然越貼越近。

然而，似是抓得緊了，她手底下一打滑，荀字的草字頭仍是撇出老遠。

氣氛沈默一瞬，她啪的一聲放下毛筆，引來身後人的一聲低笑。

「阿姊，練字需持之以恆。」

荀柳瀟灑擺手。「明天再恆，我現在餓了。」

她準備往外走，卻發現莫離正愣著站在門口，猜出他多半是來稟報暗部消息的。

那晚她跟軒轅澈說得很清楚，暗部和明月谷的事，她不會多干涉，但若有需要她知道，或者她想知道的事情，再由軒轅澈親自告訴她。

於是，她隨意打了聲招呼，獨自走出了房間。

莫離這才敢邁進屋，從懷中掏出一封密信，遞給軒轅澈。

「公子，京城來的密信。」

軒轅澈打開密信，看了半晌，嘴角微挑，將信放在燭燈上點燃銷毀。

「蕭世安果然坐不住了。」

斗篷人自上次現身之後，便未在碎葉城露過面。

西瓊那邊尚無消息，西瓊太子卻像是樂不思蜀一般，在別院裡醉生夢死，不問世事，也並未將別院越來越嚴密的看守當一回事。

碎葉城繼王府千金下嫁後，又恢復了平靜，倒是京城那邊出了幾件不小的事。

其一是太子軒轅昊剿匪有功，再受惠帝恩寵。與此同時，蕭黨藉著榮寵，又趁熱彈劾拉下了一批新黨朝官，致使朝上和民間議論不止。

其二倒是個好消息。大漢科舉考試三年一次，最近一次是前年秋闈，牧謹言因為照顧牧母而錯過了。若要重新赴考，又要從地方秋闈再考起，經過漫長數月，才能赴京趕考。

如今若想跳過秋闈，直接上京，倒也不是沒有辦法。

說起來，這還跟新黨及賀子良有點關係。

一年前，賀子良曾向惠帝諫言，可惜天下良才無坦途，這世上不能只有讀書才有出路，連同新黨官員請旨，為大漢子民制定了一條新規矩。

世上共有三百六十行，行行都算得上安民立命之事。他們想振興大漢民生，讓大漢人民除了讀書科考，也有其他路可出人頭地，遂將這處考場稱作「萬民坊」。

萬民坊不只考文采和經書，但凡在某處自認為遠勝常人者，下至刺繡做衣、耕田種地，上至行軍打仗、固民安世，都可進去一試。

如今，萬民坊開考，讓大漢百姓極為興奮。新黨在民間呼聲不小，如此更有不少追隨者想前往一試，牧謹言便是其中一個。

靖安王府得知牧謹言的打算，十分支持。男兒有志，牧謹言滿腹經綸，繼續留在碎葉城確實是委屈了，不如上京一試。

除此之外，他們也有其他考慮。

如今西瓊之事尚不知結果，他們就算能扣押西瓊太子一時，也扣押不了一世。若謝凝等人行事失敗，這場戰役怕是也避免不了，若能讓王嬌兒隨牧謹言一同入京，必要時改名換姓，倒也不失為保全她的法子。

荀柳得知牧謹言和王嬌兒安排好牧母的後事，就要離開碎葉城趕往京城，也到靖安王府為兩人送行。

上個月，王嬌兒還在閨中向自家娘親撒嬌賣乖，這個月便已嫁為人婦，且要隨著夫君遠離家鄉。

王嬌兒心中自是不捨，在王府門口哭了好一會兒，這才被牧謹言柔聲哄著上了馬車，臨走時還撩起車簾，對荀柳等人喊了幾句。

「祖父、娘、爹爹、哥哥、荀姊姊，你們一定要快些去京城找我玩，我會時常給你們寫信的。」

荀柳衝著她擺手，心裡酸澀。這一別，怕是不知何時還會再見了。

姚氏等人更是傷心不捨，但想到這或許是女兒的一條生路，牧謹言為人正直可靠，離開可能才是最好的選擇，心中便寬慰不少。

荀柳見靖安王也是一臉愁緒，想起這幾日西瓊太子的所作所為，正想藉機問幾句，卻見王嬌兒的馬車剛走，迎面又駛來一輛華麗的馬車。

從跟在馬車後的兩列西瓊侍衛，不難猜出這是誰的車駕。

果然，馬車車門一開，下來的不是別人，正是西瓊太子顏修寒。

不知是最近沾染太多女色還是怎麼了，荀柳總覺得顏修寒的臉色有些陰森森的。

顏修寒掃了眾人一眼，目光定在靖安王身上。

「看來，小王來對了。能見王爺一面實屬不易，敢問王爺今日可是有空了？」

這話陰陽怪氣的，讓人聽著十分不舒服。

荀柳心中對顏修寒並無好感，靖安王等人自然也未將他的挑釁放在眼裡。

靖安王面無表情，不鹹不淡道：「太子殿下來得不巧，本王正有急事，還請殿下改日再來吧。」便要往府裡走。

顏修寒見狀，也不著急，荀柳瞥到他嘴角扯出一抹陰惻惻的笑，覺得哪裡不對勁。

「小王數次登門，皆被王爺拒絕，王爺莫不是想阻攔西瓊使團入京求和？抑或根本想切斷西瓊與大漢的盟約之路？」

這話一出，四面八方似是聞聲而動一般，兩列西瓊侍衛立即提刀上前，將荀柳和靖安王府的人團團圍住。

荀柳心中一驚，顏修寒瘋了不成，在王府門前亮刀子，嫌自己活得太舒坦了？

不對！

她的目光掃過西瓊侍衛的手，這才發現到底是哪裡不對勁。

西瓊不同於大漢，崇尚力量，凡是武士便滿身肌肉，看上去魁梧而有力，卻是不重紀律，一向是能者居之，下級若能打敗上級，取而代之是常有之事。久而久之，西瓊武士的氣質也難掩其高傲與野心。

大漢將士則紀律嚴明，再有本事，也需一步步憑藉戰功上位。在此之前，須服從上級，忠心不二，同伴之間嚴禁內訌械鬥，氣質自然與西瓊武士不同。

眼前這些侍衛雖然披著西瓊的服飾，但氣質卻更似大漢將士。

而且，他們手裡提的不是西瓊彎刀，而是大漢將士配的長直大刀。

這些人，是大漢人！

第五十六章

荀柳還沒來得及提醒靖安王等人，卻聽顏修寒身後的馬車內傳出一道冷冽的聲音。

「靖安王可還記得下官？」

車門一動，一道人影走下來，此人身長六尺，方臉劍眉，一雙虎目炯炯生光。

這聲音，縱然再過數年，荀柳也認得出來。

此人正是五年前在宮門攔車之人，前禁衛軍副統領，今禁衛軍大統領蕭朗！

荀柳心裡一慌，不由往後退了一步。

五年前的一幕，仍似昨天才發生一般。她像躲避瘟疫一般，躲避了蕭黨五年，怎麼也想不到會在碎葉城相遇。

她顧不上自己的安危，滿腦子都在猜想蕭朗來這裡的目的。

靖安王等人看見蕭朗，也是震驚，但到底經過風浪，很快便恢復冷靜。

靖安王背著手，睇蕭朗一眼。「原來是蕭大人。蕭大人不待在京城，跑來本王這彈丸之地做什麼？」

經過五年歲月打磨，蕭朗似乎也變得圓滑不少，即便氣氛再僵持，也不妨礙他擺出一副似笑非笑的臉色。

「下官也是奉命行事。不久前，皇上收到來自西瓊使團的求和信，說是途徑碎葉城，遇到了一點麻煩。皇上體恤西瓊使團不遠萬里，舟車勞頓，便差下官帶人前來護送。下官也是不喜張揚，一路簡衣便行，不想卻聽到某些不好的傳言……」

他說著，嘴角冷冷一勾。「王爺，西瓊求和之事茲事體大，下官勸王爺還是莫要再出什麼紕漏才好，不然若是讓皇上知曉，下官即便想為王爺說幾句好話，怕也為難。」

區區一個禁衛軍統領敢對爵位只低於惠帝的靖安王說出「替他說好話」這種言論，若是在朝中，說是犯上之罪也說得過去。足以可見，蕭朗，抑或是他背後的主子惠帝，已完全未把靖安王府放在眼裡。

荀柳心裡冷嘲一聲，怪不得顏修寒今日跟吃了熊心豹子膽似的，敢情是早就偷偷搭上惠帝這條線，等來救兵了。

「哦？」靖安王面無所懼，反而嗤了一聲。「本王倒想知道蕭大人聽到哪些傳言，可有憑據？」

蕭朗瞇了瞇眼。「無論如何，西瓊使團在碎葉城耽擱已久。即日起，西瓊使團的一應事務由下官接管，王爺可有異議？」

靖安王靜靜看著他不語。

荀柳看著身旁一圈舉刀相向的侍衛，也是無語。喜歡用武力說話，這一點蕭朗倒是絲毫沒變。

蕭朗見狀，冷笑一聲，低頭百無聊賴地撫了撫自己的劍柄。

「看來，王爺心中似有不滿？還是對皇上不滿？」

靖安王不爽地抖了抖眉毛，王承志生怕自家父親發脾氣，有些擔憂地看過去，卻見他扯下腰上的金牌，招來一名親兵。

「去別院，把將士撤回軍營。」

親兵鄭重地用雙手捧起金牌，道了聲是，快步離開。

荀柳知道，這代表著妥協，一旦王虎等人撤出別院，西瓊使團便不再可控。

事到如今，謝凝等人仍舊沒有半分消息，若是真讓顏修寒進京，一切便來不及了。

但此時他們沒有別的路可走，不順從，就代表有叛心。怎樣都是打，至少妥協還能拖延一段時間。

見靖安王屈服，蕭朗揚手一揮，那些侍衛便收了刀。

顏修寒得意非常，居然笑咪咪地，挑釁般衝著靖安王行了個西瓊禮。

「王爺，這段時日叨擾了，可惜小王要事在身，不能久留。來日方長，或許我們很快就能再見，也說不定。」眼裡盡是不懷好意。

靖安王面色一沈，但此時不宜逞匹夫之勇。縱然是再難聽的話，他們也得忍著。

王承志淡笑一聲，不冷不淡道：「既如此，我們也不便相送，還請殿下和蕭大人……」

「慢著！」蕭朗打斷他的話。「下官來碎葉城，可不只為了西瓊使團的事。」

他將目光緩緩投向一旁始終未說話的荀柳，勾起了唇。「給我拿下！」

這句話惹得靖安王等人神色一驚，王承志立即阻攔。「蕭大人，荀姑娘與此事全無干係，為何抓人？」

「世子，下官是奉命行事，逮捕朝廷要犯，勸您還是少管閒事為妙。」

姚氏忍不住上前一步。「荀姑娘是碎葉城奇巧閣的老闆，何來朝廷要犯之說？」

「世子妃，您不知道的事情還多著。」蕭朗冷冷盯著荀柳。「據下官所知，此人和其弟荀風五年前來自京城，是也不是？」

他冷笑一聲，繼續說下去。「五年前，京城還出了一件大事，長春宮無故失火，雲貴妃攜二皇子葬身火海。好巧不巧，當日長春宮有兩名下等宮女無故失蹤，其中名叫桃兒的宮女的屍體被沈了湖，不久前才被打撈出來。另一名宮女名為柳絮，五年前年方十六，算一算，如今也二十一歲了，這聽起來確實巧合得有些過了，是不是，荀老闆？」

王承志和姚氏互看一眼，目中皆是一片驚色。

王景旭看著荀柳，雖然也吃驚，但更多的是憂心。

靖安王的神色更是複雜。

雲貴妃之死，他們當然知曉。五年前雲峰被告叛國，連同三萬將士被王軍圍剿，命喪於狼牙山。如今孰是孰非，民間還有不少爭論。

而荀柳和荀風的來歷，沒人比他們更清楚。但清楚不代表沒有欺瞞，如今一想，確實透著蹊蹺。當年荀柳等人闖入西關州，金武三人的來歷還算好查，但荀柳姊弟的來歷，卻都是她口述所言，若有欺瞞，誰也不知。

靖安王一家想著，目光不由看向荀柳。

荀柳心中苦笑，怎麼也沒料到，她的身分居然是在宮裡暴露的。不過，這也不奇怪，這並不是秘密，蕭黨若真查到關鍵，挖出她的身分是早晚之事。

但她以為，她逃得這麼遠，就算查到什麼，他們也不至於追來，看來她是太過樂觀了。

靖安王等人因為蕭朗的話，對她有所懷疑，也是情理之中，就算撒手不管，她也不會有怨言。

即便心中一片亂麻，她卻不能有一絲露怯，便裝作聽不懂。

「蕭大人，民女不知您說的到底是什麼意思。民女和弟弟確實來自京城，也確實進過龍岩山脈，但您說的什麼柳絮，民女是真的不明白，還望大人明察。」

蕭朗冷笑幾聲。「死到臨頭，還在嘴硬？來人……」

「慢著。」王景旭突然站出來。「這裡好歹是靖安王府門前，蕭大人說抓人就抓人，未免太放肆了些。」

靖安王也威嚴地出了聲。「蕭大人空口無憑，就想抓靖安王府的人，可是未將本王放在眼裡？」

王承志和姚氏雖未說話，臉上亦是支持之色。

蕭朗掃了幾人一眼，冷冷道：「王府中人？敢問她與王府有何親故？」

靖安王上前幾步，擋在荀柳面前。

「荀柳是本王義女。無憑無據便想在本王眼皮子底下拿人，這裡可不是蕭大人隨便撒野的地方。」

這話讓荀柳狠狠一愣，轉頭看向眾人。

蕭朗眯了眯眼，忽然笑道：「好，既然靖安王執意保下她，不如我等借碎葉城公堂一用，直接辯個明白如何？若這人真是宮女柳絮，王爺便不能阻止下官將她帶回京城處置。」

姚氏剛想說話，卻被靖安王伸手阻止。「好，就聽蕭大人的。」

半個時辰後，消息便傳開了，整個碎葉城都知道京城來了大官，不只一手接管西瓊使團的事，還抓了奇巧閣的老闆荀柳上公堂。

碎葉城還是頭一回出這麼大的事情，且聽說是那名高官與靖安王一同坐審，甚是稀罕。不到一會兒的工夫，公堂外便擠滿看熱鬧的人。

公堂之上，靖安王和蕭朗並列而坐，王承志和王景旭坐在下首旁聽。

主理公堂的七品小官，平日沒什麼正事可幹，孰料今天迎來兩尊大佛，只能戰戰兢兢地坐在下頭，等候差遣。

這是荀柳第一次經歷古代的審訊，摸不清對方到底掌握了多少證據，苦思冥想如何脫困，但想了半晌，腦中卻什麼法子也沒有。

算了，見招拆招，她只希望軒轅澈能早點收到消息，早些想出法子應對。

她剛在心裡下了決定，卻聽見堂下傳來一片喧譁聲，夾雜幾道她再熟悉不過的聲音。

她轉頭看去，幾個官兵竟然將錢江夫婦和莫笑帶了進來。

錢江和葛氏不明就裡，看見她跪在堂中，便想衝上前。

「小妹，這到底是怎麼回事？他們對妳做了什麼？」

荀柳一時不知道怎麼解釋，那些官兵將三人押在一旁，不允許他們靠近荀柳。

堂上的靖安王還未開口，底下的王承志卻忍不住皺眉。

「蕭大人，錢江幾人又犯了何罪，為何連他們一起抓上來？蕭大人雖是奉皇命前來，但行事如此隨心所欲，未免太過了。」

蕭朗掃了錢江三人一眼，沒看到想見那人，眼中閃過一絲涼意，見帶人上來的下屬微微搖頭，便忍下脾氣，不冷不淡地出了聲。

「世子何須心急，帶他們上來，自是有事要問。至於是否有罪，一審便知。」他說著，看向靖安王。「王爺，是否可以開始了？」

靖安王面無表情地點點頭。

蕭朗收回笑意，重重一拍驚堂木。「堂下柳絮，妳可知罪？」

荀柳咬了咬牙，乾脆裝蒜裝到底，抬起一雙驚慌又無辜的眼睛。

「大人，民女名為荀柳，實在不知道大人所說的柳絮是誰。」

「哦，是嗎？看來妳是打算抵死不認了。」蕭朗勾唇冷笑。「待會兒見了證人，我看妳再如何狡辯。」

他拍拍手，又有兩人被押上來。

這是一對中年夫妻，男人尖嘴猴腮，個子稍矮；女子卻是頂著一圈肥肉，十分富態。兩人皆身穿布衣，滿面風塵，不像是西關州本地人的模樣。

兩人看見蕭朗，正欲下跪，但一掃到旁邊的荀柳，眼睛瞪得溜圓，婦人更是氣得咬牙切齒，上前揪著荀柳的袖子。

「柳絮，果然是妳！妳到底做了什麼骯髒事，害得妳叔叔和我被抓到這麼遠的地方！」

荀柳心底一沈，這才想起，這具身體的原主確實還有一對叔嬸。

蕭朗居然肯費這麼大的力氣，只為了抓她？

不對，他的目的不在她，而是軒轅澈！

蕭黨費了這麼大力氣，怎麼可能只是為了尋找一個無關緊要的小宮女？雖然她不知蕭黨是如何查到消息的，但鐵定是想通過她誘出軒轅澈。

不，還是不對，蕭黨怎會好心公布對手是誰？這不是替太子公然找了個競爭皇位的對手？肯定有什麼她沒想通的地方。

無論如何，柳絮的身分，她必須咬死不能認！

荀柳想著，紅著眼眶，向前爬了幾步。

「民女真的不認識這兩人。王爺，您最是清楚，民女姊弟孤苦無依，在碎葉城承蒙王爺和百姓抬愛，才略掙了一些薄產，若是遠方有親，這五年如何一面也未曾見過？民女的為人，碎葉城百姓們最是清楚不過，民女自問從未作奸犯科，如何能憑這兩人的一面之詞，便斷定民女是那宮女柳絮？」

她說著，又看向那一對中年夫婦。

「世上長相相似的人不在少數，我是來自京城不假，但若照你們所說，那柳絮應是自小就入了宮，過去這麼多年，兩位如何確定我便是柳絮？」

那對夫婦對視一眼，頓時愣住。「這……」

這時候，公堂外的百姓也開始附和。

「是啊，我知道奇巧閣，從開業第一年到現在，雖然掙了不少錢，但也做了不少好事。荀老闆很少露面，但二掌櫃夫妻是頂好的人。」

「該不會是誰家眼紅奇巧閣的生意，隨便找了個由頭，誣衊人家吧？」

「誰知道呢，聽說京城那邊的官老爺們都很厲害，說不定這裡頭還真有什麼見不得人的勾當。」

外面議論聲越大，蕭朗的臉色越黑，最後忍無可忍地一拍驚堂木。

「肅靜！」

他冷冷看著臺下表情無辜而委屈的荀柳，對一旁不明就裡的中年夫婦道：「你們可想好了，此人到底是不是你們的姪女柳絮？」

他衝著兩人瞇起眼，惹得兩人渾身一顫，想也不想，便又磕頭。

「草民確定，她就是我們送入宮中的姪女柳絮。」

蕭朗滿意一笑，挑眉看向臉色陰沈的靖安王。「王爺，既如此，怪不得下官了。」

靖安王等人臉色一沈，眼見蕭朗嘴角露出滿意一笑，竟是要草率結案，正準備出手阻止，卻聽公堂外忽然響起一聲清朗悅耳的男聲。

「大人如此斷案，與屈打成招又有何區別？」

眾人扭頭看去，只見來人長身玉立、素影流光，單單站在那裡，便自成一處風景。

大家被這無雙風華的身影迷了眼，堂上卻有一人暗暗吃驚，手指忍不住顫抖。

那雙鳳眸……他絕對不會認錯！

蕭朗忍下心中的驚濤駭浪，瞇了瞇眼。

這次他來碎葉城，除了奉皇命護送西瓊使團，也是遵照蕭世安的密令，除去他這些年的心頭大患。

五年前，雲貴妃和二皇子之死，只有蕭皇后、蕭相爺和他知曉，其中那具二皇子的屍體，根本是另有其人。這些年，他掘地三尺，仍未找到二皇子的下落。

他本來以為，許是他們小心太過，二皇子可能早就殞命在外，也未可知。

孰料，三年前積雲山的雲松書院突然冒出個雲子麟，起先他們還並未察覺出有何威脅，但等到第一批新黨入朝大受惠帝青睞後，他們再想阻止，卻為時已晚。

那時，民間開始傳言四起，說雲子麟就是雲家後人。但雲家早已被他們斬草除根，又哪裡來的後人？

這時候，他們才發覺哪裡不對，經過相爺提醒，想起當年定是漏了什麼。經過一番盤查，這才發現，他竟漏掉柳絮這條重要的線索。

來這裡之前，他還不能斷定雲子麟的身分，但如今看到這雙與雲貴妃如一個模子刻出來的眼睛，再加上這些線索，他已然可以斷定，眼前這人就是二皇子軒轅澈。

怪不得，他輾轉這麼多年，一直在京城附近搜查，卻沒想到這隻雛鳥竟有膽子飛躍危險重重的龍岩山脈，藏到了這麼遠的地方。

之前相爺一直以為雲子麟不過是賀子良在外安置的哨子，沒想到竟全得來不費工夫。

今日不論是他，還是柳絮，一個也不能留！

第五十七章

蕭朗目光一暗，正想說話，卻見公堂下又有兩人走進來，抹著淚撲向荀柳。

「阿柳，妳是阿柳吧？都這麼大了……」

「阿柳，我是妳姑父啊，小的時候我還抱過妳的，妳忘了嗎？」

來人是個打扮周正的中年婦人，看上去很和善。她身旁的人是個中年男子，也是十分正派可靠的模樣。兩人穿著打扮不似西關州人，身上還揹著包袱，似乎是剛到此地。

荀柳見到他們，也是一愣，望向他們身後的軒轅澈，一時間不知該如何反應。

軒轅澈從容笑道：「阿姊，我也是今日才知道，我們在青州還有親戚。不久前，他們聽人提起我在君子軒賽詩會上的事，得知我真名荀風，這才找了過來。原本我心中尚存疑，但看來……」

他說著，輕描淡寫地掃蕭朗一眼。「來得正是時候。」

婦人抹淚，點頭附和。

「阿柳，妳不記得我和妳姑父，也是應該，都要怪我。妳三歲時，妳爹爹不答應我嫁給妳姑父，我一氣之下隨妳姑父奔走異鄉，後來在青州定居。

「這麼多年，我因為賭氣，從未聯繫過你們，想必以妳爹那脾氣，也不會跟你們提起我。後來我才知道，妳爹得罪了奸商，被官商勾結的狗官活活打死在大牢裡，你們姊弟為了躲避仇人追殺，才逃離了京城。」

她抽噎了幾聲，表情真摰至極。「我以為你們姊弟是沒命了，但萬萬沒想到，你們變得這般有出息。可再出息，也不免被小人惦記，但不用怕，姑姑定會護著你們。」

她說著，沒好氣地瞥向一旁那對心虛的夫婦。

那對夫妻剛才聽荀柳那麼一說，心裡也沒底，這會兒看到自稱是荀柳姑姑和姑父的人，更是心裡打鼓，不由頻頻看向堂上的蕭朗。

蕭朗面色鐵青，不知道在想什麼。

堂下的百姓們也是面面相覷，沒想到居然還有反轉。

「聽起來，後到的兩人更像是荀老闆的親戚。先來的那兩個長得就是一副奸猾樣，哪裡有點當叔嬸的樣子。」

「對啊，怪不得五年前荀老闆會帶弟弟從遙遠的京城來碎葉城，原來是受了狗官打壓。敢從龍岩山脈逃過來，真是不容易啊。」

「大人，她確實是我們的姪女柳絮沒錯。」胖婦人咬了咬牙道：「這丫頭雖然十二歲就被我們送入宮中，但模樣未變多少。且我們只有這一個姪女，根本就沒有叫荀風的姪子，他們定然在說謊。」

王景旭聞言，面色一驚，看向荀柳和荀風的目光複雜萬分，但什麼都沒說。

「哦？本王倒是頭一回聽到這般新鮮的事。」

靖安王冷笑一聲。「碎葉城無人不知他們姊弟相互扶持，情深義重，要不是荀老闆，荀風斷然上不了積雲山求學，也成不了如今聞名天下的雲子麟。若無血緣關係，本王想不通，她為何要對外人這般掏心掏肺？」

一旁的錢江和葛氏也跟著附和。「對，碎葉城無人不知他們姊弟情深，你們無端誣衊人就罷了，這麼爛的藉口也想得出來？」

一時間，外頭的百姓也指著胖婦人議論紛紛，更是逼得兩人面色青白交加。

蕭朗面色陰沈，瞪著底下兩個不成器的廢物。

這時候，施施然站在一旁的荀風忽然道：「雖是親戚，也不能口說無憑，你們可有別的證據證明我阿姊的身分？」

胖婦人和丈夫對視一眼，皆不言語。

他們跟柳絮一家打小不親近，柳絮父母雙亡之後，沒過幾天便將她賣到宮中，哪裡還有什麼證據？

此時，那相貌周正的婦人卻款款道：「我有。我記得阿柳手肘朝裡的位置有顆紅痣，三歲時，我經常幫她洗澡才知道的。那時候只有芝麻大小，如今應該是長大了一些。」

荀柳心中一動，不由看了軒轅澈一眼。

她手肘裡側確實有顆紅痣，當年兩人在龍岩山脈深處，她為了捉魚，曾經將袖子挽高，才被他看見的。她記得，那時他還紅著臉斥責她不守禮法，女子不該隨意露出面與手之外的肌膚，沒想到如今居然用上了，而他的思慮竟能到這個地步。

靖安王目光微閃，對小官使眼色。

小官會意，立即派一名嬤嬤上前檢查，果然見荀柳手肘裡側確實有一顆豆大的紅痣。

「蕭大人，你可還有話要說？」

蕭朗的眼中竟又恢復了鎮定。「王爺莫急，下官可未說只帶了這兩個人證。」

他嘴角勾起一抹陰惻惻的笑容，目光掃過底下的軒轅澈，抬手道：「再帶人證！」

他還有人證？

荀柳心中忐忑萬分，在看到被押上來的人時，渾身一震。

臉頰異常蒼白的男子在她身旁跪下，低頭囁嚅道：「奴才常安，見過蕭大人。」

他跪下時，略寬的衣袖擺動，微微露出手腕上猙獰的鞭痕，正巧讓跪在一旁的荀柳看在眼裡，忍不住捏了捏手指，抬眼看向上座的蕭朗。

常安，五年前助她逃出牢籠之人，他們竟對他動刑。

她一個下等宮女，無故消失後，頂多找幾日便了了，但因涉及皇家私密，蕭朗定是用了極端手段，嚴刑拷打宮人。所以，她當初以為算不上重要的細節，如今都成了致命破綻。

「常安，你且看看，你身側這人是誰？」

常安扭頭看荀柳，目光空洞無神。「她是曾受奴才幫助逃出宮的長春宮宮女柳絮。」

蕭朗漫不經心地笑了笑，語氣陰森中帶著一絲威脅。「荀老闆，妳可看清楚了。妳不認罪，這三人便有誣衊陷害之嫌，當就地處死。」

那些傷痕，站在一旁的軒轅澈自然也看得清楚，微微抬眸，眼中掠過一絲透骨的涼意。

荀柳緊緊捏著手指，蕭朗這是在逼她。

若她否認，相當於親手葬送三條人命。就算這三人於她而言，交情不過爾爾，該毫不猶豫地選擇否認。但這是三條活生生的人命，她如何開得了口！

胖婦人夫妻一聽要命喪於此，立即撲過來，抓住荀柳的袖子哭求。

「妳明明就是柳絮，為何要說謊？乖姪女，我們當初是對妳不太好，我們知道錯了，我們不想死，妳說實話啊……」

另一側的常安卻始終安靜地跪著，恍若公堂上的眾人皆與他無關一般。

荀柳抬頭看軒轅澈，他仍舊靜靜站著，不曾打算左右她的決定，那從容且全然信任的眼神，令她眼角忍不住酸了酸。

罷了，從五年前決定救下他的那一刻起，她已經沒有回頭路可走。這三條人命算她欠的，來日就算下了地獄，被惡鬼討伐，她也毫無怨言。

她正準備開口，卻聽到常安比她先一步出了聲。

「奴才有話要說，還請靖安王替奴才主持公道。」

蕭朗本來表情得意，聞言神色一凜，忍不住起身怒斥。「常安！」

靖安王伸手擋住他。「蕭大人，公堂之上，任何人都有權辯解，蕭大人莫要壞了規矩。」又轉頭問常安。「你有何話要說？」

常安仍舊低著頭，但語氣不卑不亢，甚至還帶著一絲恨意和決然，抬頭瞪向蕭朗。

「奴才要控告禁衛軍統領蕭朗。他拿奴才胞妹要挾，且對奴才屈打成招，逼迫奴才來此誣告。」

「放肆！」不等靖安王發話，蕭朗惱羞成怒。「來人，將這滿嘴謊話的奴才拖下去！」

「蕭大人如此審案，當真是聞所未聞，見所未見。」軒轅澈施施然站出來。「只許大人逼人誣告他人，卻不許無辜受害者吐露實情，這便是京城來的大官所謂的為官之道？」

因雲子麟此名早已深入人心，且公堂外的看客中也有不少看熱鬧的文人，紛紛附和。

「荀公子說得對！狗官見誣告不成，便想硬堵人口，是何道理？」

「都說朝中舊黨官僚腐敗已久，雲子麟與新黨有故，這狗官怕不是來假公濟私，鏟除異己的，還請王爺為荀家主持公道！」

「對，主持公道！」

堂下眾人你一言、我一語，蕭朗的臉色越發難看。

「都給我閉嘴！」他從袖中掏出一件物事，拍到案桌上，看向靖安王。

「王爺，這是皇上手諭，命我重查五年前長春宮失火一事。常安身分再低，好歹也是宮中之人，王爺莫不是以為我能欺上瞞下，私自對宮人動刑吧？還是說，碎葉城百姓無視皇令，想公然造反？」

靖安王等人看向桌子上的物事，果然是明黃色，綴有龍紋圖樣的手諭聖旨。

蕭朗故意說了造反兩字，看似是在怒斥百姓，實則是在警告他們，莫要再繼續多管閒事，否則直接以造反論處。

大局和荀柳，孰輕孰重？

王景旭見祖父抿嘴不語，眼中露出一抹急色，想站出來說話，卻無任何資格。

蕭朗斜睨眾人一眼，看著荀柳和軒轅澈，眼底掠過一絲殺意。

「五年前長春宮失火，雲貴妃攜二皇子葬身火海，但經由本官探查，證實其中一具屍骨另有其人。數日前，本官在龍岩山脈深處，找到了真正的二皇子屍骨，係五年前被人所害。這些事情串聯起來，當初將二皇子帶出宮並殘殺之人，定與柳絮脫不了干係。

「今日本官來拿人，卻因王爺等人橫加阻撓，才耽擱工夫。但因為這齣戲，本官更能肯定荀柳姊弟干係重大，若還有人枉顧聖旨，上前阻攔，就別怪本官先斬後奏。來人！」

蕭朗一招手，公堂之外湧入一批黃甲士兵，將荀柳和軒轅澈等人團團圍住。

荀柳心中恍然大悟，終於明白蕭朗的目的，他是想藉著自己的身分，在碎葉城一併鏟除軒轅澈！

呵，什麼奉旨拿人，那狗皇帝怕是從頭到尾都聽信了蕭黨的讒言，以為真是有人放火害了雲貴妃。

殊不知，五年前逼得雲貴妃放火救子之人，始終都是他自己，如今竟還昏庸到被蕭黨利用，親手下旨，要殺自己的親兒子。

雲貴妃真是有先見之明，若是讓軒轅澈繼續待在宮中，怕是早已沒命。

她懶得再跪，扶起旁邊雙目赤紅、虛弱不已的常安一同站起來。

此時，她身後也有一雙溫暖的手貼過來，助她直起早已跪得痠疼的腰，無懼而嘲諷地直視蕭朗。

錢江、莫笑、莫離也靠過來，勢要與他們共進退。葛氏雖然面帶懼色，也絲毫沒有猶豫地站在錢江身旁。

蕭朗雙眼微瞇。「給我拿下！」

莫笑與莫離，和跪在地上那對長相周正的中年夫妻，以及人群中的數道人影，悄悄亮出了兵器。

這時，公堂之中，另一人站了起來，是靖安王。

「蕭大人，你若要動手，怕是得問問這碎葉城乃至西關州數萬百姓的意思，不然縱然本王今日不干涉，爾等也無法將人帶出城門。」

蕭朗面色一沈。「王爺是什麼意思？」

王景旭也隨著父親看向自家祖父，不明白他要幹什麼。

靖安王緩緩走下來。「蕭大人應當知道，五年前西關州年年鬧大旱，民不聊生，本王也束手無策。但本王遇到一名奇人，她見百姓慘狀，於心不忍，冒死向本王獻上良策，也就是如今的管道引水治旱法，救我萬民於水火之中。

「事後，此人不要半分名聲，只懇求本王讓她在碎葉城安家落戶，本王便隱去其名，聲稱此法乃百官商討所為。殊不知，就連那管道上的小小開閘，都是她費心設計所成。

「五年來，西關州漸漸恢復民生安樂，上至百官，下至千萬百姓，無不欠著她一份情。此人便是蕭大人現今要抓之人，荀柳。」

此言一出，公堂上下無不沸騰！

怪不得荀柳五年前初到此地，便得到靖安王的賞識，一路順遂至今；怪不得，事事皆有靖安王府為她出頭，世子嫡女待她如姊妹，世子和世子妃待她如親女。

舉國聞名，招致西瓊眼紅的管道引水設計，竟出自這看似不起眼的小小女子之手。遑論雲子麟於成立朝中新黨有功，施惠於他們這等平民百姓。這姊弟二人皆是驚世大才，如何能輕易讓京城來的狗官說帶走就帶走。

百姓中，立即有人冒死喊道：「荀老闆乃救世英雄，荀公子乃我朝文人曙光，不論是誰，無憑無據便想抓走西關州的英雄，我們不答應！」

「對！你說那是皇上手諭，但皇上離這裡千里之遠，誰知道你拿的手諭是真是假？若是皇上知道荀老闆所作所為，如何能這般對待英雄？怕不是你假傳聖旨，想草菅人命！」

「京城大官竟如此罔顧王法，這身分可能也是假的，我看你才像是作奸犯科之人，懇請王爺捉進大牢，好好盤問盤問。」

蕭朗臉色鐵青。「你們真的想造反？」

「欸。」靖安王皮笑肉不笑道：「如何能說是造反？蕭大人，本王也很疑惑你此行來的目的，那手諭是真是假先不論，本王倒是懷疑你假借聖旨，想對西瓊使團不利。本王奉先皇之命駐守西關州，為的便是安定西瓊，不犯大漢。如今西瓊使團馬上就要入京，你卻憑空冒了出來，還聲稱奉命接管西瓊使團的一應事務，讓本王想不懷疑都難啊。」

這是什麼情況？

荀柳一臉懵，不由看向身後的軒轅澈，見他衝著她挑眉笑了笑，腦子一轉，恍然大悟。

難道靖安王是想藉此機會，直接扣押蕭朗和西瓊使團？正好製造輿論，順應民心，一箭雙鵰？

到時候，就算消息傳到惠帝的耳朵裡，屆時謝凝那邊怕是早已有了結果。若成功了，惠帝失去西瓊支持，想動靖安王府，怕還要仔細掂量掂量；若敗了，正好拉個墊背的，怎麼也不虧。

以前一塊兒喝酒的時候沒看出來，這老頭兒居然這麼老奸巨猾。

荀柳忽然覺得，平日跟她喝酒瞎扯淡的靖安王，說不定是假的。

果然，聽到靖安王這話，公堂外的百姓們又炸了窩。

「他還要獨攬西瓊事務？王爺，此人定是居心叵測，您千萬要三思啊！」

「害我英雄不說，還想謀害西瓊使團，挑起兩國紛爭，真真卑鄙無恥！此人莫不是昌國奸細？」

場外百姓的議論聲越來越大，靖安王眼底的笑意卻越來越深，但瞥向蕭朗時，卻是寒光一片。

「蕭大人，如此，便休怪本王無禮了。」

「靖安王。」蕭朗咬牙。「你這般已經是公然造反，就算我死了，皇上知道後也不會放過爾等逆賊！」

「欸，話可不要說得這般難聽。」靖安王看似心情甚好，居然還有心思跟蕭朗開玩笑。「我可不會像蕭大人這般喊打喊殺，更不會動用什麼私刑，不過看押蕭大人一段時日。等事情查明之後，若蕭大人是清白之身，屆時本王自會放人。」

他說完，向外威嚴喊道：「來人！」

話音剛落，便聽公堂外響起數道整齊的腳步聲，靖安王旗下的士兵皆是穿灰衣、戴銅甲，不消一刻，士兵便將蕭朗在內的所有黃衣銅甲士兵包圍在內。

胖婦人夫妻皆被這陣仗嚇得瑟瑟發抖，早已躲到角落裡，連大氣都不敢喘。

荀柳也被軒轅澈攬在懷裡，帶出了人群。

蕭朗狠狠瞪靖安王一眼，跟著一干下屬被押下去，經過荀柳和軒轅澈身旁時，忽然扭頭，目光中的森然寒意，令人不由心中發顫。

此次危機算是過了，但這是不是也證明，蕭黨那邊已經得知她和軒轅澈的存在？

以後她該怎麼辦？小風又該怎麼辦……

第五十八章

荀柳腦子裡一團漿糊，不知過了多久，聽見頭上傳來一聲低笑。

「阿姊，人已經走了。」

她當然知道，不經意地扭過頭，這才發現她還被他摟在懷裡，甚至她的手不知什麼時候抓住了他胸膛上的衣服，鼻翼間傳來一陣清新好聞的味道。

一抬頭，她只能平視男子頸間瑩潤如玉骨的喉結，再往上看，是風華無限的絕美面孔。那雙鳳眸帶著笑意，溫柔地看著她，眸中倒影清晰可見她呆愣的模樣。

謙謙佳公子，目中有佳人。不知為何，她被這目光盯得心臟猛跳幾下，腦海裡莫名其妙蹦出這句不知從哪裡聽過的詩詞。

她又感覺到另一道冷冽的目光直射過來，扭頭一看，王景旭正面無表情地盯著她和軒轅澈，立時一驚，這才反應過來，掙開軒轅澈的懷抱。

不對啊，她緊張個什麼勁兒？危急之中，弟弟跟姊姊抱在一起，有什麼不對嗎？王景旭看著她和軒轅澈的眼神，怎麼像是在看狗男女似的？

還有，這段時日，軒轅澈確實也很不對勁，以往她雖然不排斥跟他勾肩搭背，但最近她老覺得他看她的眼神奇奇怪怪的。

荀柳想不明白，乾脆就不想了，她還有不少事情要向軒轅澈問清楚，便想先拉著軒轅澈向靖安王等人告辭。

孰料，靖安王意味深長地看了她和軒轅澈一眼，慢條斯理開了口。

「今日有驚無險，兩位不如與本王一道回府喝點茶壓壓驚，如何？」

他說完，目光定在軒轅澈的臉上。

王承志和王景旭打量兩人的神色，亦是複雜非常。

軒轅澈並不在意，笑著應下。「如此甚好，王爺先請。」

荀柳抿了抿嘴，心裡明白，她隱瞞五年的秘密，終於是瞞不住了。她和軒轅澈在蕭朗面前演的這齣戲，騙得了別人，卻騙不了慧眼如炬的靖安王。

軒轅澈似乎也沒打算繼續隱瞞，想藉此機會向靖安王坦白事實，但能否換來一個強勁的盟友，還未可知。

「你說什麼？蕭朗被抓了？」

王府別院內，顏修寒怒瞪著眼前的下屬，忍不住狠狠踢了他一腳。

「廢物！都是廢物！靖安王到底想做什麼，竟敢得罪惠帝?!」

「他不是敢得罪惠帝，而是已經有了可以制衡西瓊的法子。」屋內傳來一聲邪佞至極的輕笑。

一名身穿玄色斗篷的男人從暗處走出來，略抬下巴，露出似笑非笑的殷紅唇角。

「太子殿下後院起火多時，卻半分察覺也無。孤真不知，殿下是天真，還是愚蠢？」

「愚蠢」二字，斗篷人說得輕蔑且嘲諷，惹得顏修寒面色一沈，卻未發作，對斗篷人十分顧忌的樣子。

他對下屬使了個眼色，讓他退出去。見房門闔上，這才轉過頭瞥斗篷人一眼，撩袍在凳子上坐下。

「昌王說的話，是什麼意思？」

眼前的斗篷人，也就是荀柳五年前在匪寨所遇之人，正是當今昌王詹光毅。

詹光毅聞言，勾了勾邪氣四溢的紅唇，伸手拉下兜帽，露出那張雌雄莫辨的絕色臉龐，也在顏修寒對面的凳子上坐下，抬手替自己倒了杯溫茶。

「太子殿下可還記得十年前西瓊前王后之死？」

顏修寒的眸子微微瞇了瞇。「昌王有話，不如直說。」

詹光毅不疾不徐道：「這般還猜不出？當年麗王后未能及時斬草除根，如今這野草已蔓延至西瓊宮牆。據孤所知，前王后之女已然在靖安王協助下，成功潛入西瓊。他們可是在等新的使團，來替換你這舊的使團呢。」

「你說什麼?!」顏修寒驚得猛然起身，來回踱步許久，道：「不可能！當年我曾親耳聽見那些殺手對我母后稟報，顏玉清母女已死……」

見詹光毅但笑不語，顏修寒慢慢停了嘴，越想越覺得有可能。十年前，那兩具屍首已然被野獸啃食得面目全非，光憑服飾才勉強認得出身分，極有可能早就被調了包。

難道，顏玉清一直待在大漢？不然如何解釋靖安王府一再拖延他上京的時間，卻絲毫不怕事情敗露，被惠帝知道？

若是顏玉清真的潛入宮中，發現父王被他和母后下了毒……

不行，他必須立即通知母后，小心提防！

但如今王府別院連一隻蒼蠅也飛不出去，他如何傳信？

顏修寒面色越發陰沈，忽然靈光乍現，看向一旁始終老神在在，愜意喝茶的詹光毅。

「今日昌王過來，想必也是來幫小王的吧？」

他說著，神色比之前溫和了數倍，甚至還親手討好般為詹光毅添滿了茶。

「如今這別院唯有昌王有本事來去自如，不如再勞心幫小王一回？待小王順利出了碎葉城，入京見惠帝，便可繼續進行你我的計劃，引得惠帝和靖安王兩虎相爭，我再帶兵假意應和。待他們雙方兵力疲軟之時，你我再兩側夾擊，坐收漁翁之利，豈不美哉？」

「這原本是條良計。」詹光毅微微瞇眼，抬手輕抿一口茶。「如今卻不見得。」

他瞥向顏修寒。「太子殿下和麗王后的把柄若是被顏玉清抓住，太子殿下又該如何對孤兌現承諾？五年前出自龍岩山脈的那批兵器，孤可是拱手讓出不少呢。」

「顏玉清算不得威脅，只要昌王肯再幫我一次，母后收到我的提醒，定能解決後患。」

「是嗎？」詹光毅冷冷勾起唇。「據孤所知，如今西瓊朝中重兵，有一半掌握在前王后兄長手中，若他知曉顏玉清未死，太子殿下又當如何？」

顏修寒面色陰沈至極，這回算是聽明白了，詹光毅不是打算來幫他的。

「昌王到底是什麼意思？既想分一杯羹，便莫忘了，我若被困，昌國也討不到半分好處。唯有幫我逃走，你我才能得利。」

詹光毅慢慢放下手中的茶盞，輕笑一聲。

「太子殿下似乎忘了，孤還有一個選擇。鷸蚌相爭，漁翁得利，只要漁翁是孤，那鷸跟蚌是誰，又有何關係呢？」

他說著，伸手慢慢扣住自己的另一隻手腕，嘴角的笑意越發邪佞。

顏修寒大驚，再反應已是來不及，詹光毅的手腕上忽然嗖的一聲射出一道暗光，頓覺胸前一涼，胸口已然被一支連著鐵絲的暗器戳穿，又聽嗖的一聲，暗器被扯了回去。

他喉頭一腥，噗的噴出大口鮮血。

「你……」

顏修寒只來得及說出一個字，滿嘴的話都化為鮮血上湧，不出一瞬，便睜著那雙不甘的眼睛，直挺挺地倒在地上。

門外的侍衛聽到動靜，推開門闖進來，然而剛邁進門，便又聽到嗖的一聲，那支暗器也穿透他的胸膛，像是拉扯風箏一般，將他拽進門，讓他再也出不了聲。

院內，嘯如鬼泣一般的風在呼呼颳著。

外院的王虎不覺打了個噴嚏，莫名其妙看了眼已經黑沈沈的天色。

這天，怎麼冷不防就要變了？

此時，靖安王府燈火通明，前廳房門緊閉。

靖安王坐在上座，一雙虎目正似嘲非嘲地看著座下的人，正是荀柳和軒轅澈。

荀柳和軒轅澈對面，則是皺眉打量他們的王承志。

荀柳坐不住，挪了挪屁股，小心翼翼地跟身旁的軒轅澈商量。

「若實在不行，咱們就跑吧。剛才王爺還說欠了我的情，應當不敢當著眾人的面追著我們打……」

「妳倒是試試本王敢不敢？」靖安王本來就一肚子火，這會兒聽到她的話，更是火冒三丈。「揪著這點事，真以為就能拿得住本王？」

荀柳的臉憋得通紅，王承志也無奈又好笑地嘆了口氣。

完了，她忘了在座四位，就她是個菜雞，其他三人都是會武的。這悄悄話對他們來說，跟聽廣播沒什麼區別。

這下，她更坐不住了，只想往屋外逃。

軒轅澈笑看她一眼，伸手握住她的手，表示安慰。

軒轅澈對靖安王父子道：「不知王爺想知道什麼？在下定知無不言，言無不盡。」

靖安王沒好氣地冷哼一聲。「你也別與本王打啞謎，本王要知道的自然是全部。若有半分隱瞞，我想你們應當明白，多一個敵人比起多一個朋友，可是不划算得多。」

荀柳一愣，隨即高興起來。「王爺，您肯幫我們？」

「那得先看看你們的誠意。」靖安王的臉色仍舊臭得可以。

荀柳看看軒轅澈，自覺心中有愧，便主動開了口。

「王爺，這都是我的錯，怪不得小風，他是身不由己。其實，我們並未打算給您和世子添麻煩，當年之所以隱瞞，確實只是想在碎葉城落腳而已。」

「荀姑娘，父親當著百姓面前表態，往後無論妳願是不願，我們已然是一條繩子上的螞蚱，還有什麼話是不能說的？這些年，你們姊弟助靖安王府甚多，孰是孰非，我等還是辨得出來的，父親不過是氣妳存心隱瞞而已。」王承志緩緩道。

靖安王沒好氣地冷哼一聲，並未反駁。

荀柳心中更加愧疚，剛想起身，卻被軒轅澈按住手背。

軒轅澈衝她一笑，施施然站起來。「阿姊只是無辜被牽連，其中因果，當由我來說。」

他鄭重地向靖安王行了個君子禮，緩緩開口道：「王爺和世子應當聽聞過，五年前雲家被抄之事……」

他侃侃而談，面上始終帶著溫煦笑意，然而他口中的冒死闖宮門、廟中鬥匪徒、礦山險驚魂，再到邵陽城劫屍，樁樁件件都讓人驚嘆，又唏噓不已。

即便已經過去五載，但這每一幕都似是昨日才發生過一般，荀柳聽著聽著，便忍不住閉上了眼。

這幾樁事後，應再加上幾件，便是這五年他獨自在明月谷受過的苦。昔日後宮榮寵不斷卻自焚火海的雲貴妃、忠心不二卻死在帝王令下的烈火戰神，還有那聽信讒臣、忘情絕義的罪魁禍首，在軒轅澈口中，彷彿都是別人的故事，卻沒來由讓她心中疼痛。

他是真的不在意，還是已然麻木了？

比起五年前那個提起仇恨便雙目通紅的小少年，此刻完美自持的他，反倒讓她感覺陌生。

聽完前因後果，靖安王和王承志已然愣了。

軒轅澈說完，又添了幾句。

「王爺，五年前我們走投無路，謊報身分投靠王爺，實屬無奈之舉。這五年，阿姊已將碎葉城當作家鄉，除了此事牽連甚大，她無法隨意開口之外，對王爺和世子等人是一片赤誠，一切不過因我而起。」

王承志見父親沒反應，便站起身，面上仍有驚色。「你……真的是二皇子？」

軒轅澈微微一笑。「在外還請世子仍舊稱在下為荀風。」

王承志心中微震，雖然白日在公堂之上，他和父親已經看出一些端倪，但聽本人親口承認，依然震驚不已，遑論二皇子還在他們眼皮子底下待了五年。

靖安王的目光閃了閃，擺手道：「罷了，真說起緣由，又該扯遠了。隱瞞的事暫且不論，本王也不是蠻不講理之人，只是……」

他看著軒轅澈，瞇了瞇眼。

「二皇子似乎還有事情未與本王解釋清楚吧？先不說二皇子如何安排人上公堂演戲，這些年二皇子在積雲山所為，本王也略有耳聞。年少成名，又是新黨背後的推波助瀾者，恐怕朝中之事，也有不少掌握在二皇子手中，是也不是？」

他說著，語氣更冷了幾分。「即便你身分不凡，但僅憑一人之力，五年內便能做到這般，若說背後無人，本王如何能信？」

荀柳緊張地看軒轅澈，她也是不久前才知道鳳令跟暗部的關係，要是告訴靖安王，先不說其他，光是夏飛將軍欺上瞞下，一人事二主，便足夠降罪了。

軒轅澈還未開口，又聽靖安王冷嗤了一聲。

「我知道爾等在顧慮什麼。小小年紀，短短五年便學得一身本事，但雲松書院不過是處普通學府，如何有教你大才的長者？你的一身武藝，大部分來自無極真人，無極真人上知天文，下知地理，一身武藝超群絕世，論文論道更是無人能出其右，他才是你真正的師父，是也不是？」

他站起身，踱到軒轅澈跟前。「自從賢太皇太后歿後，無極真人不管凡塵俗事，縱然收一二弟子，也只是略傳薄藝。即便二皇子出自皇家，於他來說也不過俗世中人而已，但有一點……」

軒轅澈嘴角揚起一抹笑，無驚無懼地直視靖安王的目光。

靖安王又靠近他一些，沈聲道：「能令無極真人重新出山，並如此費心教導，除了鳳令所擇之人，別無他想，是也不是？」

靖安王這幾個「是也不是」，居然一無錯漏，全說中了。

荀柳忍不住嚥了嚥口水，抬頭看向對峙的兩人。

軒轅澈仍舊施施然站著，如竹如玉，從容非常，靖安王眼中厲色卻越甚。

「本王只想知道，本王麾下有多少是二皇子的人？夏飛是其一，是也不是？」

暗部，乃當年賢太皇太后在世時所建，本是為了穩固江山，輔佐先皇。

賢太皇太后深知先皇順康皇帝仁慈有餘，魄力不足，但膝下子孫卻各有謀略，必成禍端。古往今來，皇家子嗣無能是災難；太有能力，也是災難。

無論發生何種情況，暗部都是賢太皇太后為大漢萬代基業留下的最後一張王牌。

若大漢君王無能，暗部可決定推翻與否；若朝中黨爭過激，以致於毀朝滅代，暗部也可自行選擇其中一人輔佐，再次穩固江山。

賢太皇太后歿時，將鳳令交給順康皇帝，就怕兒子過於仁慈，反而被子孫逼退。孰料，順康皇帝在位時，並未來得及用上鳳令。

順康皇帝雖無大能，但他能生。

他一生有五子，如今的惠帝是二子，也是當年皇儲之爭中唯一的勝者。賢太皇太后所料成真，當年確實發生過宮變，幸而有雲家為首的兵力支持，惠帝及時從大皇子等人手中救下順康皇帝，為此榮登寶殿。

三皇子、五皇子因聯合大皇子，意圖謀反，其家族連同黨羽被絞殺殆盡，唯獨四皇子因無過錯，且意不在廟堂，在惠帝登基當日，便自斷皇家身分，歸隱山林去了。

自此之後，鳳令便下落成謎。

傳說順康皇帝臨終前，惠帝曾問過此事，順康皇帝只回答一句。「我兒甚明，已無須暗部，朕早已將其散去。」便駕鶴西去了。

順康皇帝歿後，惠帝曾召集先皇心腹，盤問鳳令下落，皆與順康皇帝所言一致。他登基後幾年，一直兢兢業業，暗部真的再無動靜，惠帝便無後顧之虞。

朝中大臣也以為暗部真被順康皇帝遣散，隨著時間過去，朝中官員新舊更迭，記得這件事的人，已寥寥無幾。

靖安王是當年親歷宮變之人，當年絞殺大皇子餘孽，便是他親自帶兵動手。他出身市井，大字不識，但孔武有力，機警非凡，中年時才一步步憑著功勛，坐上如今的位置。當年，順康皇帝待他如親弟，賜予他異姓王的身分，命他庇護西關，永保西部平安。所以，鳳令之事，他也知曉一二。

本來他以為鳳令早已被先帝毀了，但如今種種跡象不得不叫他懷疑，先帝當年之言只是個幌子。順康皇帝一生庸碌無為，卻極為仁慈和善，讓人不會懷疑他的話。沒想到，便是這樣的人，竟在臨死時撒了個天大的謊。這或許是其母賢太皇太后的遺命，也或許是他自愧一生庸碌，選擇學其母所為，留下這張王牌。因此，數十年後，在惠帝日益昏庸，大漢官僚腐敗，外敵堪憂、內亂不止的時候，有了如今的軒轅澈。

即便如此，自己心腹中有另事他主者，怎麼想都讓人心中不爽。

第五十九章

靖安王盯著面前從容不迫的軒轅澈，眼中精光四射。

「本王猜對了，是不是？除了夏飛，還有誰？」

王承志不語，但神情也有些緊繃。

荀柳生怕他倆打起來，不僅建立盟約之事泡湯，還傷害這五年好不容易建立起來的交情，忍不住上前一步。

「那個，王爺……」

「這裡沒妳的事。」靖安王未挪開眼，聲音是前所未有的嚴厲。「二皇子想拉攏本王，便要有讓本王心服口服的本事。」

荀柳立刻閉嘴，不知道該說什麼才好。

王承志嘆了口氣，勸道：「荀姑娘，父親說得沒錯，必須讓二皇子親自說服他才行，妳我都不好插手。」

荀柳想了想，看軒轅澈一眼，退後幾步，不再插嘴。

軒轅澈始終神色未亂，緩緩開了口。

「不知王爺是為何氣憤？數十年間，自朝堂百官至市井乞丐，均有暗部中人。他們出身不一，能力不一，明月谷栽培他們，只要求一點，便是待鳳令擇主後，立誓為大漢基業獻身。若江山穩固，他們便會再次沈江入海，繼續不為人所知的生活。

「若鳳令未出，夏飛將軍本應與王爺麾下眾將士一般無二，上戰殺敵，護國安疆，待百年後，榮歸故土。他一生獻忠之人唯有王爺，雖然他對鳳令有所隱瞞，但所作所為，從未傷害過王爺。」

靖安王聞言，冷笑一聲。「二皇子說得好聽，現在是不會有什麼，因為二皇子屬意與本王結盟，要是本王不答應，他怎麼選擇？若二皇子有朝一日登基為帝，又如同惠帝那般想起我這根刺，命他來取本王首級，他又該如何？」

「王爺是對自己選擇心腹的眼光沒有自信？」軒轅澈微微抬眸。「夏飛將軍是何秉性，王爺應該比在下更清楚。這麼多年，他為王爺出生入死，難道王爺連這點信任也不願給？」

靖安王目光微閃，卻不作聲。

「還有，王爺怕是忘了一件事，暗部乃賢太皇太后所立，它真正的主人除了賢太皇太后和先帝外，只有亂世明君。無論是在下，抑或將來被選擇之人，登基之後，便必須歸還鳳令，而暗部又會推出新的鳳令，隱世保管。登基之後，若那人初心有變，新的鳳令使便可再度尋找明主。

「暗部從不殺忠臣良將，王爺賢明，為何非要追根究柢？您麾下到底有多少暗部中人，在下實在無可奉告，但在下可以保證，若王爺未做對不起大漢百姓之事，暗部並不會成為王爺的威脅。而在下……」

軒轅澈頓了頓，扭頭看荀柳一眼，回眸笑道：「更不會成為王爺的威脅。若王爺能助我成事，登基之日，在下可與王爺簽立附國約。」

「附國約?!」

靖安王沒想到他會說出這個詞，一旁的王承志也極為震驚。

荀柳沒聽說過附國約，更不明白它是什麼意思。

王承志見她不懂，解釋道：「附國約是大漢法典其一，但數百年間未曾有過先例。大漢親王可擁有自己的封地，但其政治和軍事仍由中央統管，封地大小事務仍舊需要按照朝中規矩上報。若是簽了附國約，便如同將封地割讓給親王，政治、軍事均可由親王自行作主，只需要在戰時輔佐主國，每年向主國繳納貢品即可，這相當於……」

「這相當於立國了。」荀柳心情複雜。

她不明白，這個條件是多餘的，就算不簽附國約，靖安王也會選擇結盟。

附國約相當於給大漢留了個地雷，即便靖安王等人沒有異心，但數十年以後呢，百年以後呢？軒轅澈為什麼要替自己未來的江山基業留下這麼大的隱患？

即便靖安王再老辣，此時也有些恍惚，神色複雜地盯著軒轅澈。

「你到底在打什麼主意？」

軒轅澈微微勾唇。「在下確實還有個條件。」

他扭頭望向荀柳，眼神是說不出的溫柔，輕輕喚道：「阿姊，過來。」

荀柳不明就裡地走過去，只見他輕輕執起她的手，遞到靖安王面前。

「今日王爺在王府門前所說之話，可是為真？」

靖安王一愣，這才想起自己今日當著府內眾人和蕭朗的面，認下了荀柳這個義女。

「你是說……」他的神色更為複雜。

軒轅澈點點頭。「我的條件，便是請王爺正式認下我阿姊這個義女。將來無論成敗，靖安王府都是她的後路，和一生最大的依靠。」

他的語調平緩，低眸看向身側表情仍在迷茫中的女子，眸中似有億萬星辰閃爍。

靖安王不由愣住，心中一動，似是明白了什麼，目光在他和荀柳之間打量，撫著長鬚笑起來。

「好，本王答應你。本王本就喜歡荀丫頭，認個義女而已，不算什麼緊要的事。至於附國約，本王不喜空口白話，等成事之後再議。」

而荀柳傻了，這是什麼意思？她怎麼一點都沒弄明白呢？剛才不是還讓她靠邊站的嗎，怎麼這會兒又把她扯回來了？還有義女，她要這個身分幹什麼？

難不成，她真要當王景旭和王嬌兒的小姑了？

想像方詩瑤帶著孩子對她行禮喊姑奶奶的樣子，她這麼年輕就當姑奶奶，可不太妙啊！

這時，門外吱嘎一聲，驚動了屋裡的人。

王景旭站在門口，不知在那裡站了多久。方才屋內的談話，他自然聽得清清楚楚。

今日在公堂上，他猜想荀風的身分定然不一般，但沒想到，他居然就是二皇子軒轅澈，而祖父真要認荀柳為義女。

他閉了閉眼，暗自苦笑，這有什麼好奇怪的？難道沒有義女的身分，他就有機會不成？況且，他也沒有工夫思考這些感情之事，此次過來，是為了一樁要緊事。

他斂起神色，嚴肅道：「祖父，父親，方才王虎傳來消息，西瓊太子遇刺身亡。」

「你說什麼?!」四人神色皆是驚愕。

王承志道：「不可能，別院被王虎等人看管得嚴嚴實實，如何有刺客潛入？還是西瓊人起了內訌？」

王景旭搖頭。「不是內訌，那些西瓊官員和侍衛都被分批看管，沒有時間和機會行凶。與西瓊太子一同遇刺身亡的，還有他的近身侍衛，兩人皆是被利器穿胸。」

「速帶本王去別院。」靖安王臉色陰沈，轉頭對軒轅澈和荀柳道：「二皇子，丫頭，天色已晚，你們先在王府住下，等此事過後，咱們再繼續商議。」

荀柳知曉靖安王急著查清西瓊太子遇刺之事，點頭應下，見他們急匆匆出了前廳。

荀柳對王府很熟，向下人問了一聲，便帶軒轅澈往廂房走去。

天氣越發熱了，但晚間清風徐徐，煞是涼爽。
荀柳就著月色，只見地上自己一雙小腳的影子襯著旁邊的大腳影子，步伐一前一後，不急不緩，異常和諧。
軒轅澈見她低著頭，跟著向下看去，便瞧見大腳襯小腳的愉悅畫面，忍不住抿嘴笑了笑，一隻手緩緩伸向女子。
「阿姊……」
荀柳抬頭看他，忽然停下腳步。「為什麼要提附國約和義女的事？」
軒轅澈一愣，眼底掠過一絲無奈，那隻手不動聲色地收了回去。
「阿姊是不是以為我在做多餘之事？」
荀柳不說話，默認了。
軒轅澈嘆口氣，挺直如修竹般的頎長身姿，恰好擋住她眼前的月光，襯得他的輪廓如霧似夢，俊若謫仙。
「阿姊無須擔憂，這是我對靖安王的誠意。雙方談判合作，自然要拿出最有利的條件來收買人心，西關州縱然立國，也不過彈丸小國附屬大漢而已。這些年，靖安王府與惠帝不合，幾乎擺在明面上，軍政看似受制於朝廷，實際上只是走個過場，與立國有何區別？」
「你真的只是這樣想？」荀柳懷疑地看著他。「那義女和後路，又是怎麼回事？」
「阿姊不喜歡？靖安王義女的頭銜好處良多，且是靖安王有言在先，我順勢而為。」

「倒也不是不喜歡……」

荀柳怎麼想都覺得哪裡有問題，但想了半天，又想不出個所以然。

「算了，反正你長大了，腦子也比我好使。你自己的事情，自己決定吧。」

她踮起腳，像是哄小孩一般，輕輕拍拍他的頭，便燦爛一笑，抬步往廂房走去。

軒轅澈好笑地看著她的背影，許久才微微收斂笑意，衝著暗處，淡聲開口。

「出來。」

一道黑影閃過，落到他身前行禮，是莫離。

「公子。」

「去查西瓊太子死因。」

「是。」

莫離抱拳，看了荀柳離去的方向一眼，飛身離開。

方才他一直隱在前廳屋外，四人商議的內容，他自然一字不落全聽見了。即便他早知自家主子對荀柳的心意，還是震驚。

如今管道引水治旱法已經在碎葉城內傳開，不久便會傳遍整個西關州，甚至整個大漢。屆時荀柳被靖安王認為義女，便是順水推舟的事，這份尊榮和名聲，足以令她受萬民愛戴，身分定比如今高出幾倍。

若將來主子奪位成功，並遵守承諾，與靖安王簽立附國約，荀柳背後便不只是靖安王府，而是一國，且還是輔佐新皇榮登皇位，且不受大漢控制的友邦。如此一來，荀柳這身分配上皇后的位置，簡直綽綽有餘。

他萬萬沒想到，以主子的身分，雖然寵愛荀柳，將來若登龍座，迫於壓力，最多不過只能像惠帝那般，賜予心愛女人貴妃之位。但主子居然捨得付出這般大的代價，親手給荀柳操控未來的權利。

無論是身為一個男人，還是未來的一國之君，主子的作為都令人匪夷所思，但又莫名讓他有些佩服。

這世上本該最薄情之人，偏偏毫不猶豫地做了最深情之事；與其父惠帝性格相似，選擇卻截然不同。

雲貴妃在天之靈，必能因此而瞑目了。

如此又過了一日，荀柳和軒轅澈一直沒能見到靖安王父子，但她坐不住，想知道別院裡到底發生了什麼事。

如今身邊唯一能帶來外頭消息的，就是軒轅澈身邊的莫離，所以她一早起床，便乾脆貓到軒轅澈的房間裡等消息。

這都一上午了，莫離還沒回來，她急得半死，卻見軒轅澈還悠哉悠哉地畫畫練字，更覺無聊地趴在桌子上，數果盤裡的葡萄。

數著數著，便有數顆進了她的肚子。

許久後，書桌旁傳來一聲愉悅的低笑，她扭頭看去，發現軒轅澈正看著書桌上的一張畫，笑意濃郁。

她目光一亮，什麼畫讓他笑得這麼開心，難不成畫的是哪個美女不成？立即跟打了雞血一般，丟下手中的葡萄走過去。

「什麼畫這麼好看，也讓我瞧瞧。」

她湊頭過去，見畫上的墨跡還未乾，人物卻唯妙唯肖，畫上的女子正用手背墊著下巴，趴在桌子上，紅唇微啟，杏眼微瞇，一副享受卻又無聊的模樣，頭上被日光鍍上金邊的髮絲清晰可見。

她的另一隻手拈著一顆葡萄，正往嘴裡送，貝玉般的齒尖已經碰到葡萄皮。許是想直接用舌頭勾進嘴中，紅唇貝齒之間，還用極豔麗的顏色畫出一小截香舌，正勾著葡萄，實在慵懶惑人，又俏皮至極。

荀柳老臉一紅，這哪裡是別人，明明是剛才偷吃葡萄的她。

「你一直在畫我？」

荀柳抬頭，只見他低頭對她勾唇一笑，襯著窗外照下的日光，真真是俊美迷人。尤其他今日穿著一襲闊袖月白紗衫，一頭烏髮只用玉簪微微挽起，這副樣子，也讓她心馳神往。

這小子，真是越長越叫人自慚形穢啊……

「這是迄今為止，我最滿意的一幅。」軒轅澈小心執起畫。

荀柳聽出了關鍵。「等等，難不成你還畫過別人？」雞血又上了頭。「是心上人？哪家姑娘？我可認識？」

軒轅澈看著她，目光微暗，沒點頭也沒搖頭。「以往只是憑空想像而已……」如今真人卻在眼前。

荀柳哦了一聲，只當他跟那些文人一樣，是隨便畫的。

此刻，她想起另一件事，這些天忙得險些忘了，此時只有他們兩人，正是時候問他。

「那個，小風啊……」她有些彆扭地結結巴巴開了口。「有件事情，我一直想問問你的意思……」

軒轅澈將畫仔細收好，轉頭看向她。「何事？」

「你可還記得方詩情？」

軒轅澈挑了挑眉。

荀柳猶豫道：「之前，方夫人帶她來王府找過我，明裡暗裡的意思，是想讓你……」

她的話說到一半，便見軒轅澈臉上的笑意淡下來，一雙鳳眸更是笑意全無。

「那阿姊是什麼意思？希望我娶了方詩情？」

怎、怎麼了，為何突然對她擺臉色？她只是問問而已。他將來的婚事，她又管不著。

不知為何，荀柳心裡有點怕怕的，甚至忍不住退後一步。

「我沒什麼意思啊。」她笑不出來，乾咳幾聲。「畢竟是關於你的事情，我總得跟你說一聲。你不喜歡，我就想辦法拒絕，沒什麼大不了的。」

「若我喜歡呢？」軒轅澈又道：「那阿姊便允了？」

這感覺怎麼越來越不對勁了？

荀柳又忍不住往後挪了一小步，乾笑道：「你喜歡的話，我當然盡力支持。你能找到心儀之人，阿姊再高興不過。」

「是嗎？」那雙鳳眸定定看了她半晌，神色冷淡，語氣更是說不出的森然。「阿姊若有了心儀之人，也會如此大度？」

這到底是什麼跟什麼？怎麼又扯到她身上去了？

「算了，剛才那話，就當我沒說。方家那邊，我找藉口拒絕就是。」

現在的弟弟已經不是當年的弟弟了，該服軟時還得服軟。

軒轅澈仍舊看著她，眸子裡似是藏著太多情緒，讓她有些看不懂了。

第六十章

半晌後，軒轅澈頗為無奈地嘆氣，另一隻手緩緩抬起，向她伸來。

「阿姊……」

門外忽然響起莫離的聲音。「公子，不好了，碎葉城謠言四起，誣衊靖安王下手殺了西瓊太子。」

「怎麼可能?!西瓊太子遇刺身亡的消息早已被封鎖，外界如何能這麼快知曉？」

荀柳滿腦子都是西瓊太子的事情，立即錯開一步，往門口走去。

軒轅澈目光微沈，緩緩將懸在半空的手放下，對門口的人淡聲道：「進來回話。」

莫離推門進來，剛想說話，卻見自家主子的臉色似乎有些不悅，愣了愣，偷瞄站在一旁、正專心等著聽消息的荀柳一眼，猛然明白，他莫不是來得不是時候吧？

荀柳見莫離遲遲不說話，忍不住問道：「到底怎麼回事？」

莫離這才回神，小心翼翼地看自家主子，見他沒什麼表情，才出聲回稟。

「公子，姑娘，今日碎葉城突然傳起謠言，說西瓊使團之所以遲遲不出發，是因為靖安王強行扣留西瓊太子，欲與之結盟造反，然而計劃遭拒，怒極之下，便失手殺了西瓊太子。如今西瓊使團非常憤怒，正在別院鬧事，要求返國並中止求和，靖安王府怕是大事不妙。」

顏修寒遇刺身亡後，靖安王便下令封鎖所有消息，想等抓出凶手之後，再行處置，外面不可能有人知情。

唯一的可能，是殺人凶手自己放出謠言，但他的目的是什麼？

軒轅澈眉頭微皺，又問莫離。「可查到造謠者是誰？」

莫離搖搖頭。「屬下得知消息後，立刻派人去查，但只查到幾名被滅口的小乞丐，線索到這裡便斷了。是屬下無能。」

軒轅澈扯了扯唇。「這不干你的事，凶手在動手之前，便設好了局，如今應該已經逃出碎葉城。你先下去吧。」

莫離抱拳，退出房間。

荀柳望著莫離的背影，滿臉擔憂。「西瓊太子死了，接下來會發生什麼事？」

她說完，覺得手中一暖，只見一隻大手覆上她的，身側的軒轅澈笑意從容。

「阿姊可是怕了？」

荀柳失笑。「不是怕，只是覺得有些唏噓罷了。」

無論凶手的目的是什麼，西瓊太子被殺，罪名莫名其妙被扣到靖安王頭上，這消息一傳到西瓊皇室，求和之事必然破局，且十有八九會出兵討伐。

本來西瓊就有意與大漢夾擊靖安王府，這樣一來，更是不用求和，便達到了目的。屆時，西瓊一出兵，早已按捺不住的惠帝怕也不會放過這般大好機會，前後夾擊。

靖安王府能撐多久？又會死多少人？

西關州的百姓才剛過上好日子沒幾年，又要開始生靈塗炭了嗎？

如今唯一的希望便是顏玉清了，不知現在她和金武到底走到了哪一步……

「你說什麼，我兒死了?!」

西瓊王寢殿內，妝容華麗、身穿大紅宮裝的麗王后跌坐在龍椅之上。

幾名士兵跪在寢殿中央，低著頭，不敢出氣。

「不可能！我兒奉命去大漢求和，靖安王怎麼敢動他？」麗王后目光赤紅，狠狠咬牙。「他怎麼敢！」

站在她身側、姿容俊美的年輕男子問士兵。「你們從何處得來的消息，可是真的？若是有誤，王后定當重罰。」

幾個士兵磕頭，顫顫巍巍道：「回稟王后，小的句句屬實，凡是從碎葉城回來的商隊都知道這件事。靖安王懼怕兩國聯合削藩，威脅太子殿下與他暗中結盟，被殿下拒絕之後，便下了殺手。如今西瓊使團仍被扣留在碎葉城內，小的尋到咱們在碎葉城殘餘的探子，已經證實……」不敢再往下說了。

麗王后只覺兩眼一黑，差點沒暈死過去。

年輕男子上前扶住她的身子，氣憤至極。「靖安王居然如此大膽！王后，他莫不是早就有了反叛之心，便先拿我們開刀？抑或覺得西瓊小國不敢反抗，故意威脅我們？」

「他當真以為我不敢出兵?!」

麗王后強壓著心頭悲痛，怒道：「如今我有昌國的助力，還怕一個小小的西關州？無論如何，我都要靖安王府上下所有人的命，給我兒賠罪。」

她說著，撐起身子。「傳令下去，讓護國大將軍等人速上朝覲見。」

年輕男子似有顧忌，瞥內殿一眼。「但是……」

「不用管他。」麗王后擺手，不屑道：「不過將死之人。如今傳國玉璽在我手上，誰能奈我何？」

「是。」

年輕男子微微低頭應聲，嘴角揚起一抹妖邪的笑容。

等麗王后帶人離開許久後，房梁上一聲響動，幾道人影從上面吊下來，正是金武和顏玉清等人。

「將軍，有我等在外殿看著，你們快進去吧。」

金武點頭，與扯下黑面巾的顏玉清收起袖箭上的鐵鉤，往內殿走去。

內殿內空空蕩蕩，一個宮人也無。

正中間的軟床上，躺著一個蒼老的人。因為老人太過枯瘦，若不細看，根本看不出被子下還裹著人。

或許是察覺到有人來了，那人影動了動，慢慢轉過頭，神情也恍惚至極，似是認不出來人與那些來餵湯藥的宮人有什麼區別。

「孤的藥呢……」

顏玉清腳步微滯，喉頭忍不住哽了哽。

她和金武一行人一路從西關州排除層層阻礙到這裡，路上她曾想過無數種和父親見面的情景，唯獨沒料到，他居然已經不認得她。

「長公主，時間緊迫。」金武見顏玉清愣在原地不動，忍不住提醒了一聲。

顏玉清回神，壓住心中的種種情緒，上前抓住西瓊王的手腕把脈，隨即憤怒起來。

「是醉骨散。已經中毒很久，他們竟有膽子這麼做！」

醉骨散是慢性毒藥，毒素日積月累，身體和精力會逐漸被掏空，最終神志不清，如同中風一般。但這種毒與血凝草不同，若是細查，定能查出端倪。

如今西瓊上下皆無人質疑西瓊王中毒，只有兩個可能，不是麗王后母子已經把持西瓊政權，就是他們勾結太醫院，瞞過了滿朝文武。

顏玉清看著眼前比記憶中蒼老落魄許多的父親，忍不住罵了一句。「不過十年，你如何能把自己折騰成這樣？如何對得起母后在天之靈？」

這句話似是將西瓊王罵醒了幾分，盯著顏玉清的面孔半晌，忽然抓住她的手腕。

「清兒……是妳嗎？」

西瓊王顫了顫嘴唇，眼眶濕潤。「妳和妳母后許久未入孤的夢了，可是還怨孤捨下了妳們母女不管？孤馬上就能親自去見妳們，黃泉路上再等等孤，可好？」

他說完，釋懷一般地笑開來，像是個討著糖吃的孩子。

他居然以為這是個夢……

顏玉清憋了許久的情緒終於忍不住，眼眶赤紅一片，抬手擦了擦眼睛，從懷裡掏出一只藥瓶，倒出一粒藥丸餵西瓊王服下，然後將藥瓶塞到他的枕頭底下。

「父王，這瓶藥丸，每日你服用一粒，千萬不要讓任何人看見。還有，今日見到我們的事情，不要告訴任何人，不然清兒再也不會來看你了，知道嗎？」

西瓊王立即點頭。「好，父王不說。」一抓緊了她的手。

顏玉清愣了愣，也伸出另一隻手，覆在他瘦骨嶙峋的手背上。

她到底不忍心，質問的話一句也問不出口，甚至想，只要他能好好活著便好。以往的事情，她都可以當作過去了。

「我一定會治好你，並讓那個女人為她的所作所為付出代價。」

顏玉清安頓好西瓊王，一刻未耽誤，跟著金武戴上面巾，出了內殿。

「方才那藥丸只能暫時穩住他體內的毒性，我們需盡快想出辦法，向西瓊的文武百官揭穿麗王后的真面目。還有，顏修寒被殺的事情，我們不知道碎葉城的情況到底怎麼樣，再這樣下去，必定會引發戰爭。」

金武想了想，道：「據我所知，西瓊有一半兵權掌握在妳舅舅手中，妳有沒有把握能夠說服他？」

顏玉清搖了搖頭。「即便我能說服，但早在一個月前，麗王后便找藉口將他調到北邊的隴城。如此往返，怕是來不及。」

「來不及也得去。如今碎葉城情況有變，我們沒工夫再耽擱了，走！」

金武話音剛落，卻聽本來緊閉的殿門忽然被人打開，數十名西瓊精兵帶刀魚貫而入，他們立即將顏玉清護在當中，衝著來人舉起長劍。

對方帶頭之人，竟然是方才跟著麗王后一起走出寢殿的年輕男子。

他身穿百花衫，面若敷粉，唇若點朱，比女子還要妖嬈惑人，目光卻陰詭如蛇。

「長公主，既然來了，又何必急著走呢？」

顏玉清和金武神色一驚。

此人如何知道顏玉清的身分？此事除了靖安王府和荀柳，無人知曉，莫不是他們的人當中有西瓊奸細？

不，荀柳和靖安王府的人不可能與西瓊勾結，不然早在碎葉城便可將她囚禁起來，用不著這般費事。

那便是他們到了西瓊的雍都後，消息才走漏的。

雍都內有靖安王早年為刺探敵情布下的暗樁，他們之所以能順利入城，便是得益於這些人的暗中打點。但他們已經在西瓊生活多年，若有人受利益驅使，倒戈相向，倒也不是沒有可能。

金武似是也猜到問題所在，咬了咬牙，低聲問顏玉清。「袖箭可戴好了？」

顏玉清點頭。這袖箭是出了碎葉城後，金武交給她的。因為荀柳，她對袖箭並不陌生，畢竟這世上只有荀柳能有這腦子做得出來，這五年她已經見怪不怪。

金武瞄了年輕男子身後一眼，加上殿外的幾十名弓箭手，敵方共有上百人。他們不過區區四、五人，今日怕是多半要留在這裡了。

他狠狠捏了捏手中長劍，對顏玉清道：「我們會掩護妳，無論如何，妳都要逃走。雍都內的暗樁已經不可信，妳需自己想辦法傳信出去。」

顏玉清呼吸一窒。「你……」

「我說的話，妳必須做到，王爺和小妹他們還等著妳救火。」金武打斷她。「我們縱然死，也不能白死，妳明不明白？」

「金將軍真是大義。」年輕男子笑了聲。「可在下布下的天羅地網，也不是那麼容易能攻破的。不如，在下多給金將軍一條路選？交出顏玉清，在下便放你們一條生路，如何？」

竟連他們的底細也摸得這般清楚，這人手中到底掌握了多少情報？

金武心中一沈，面上卻沒有表露半分，直視著男子，冷笑一聲。

「抱歉了，這點人怕是還不能奈我何，說不定閣下還需向我等跪地求饒。」

顏玉清看向年輕男子。「你既然知道我的身分，應當知道麗王后所作所為。你也是西瓊人，如何能眼睜睜看戰亂四起，百姓受此連累，流離失所？現在重新選擇還來得及，麗王后能給你的，我自然也能給你。」

「長公主這番說詞，確實叫人動心，但可惜了……」男子極為妖嬈地輕笑一聲，眼中帶著輕蔑和嘲諷。「在下並不算是西瓊人。」

他一揚手，一排早已準備好的弓箭手立即拉弓放弦，無數箭矢破空而來。

與此同時，顏玉清也從懷中掏出幾瓶藥粉，砸在弓箭手前方的地上，揚起一團粉霧。

金武暴喝一聲，和另外幾人將顏玉清擋在身後。

「往側殿退！」

後殿是西瓊王安寢的地方，但早已被封死，如今只有兩個側殿能逃。

金武幾人一邊擋箭、一邊護著顏玉清往側殿退去。其中兩個同伴已經中了箭，快要堅持不住了。

「將軍，長公主，你們快走，這裡有我們擋著。」其中一人忍痛掰斷自己胳膊上的箭，咬牙對金武和顏玉清道。

金武閉了閉眼，心中不忍，但為大局考慮，他必須理智行事。

然而，四周都已經被人包圍，他們還能往哪裡逃？

他環顧四周，目光落在頭頂上方的屋梁，靈機一動。

「上房梁破瓦！」

他射出袖箭上的鐵爪，再運起真氣，抬手狠狠刺了數刀，將屋頂刺出一個大洞，然後低頭看向顏玉清，示意她快點。

顏玉清看了留下來的同伴一眼，心中戚戚，自知不能再辜負他們的犧牲，便也運起輕功，和金武一起從洞口逃出寢殿。

與此同時，外殿的人破開側殿大門，與剩下的人廝殺在一起。

顏玉清聽到幾聲慘叫，眼角忍不住濕了濕。

然而，他們的危險仍舊沒有解除。

兩人一路運著輕功疾跑，仍舊是慢了一步。先前勘測的幾條路線，竟都被封鎖起來，圍堵得滴水不漏。

不久後，年輕男子帶人追上來，金武提劍擋在她背後。

「不要管我，快走！」

「金武！」

「走！」

顏玉清運起輕功，要往宮牆飛去。剛凌空幾步，便聽身後箭矢嗖的一聲破空而來，逼不得已，只得轉身落地。

年輕男子帶人將他們團團圍起來，且這些士兵多是弓箭手，似是特意阻止她用輕功脫逃準備的。

「長公主，我勸你們還是束手就擒吧，或許在下還能為爾等留一具全屍。」

金武退到顏玉清身旁，學著年輕男子的表情，輕蔑地笑了一聲。

「不論閣下是何人，身為男兒，卻以色事人，仗著依靠女人得來的權力，口出狂言，還不覺得害臊。」

年輕男子聞言，果然臉色一變，神色異常難看。

「我猜對了？」金武哈哈一笑。「閣下莫怪我一猜便中，因為閣下這副矯揉造作的舉止表情，我只在青樓裡見過，閣下的出身莫不是也相似？」

這是明擺著在罵他跟青樓女子一般不乾淨，用床幃手段勾搭上麗王后。

年輕男子忍無可忍，咬牙切齒道：「看來金將軍是打算辜負在下的一番好意，那就怪不得在下了，給我放箭！」

金武似乎正等著這個時候，一手猛然抱起顏玉清的腰身，踮腳運起輕功，騰空而起，另一手疾擋飛來之箭。

「不行，你這般容易真氣外洩，我們逃不出去！」

「只要妳能逃出去便可。」金武額角凝汗，咬牙道：「往後的路……便靠妳自己了。」

他說完，真氣一泄，眼看就要落下，接著竟然翻轉身子，用背部擋住密密麻麻的箭矢，飛快抓住顏玉清的手腕，按下她手腕上袖箭的鐵爪開關。

鐵爪疾射出去，牢牢勾住了宮牆，他又一按開關，顏玉清的身體便如離弦之箭一般，衝著宮牆外飛了出去。

金武身中數箭，顏玉清只能眼睜睜看著他從她身邊跌到宮牆內的地上。

「金武，你不能死，我一定會回來救你！」

她只來得及說出這一句話，便消失在宮牆之外。

「廢物！」男子氣急敗壞，抓起身側士兵，狠狠踢了一腳。「我佈置得這般嚴密，你們還能讓她跑了！」

一干士兵低著頭，不敢說話。

金武喘了口氣，費力勾起唇，嘲諷道：「怎樣，我說過，你困不住老子……嘶！」

他的話還沒說完，年輕男子便走過來，發狠一般抬腳在他中箭的傷處狠狠一碾。

「金將軍死到臨頭，居然還有閒心鬥嘴？我便先送你去見閻王！」

他抽出下屬腰上的大刀，便要衝著金武砍去，但刀鋒卻猛然懸在他脖子上不動，收起臉上怒極的表情，勾唇妖嬈一笑。

「在下差點中了你的激將法。看來，長公主與金將軍情誼匪淺，你這條命，暫且再留一段時間吧。」

他轉過頭，對下屬道：「帶他下去，然後押入水牢。記住，不用醫治得太仔細，只要人不死便可，明白嗎？」

下屬打了個寒顫，立即抱拳。「是，屬下明白。」

第六十一章

不到一日，西瓊王遇刺重傷，連同西瓊太子死於靖安王之手的消息，在西瓊的雍都內不脛而走。

西瓊百姓憤怒不已，紛紛支持王室出兵討伐。

西瓊與靖安王府這場仗，看來是非打不可了。

城牆的出兵告示下，一道裹著披風的人影緊緊捏了捏拳，轉身隱藏在人海裡。

不久後，雍都某家醫館門口，老大夫剛送走最後一名病人，正準備關門，卻見門口有個一動不動的人影，看樣子似乎是個女子。

「姑娘是來抓藥的？」

女子卻淡淡道：「請問可是丁大夫？」

老大夫更疑惑了。「老夫是姓丁，敢問姑娘是？」

女子從袖中掏出一塊玉珮，遞給他。

老大夫接過來，仔細看了看，神色一驚。「妳是游夫子的……」

他話說到一半，立即住口，警惕地打量四周，見街道上無人，這才招呼女子。

「姑娘先進來再說。」

女子點頭，隨著老大夫進了醫館。

老大夫關上門，才放心地問：「姑娘，妳帶這東西來找老夫，可是遇到了什麼難事？」

女子慢慢掀開兜帽，一張清冷卻秀麗的面孔呈現在他眼前，正是昨日剛從西瓊王宮內死裡逃生的顏玉清。

「丁大夫，我知道您與我師父曾有過命之交，有一事想請您幫忙。此事事關重大，這封急信須盡快送到碎葉城奇巧閣荀老闆手上，還請您務必相助。」

她說完，想向老大夫行大禮，卻被老大夫扶起來。

「妳這是幹什麼？妳說的事，莫不是與今日西瓊出兵有關吧？實不相瞞，姑娘，老夫也是大漢人，此事既然需要用到老夫，豈有坐視不管之理。」

顏玉清鬆了口氣。她也是剛剛才想起，游夫子曾告訴她，他在西瓊雍都有個故友，打聽了整整一天才找到人。如今對方肯幫忙，自然是再好不過，遑論他本身也是大漢人。

她和老大夫說了大概情形，但隱去自己的身分，才將早已準備好的信交給他。

老大夫向她保證，一定盡快將信送到。

他客氣地送走顏玉清之後，立即到醫館後院，從鴿籠裡抱出一隻鴿子，將那信紙疊成小小的一條，塞進鴿子腳上的竹筒中，放牠飛去。

鴿子穿雲破日，短短幾日內，便飛到了千里之外的大漢涼州境內明月谷。

明月谷設有情報閣，樓高九層，消息來自大漢各州各地，甚至連昌國和西瓊也有部署。好巧不巧，老大夫正是情報閣中人。

未過多久，顏玉清的密信便與邊關戰事將起的消息一前一後被送入靖安王府。

「暗樁之中有奸細？」王承志面色難看至極。「我等竟一無所知。」

「祖父，現在我們怎麼辦？」王景旭滿臉嚴肅。

聽完消息後一言未發的靖安王，從主座上站起身，威嚴地吩咐下去。

「西瓊大軍不日便壓境，這場仗看來是非打不可了，去召康將軍等人前來覲見。」

王承志應下。「是，父親。」

王景旭看了父親的背影一眼，轉過頭道：「祖父，顏玉清那邊，我等也不能放任不管。不如我現在帶人出發，混入西瓊，或許還有轉圜的機會。」

然而，靖安王並未答應，彷彿還有其他考量。

「王爺，不如在下來跑這一趟吧。」站在一旁，始終未插嘴的軒轅澈出聲道：「戰亂將起，王爺等人有要命在身，恐怕無暇分身。而西瓊對在下來說，也是重要轉機之一，於情於理，應該跑這一趟。更何況，王公子對西瓊恐怕沒有在下了解的多。」

他說最後一句話時，目光不經意瞥向王景旭，惹得王景旭目光微冷，眼中滿是不服。

王景旭直視軒轅澈，挑釁道：「二皇子千金之軀，這等小事怕是用不著煩勞您親自動手，不然若是出了什麼事情，我等擔待不起。」

「哦？王公子怎知在下一定會失敗？」軒轅澈唇角含笑，似乎沒看見他眼底的挑釁一般，末了還補了一句。「王公子還有妻兒，怕是不好只憑衝動行事。」

這句妻兒似是戳到了王景旭的痛點，轉眼看站在軒轅澈身旁、不明就裡的女子，眼底閃過一抹痛色，隨即又恢復冷靜。

荀柳不明白這兩人到底是怎麼回事。以往她就覺得這兩人對彼此總有股莫名的敵意，因為這段時日她和軒轅澈借住在王府內，這股敵意就更明顯了，如今當著靖安王的面，居然還能槓起來。

靖安王絲毫不驚訝兩人的針鋒相對，目光在他們之間有趣地打量，又看看還糊裡糊塗的荀柳，笑嘆一聲後，正起臉色，一錘定音。

「有暗部輔佐，再加上身手，確實沒有比二皇子更合適的人選。不過，西瓊之行仍有不少艱險，本王會再派一隊人馬任由二皇子差遣。如此，便煩勞二皇子了。」

王景旭心中還是不服，瞥了軒轅澈一眼。

「從碎葉城趕往西瓊，即便日夜兼程，也需大半個月的路程。此時邊關的城門和道路都已被封鎖，如何混得進去？」

靖安王眉頭一皺。「景旭說得沒錯。如今金武被囚在雍都水牢，怕是對方為了引誘顏玉清露面，故意放出消息。若耽擱太久，怕他早晚堅持不住。」

「我有個辦法。」荀柳道：「王爺可記得我們之前提過的鐵爐城和匪寨？」

「丫頭，有話不妨直說。」

荀柳看看軒轅澈，得到他鼓勵一笑，才繼續道：「之前我們在落霞山尋找嬌兒下落時，曾在那些刺客屍體上見過出自鐵爐城的兵器。」

靖安王父子互看一眼，皆是一驚。

「妳的意思是，西瓊太子與大漢有所勾結？」

「數日前，我們的確是這般猜測……」荀柳說著，看向軒轅澈。

軒轅澈接話：「但西瓊太子死後，事情便脫離了我們的猜想。王爺不妨大膽想一想，若是我們與西瓊開戰，受益者會是誰？」

「皇上？」靖安王皺眉。

那惠帝派人殺了西瓊太子？不對，這不合常理。

軒轅澈搖頭。「王爺和我們之前一樣，忽視了一個很重要的敵人。王爺莫忘了，西瓊可不只與大漢接壤。」

靖安王一臉驚色。「昌國？二皇子可有什麼證據？」

「我們前來，就是為了與王爺商討此事。西瓊太子之死，相信王爺至今也未查出是何人所為。在下傳信到明月谷，從情報閣中調出數千密卷，直至昨日才查出一點端倪。」

軒轅澈抬眸。「王爺可聽說過幻術？」

「幻術？」靖安王沈吟。「昌國皇室的幻術秘法，不是早在百年前就失傳了？」

「在下希望王爺能再盤問西瓊太子被殺那晚看守前後門的士兵。據情報閣呈上來的資料，幻術若修煉到一定層次，可抹去人的部分記憶。若真是如此，打從一開始，可能都是昌王的計劃。不然，以西瓊太子的身手，不會一招斃命。

「根據他死亡時的現場來看，更像是與熟人密談時被對方突然襲擊。加上對詹光毅與蕭黨勾結的猜測，和鐵爐城的事，我們懷疑，或許早在五年前，他們便已經聯手了。」

「你是說，蕭黨借用鐵爐城，對昌國和西瓊倒賣兵器？而昌國和西瓊則幫助蕭黨清除障礙，譬如雲峰？」

軒轅澈目光一冷。「不只如此。詹光毅借用雲峰之事，向皇上求和借兵，如今成功登上皇位。西瓊雖未參與此事，但鐵爐城卻需要借用西瓊境內的水域作為運送管道，即便被人發覺，也只會懷疑西瓊，不會懷疑到昌國頭上。

「五年後的今天，昌國又打算操控西瓊與惠帝結盟之事，想坐收漁翁之利。不過，他沒料到中途會冒出顏玉清這個人，為了維持計劃，便乾脆殺了西瓊太子，引發兩國戰事。」

啪！靖安王伸手怒拍案桌。「這詹光毅好生陰毒，本王與他素來井水不犯河水，他膽敢主動來犯！」

荀柳上前道：「我方才說的方法，便跟鐵爐城有關。既然當年昌國利用靈河運送兵器，而鐵爐城和匪寨又突然被我們搗毀，他們怕是來不及銷毀那些船隻。若能借用那些船隻走水路，再命夏將軍帶人潛入，打點好落腳處，最多不過六、七日，便能深入西瓊腹地。」

她說著，又頓了頓。「不過，我也不敢斷定那些船隻是否還在。」她最擔憂的，是被困在雍都水牢內的金武。顏玉清聰明機警，如今還有潛伏在西瓊的暗部中人保護，暫時不會有什麼危險。

但金武怕是快撐不住了。她提出這個法子，是希望能趕在死神前面，保住金武的命。

「不妨一試。」靖安王道：「就算賭一賭，如果老天爺不賞臉，縱然我們選擇陸路，怕也是來不及了。本王自上戰場以來，沒少賭過命，若賭贏了，邊關將士便能多留幾條命；若賭輸了，本王奉陪到底就是。」

「好。」軒轅澈揚唇一笑。「此事不宜耽擱，我等明日便出發。」

「我回去找大哥多拿幾套袖箭，順便收拾一下衣服……」

荀柳說著，便要轉身，手腕卻被人一把抓住。

「阿姊，這次妳留在這裡。」

荀柳一愣，卻見軒轅澈目光認真，語氣雖與往日一般溫和，但神情盡是不容置疑。

「你讓我自己留在這裡？」

軒轅澈未回答，只抬眸掃了靖安王一眼。

靖安王畢竟是過來人，意味深長地撫鬚一笑，抬腳往門外走去。路過孫子身旁時，見他神色不甘，伸手拍拍他的肩膀。

「景旭，我有話要對你說，隨本王出來。」

王景旭默默捏拳，轉身跟著靖安王離開。

兩人一走，廳中只剩軒轅澈和荀柳。

荀柳甩開軒轅澈的手腕，生氣道：「你打算一個人去？就算有暗部和王爺的人隨行，但你覺得我能心安理得地待在這裡等消息嗎？」

「我知道阿姊不願，但此行我仍舊不能讓阿姊跟著。」軒轅澈雙眸定定看著她，眼中一派坦然。

荀柳氣得只想捶他。「好啊，你翅膀硬了，想翻天是不是？你別忘了金武是我的三哥，玉清也是我的朋友，他們對我很重要。」

「可我心中重要的，只有阿姊。」軒轅澈皺眉打斷她，那氣勢沒來由讓荀柳的心震了震，她還是第一次聽見他對她用這般嚴厲的口氣，一時間竟有些說不出話來。

她愣怔時，卻見軒轅澈伸出一隻手，輕輕覆在她的側臉上，語氣帶著一抹無奈。

「阿姊，以往小打小鬧，我尚能控制，可由著妳任性。但這次情況不同，若我獨自前去，比起帶著妳，更能專心幾分。權當是為了我，好嗎？」

他知她並不是菟絲花，但身為男子，真正遇到危難，如何能允許心愛的女人一同赴險？

荀柳低下頭，許久未言。

「阿姊？」

「你說得對，我確實比較適合留在這裡。」荀柳抬起頭，微微一笑。「但你此去危險，無論如何，我都要回去一趟，替你準備些能用得上的東西。」

「我陪妳……」

「不必，我馬上就回來。」

她衝著他笑了笑，轉身邁出了門。

轉身之後，荀柳臉上的笑容不覺淡下來。

她知道他是擔憂她的安全，但她已經慢慢成為他的拖累，也是無法改變的事實。

或許，此事過後，她應該早點考慮離開的事了。

仔細想想，她已然慢慢淡忘在宮裡的四年時光。這五年，她遭遇過不少難關和死劫，卻是她最開心的一段日子。

那個小小少年，不知不覺成為她心底最為重視的人，若真的再回到一個人生活的日子，她怕是無法很快習慣吧？

不過，人生就是這樣聚散不由心，不是嗎？

他如今的一切得來不易，將來身邊助益之人，只會比她更強、更優秀，她也是時候讓讓位置了。

未來的君王身邊總帶著一個出身市井、舉止粗俗的女人，算怎麼回事？大不了，以後等塵埃落定，再抽空去京城瞅一眼就是。

她這樣一想，心情轉好，腳步輕快了不少。

然而，她卻沒發現，軒轅澈正盯著她的背影，眸色越發幽深。

此時，另一處院子裡，靖安王看著孫子，嘆了口氣。

「景旭，你應該明白，他已經不是你能匹敵之人。」

「孫兒並不是還在癡心妄想，但軒轅澈亦非她的良人。」王景旭不服氣。「祖父，您應該比孫兒更明白她的心意不是嗎？皇上只因猜忌之心，便捨得葬送雲貴妃滿門，古往今來，又有幾個帝王家肯放棄三宮六院？若真讓她做了後宮之人，還不如……」

「還不如當了你的妾？」靖安王厲聲打斷他。「這話你怎好意思說得出口？詩瑤可還為你懷著孩子！」

王景旭痛苦地閉了閉眼，忽然自嘲地笑了笑。

「我怎能還留著那份心？早在我娶妻的那一刻，便已無權選擇。我只是想說，她定不願做籠中鳥，與其如此，還不如孤身一輩子。」

靖安王走過去，拍了拍他的肩膀。

「孩子，你看錯了一件事，他護那丫頭之心，恐怕不比你少。不然，你當他為何要提出附國約和義女之事？」

王景旭一怔。「附國約？孫兒不太明白。」

靖安王無奈地搖搖頭。「他是在用靖安王府替那丫頭撐腰。你想想，若是那丫頭成了本王的義女，且是對整個西關州有恩的英雄，遑論那丫頭還參與邵陽城劫屍一事，有朝一日進了後宮，怎麼可能只是區區貴妃？反之，若她成了大漢皇后，便間接代表新帝對百姓的看重，將來縱然有朝官進諫，也起不了波瀾。」

王景旭回過神來，面色越發苦澀。「他竟捨得損失偌大的西關州，只為她鋪路？」

「孩子，你又小看了他。」靖安王撫鬚。「附國約對丫頭鋪路有功，卻對他並無損失。你別忘了，此次西瓊之事若是成功，西瓊最大的恩公是他，而不是本王。」

王景旭渾身一震，往後踉蹌半步。

他怎能忘了，西瓊長公主師承無極真人，此次又是軒轅澈親自帶人相救，若是事成，西瓊長公主便是西瓊下一任君王的不二人選。

救命之恩，再加上這等錯綜複雜的關係，未來兩國結盟是必然之事，屆時就算他們有了附國約，又能怎樣？前後夾擊，已然興不起風浪。

軒轅澈竟能盤算到如此地步？

靖安王長呼出一口氣。「景旭，聽祖父一句勸，無論是他，還是那丫頭的事，已經容不得旁人插手。往後，你也萬不可與此人為敵。」

他說著，出了門，嘴中喃喃道：「小小年紀，城府便如此深不見底，若是為君，也不知到底是福是禍……看來，還是早些認了這丫頭為妙。」

第六十二章

荀柳回到家，收拾好東西，交代錢江夫婦一些事情，又回了靖安王府。

一到王府，便有人來稟，明日一早便開宗祠舉行儀式，正式認她為靖安王義女。

因為時間急，姚氏趕緊帶人來簡單教她禮儀。這一忙活便到了大半夜，連軒轅澈的面都沒見上。

等到姚氏帶人離開，荀柳才走出門，到了軒轅澈的房門口。

她敲了幾聲，未見屋內有所回應，眼前閃過一道黑影，是莫離從屋頂上飛下來。

「姑娘。」

荀柳滿頭黑線地看看屋頂，又看看他。「你不會打算一整晚都守在上面吧？」

莫離一臉正經地回答。「姑娘不必擔心，待在上頭看得遠，地方也比較寬敞。」

荀柳無語。我是怕你大半夜不小心摔死。

算了，可能這就是古代侍衛的日常生活，更何況人家還挺開心的。

「你主子呢？」

「稟姑娘，半個時辰前主子被靖安王叫去前廳議事，似乎是跟西瓊太子被殺有關。」

荀柳點點頭，心想應該是靖安王從那些守門士兵身上發現了線索，軒轅澈怕是一時半刻回不來。

那些東西，只能明早交給他了。

她正想轉身離開，忽然想起一件事，慢慢轉過頭，盯著莫離。

上次軒轅澈替她畫像，她總覺得這小子似乎有什麼心事，像是情竇已開的樣子。

雖然她明白，小風終有一日會羽翼豐滿，會擁有她遙不可及的人生；他的情愛之事，她也不好摻和太多。

但身為他的阿姊，他又即將遠行，她實在控制不住自己的愛護之心，想去探明一二，想再為他做些事。

這幾年，他不在她身邊，最熟悉、了解他的，就是莫離了。

她的目光讓莫離覺得有些害怕，掃了自己身上一眼，沒什麼奇怪之處，忍不住開口了。

「姑娘為何這般盯著屬下？」

荀柳故作狡詐地笑了笑，走近他，神神秘秘道：「莫離，以往你家主子待在明月谷時，是不是經常畫女孩子的肖像啊？」

莫離神色一驚，一時不知該怎麼回答。

難道姑娘發現了主子的心思，來逼問他的吧？但此事無關機密，主子也從未有所交代，他是該說還是不該說？

荀柳見他這副顯然是有秘密的樣子，更是眼底冒光。沒想到她靈機一動，還真猜中了。

她又逼近一步，笑咪咪道：「看來你確實知道什麼，還不快如實招來！」

莫離猶豫半晌，最後才憋出一句話。「姑娘……您都知道了？」

嗯？她知道什麼？就是不知道才問的嘛！

荀柳想了想，咳嗽幾聲，故意裝蒜。「是啊，我都知道了，但是不確定，所以才來問你。你還不說？難不成他畫的人不只一個？」

莫離立即搖頭。「不，屬下看到的不多，但屬下敢斷定，公子筆下所畫之人，自始至終只有姑娘一個，斷不會有其他人。」

「等等，你說他畫的人……都是我？」

荀柳像是被雷劈一般，想起那日她看到他筆下的自己，那般細緻熟練地觀察描繪，確實非一日之功。

但是，他為何要畫那麼多她的畫像？

這世上哪有弟弟會對姊姊這般？

她心底有個不該冒出的念頭冒了出來，隨即又逃避般地強行壓下，乾笑了幾聲。

「他畫我做什麼？該不會是不好意思畫別人，拿我的臉練筆吧？」

莫離神色震驚，還帶著惹了大事的惶恐，敢情姑娘還什麼都不知道，那為什麼會問他畫像的事?!

要是被主子知道，怕是他的死期也要到了。

他的腦子使勁轉了轉，立即找藉口道：「這個，屬下也不知。或許姑娘在主子心中的印象最為深刻，所以……」

這真是牽強到不能再牽強的藉口了，但荀柳正需要，居然接受地點點頭。

「你說得沒錯。時辰不早，我先回去了。今晚我過來的事情，不要告訴你主子。」

她說完，逃也似的離開了這裡。

荀柳回到房間，燈也未點，便脫鞋躺到床上，腦子裡全是方才莫離說的那幾句話。

這段時日以來，軒轅澈的怪異之處，她不是沒發覺，以為這是少年初長成必經的階段，況且她的靈魂還是思想先進的現代人，平時拉個手、拍個頭，於她都是再正常不過的事。

但她忽略了軒轅澈的心思。仔細想來，他對任何人都十分冷淡，唯獨對她這般親密……

不，不對！

荀柳使勁拍了拍自己的腦袋。

這也說明不了什麼。這五年來，他身邊最親近之人，除了她沒有別人，或許是為了安慰親人間的思念，畫幾幅畫像而已。莫離不也說了，他只看到過幾次，怎能憑藉這個，就往那麼離奇的事情去想。

她莫不是昏了頭，她和他可相差了整整四歲。五年前，他還是個孩子呢。

但是，皇室中的男子，似乎十三、四歲就被安排通房了。

天啊，這還讓不讓人安生了?!

荀柳起身抓起桌上的水壺，直接嘴對嘴灌了幾口，才舒坦許多，又回到床上躺平。

她如縮頭烏龜一般地想，等西瓊的事情了結後，她便尋一處世外桃源當隱士去，這些事情都跟她無關。

就算軒轅澈對她有什麼心思，也是因為年少不懂事才有的荒唐念頭。早晚有一日，他會回到美女如雲的京城，屆時便明白她就是個過客，不用放在心上。

荀柳胡思亂想半天，睡意才慢慢襲來。然而，就在要沈浸夢境中的前一刻，她察覺門外的一絲動靜。

吱嘎，房門輕輕地開了，一道輕淺的腳步聲停在她的床前，鼻翼間傳來一股熟悉至極的香氣。

她立即耳清目明，瞌睡蟲跑了大半，卻不敢睜眼。

不知為何，她覺得這個時候，還是裝死比較保險。不然，憑她的直覺，可能會遇到更尷尬的場面。

人一旦安靜下來，便能察覺到空氣中細微的變化。

荀柳只覺得此刻她的聽覺和嗅覺異常敏銳，半開的窗外微微送來一縷清風，將那人身上好聞的松香一道送了過來。

這距離，似乎太近了些。

就在她反覆思索軒轅澈到底想幹麼時，忽然覺得側臉微涼，似乎有指尖在細細摩挲她，力道極其緩慢而溫柔，磨得她心尖微顫。

她藏在被子裡的指尖忍不住捏緊，覺得鼻翼之間好聞的松香更濃郁了些，似是那人鼻息近在咫尺。

「山有木兮木有枝，心悅君兮君不知。」軒轅澈悅耳又微微低沈的聲音在她耳側響起，帶著一絲道不清的惆悵。「阿姊可明白這句詩的意思？」

他說完，指尖的動作停下，目光落在她那抹在月光映襯下越發紅潤誘人的櫻唇上，目光幽深，將手壓在她枕側，微微低下了頭……

轟！荀柳感覺到唇上一軟，接著似是有驚雷在腦海中炸開。

覆在她嘴上那個軟軟的東西，是什麼玩意兒?!

不是她想的那樣吧？不是吧！

不對，一定是她想岔了，說不定這小子是用手掌心狠搓她的嘴唇……

哪個神經病會在大半夜潛入別人房間裡，幹出用手掌心狠搓人家嘴巴這種蠢事?!

誰能來給她一個合理的解釋！

但是，十七歲美少年的唇，確實有點軟，還有點甜……

她腦子裡怎麼會有這麼喪心病狂的念頭！

也許是心裡的想法掙扎得太過激烈，她的表情控制不住地微微顫了顫，使得占她便宜的某人忽然停下動作。

軒轅澈凝視著身下女子平靜的面孔，似乎要看穿她的偽裝。

「阿姊？」

但荀柳仍舊毫無動靜，呼吸輕緩，嘴角平和，似乎正沈浸在美夢中，並未察覺到房間裡進了人。

然而……

軒轅澈的目光更深邃了些，緩緩伸手撫上她被吻得飽滿水亮的櫻唇。

方才他感覺到的掙扎是毋庸置疑的，難道只是她夢中的反應？

他嘴角勾起一抹笑。是不是假裝的，再試試不就曉得了？

他正準備再俯首試探時，卻聽門外傳來莫離故意壓低的聲音。

「公子，明月谷傳來急信。」

荀柳緊張得不敢有任何動靜，甚至連眼珠也不敢轉，許久，她才感覺到身旁的松香味一淡，軒轅澈的腳步聲緩緩離開。

吱嘎，房門被重新合上。

「呼——」

荀柳狠狠呼出一口氣，這才放下心。

她仔細聽了聽，確定門外無人，這才敢隨意活動，心情卻十分複雜。

想起方才的感覺，她又忍不住伸手，小心觸了觸自己的嘴唇。

都到這種地步了，她怎麼欺騙自己？

但到底是從什麼時候開始的？她竟遲鈍到現在才發現。

她該怎麼辦？肯定不能挑明。她最不會處理這種感情事，若處理不當，不知道會發生什麼後果。

她和軒轅澈還能若無其事，跟往常一般當姊弟嗎？

能才怪了！

荀柳急得直撓頭，但想來想去，似乎也只能裝作什麼都不知道，最為穩妥。

對，反正她也打定了主意要離開，那就再裝一段時間。

等西瓊的事情塵埃落定，他手上的籌碼會更多，下一步應當便是回到京城，直接迎戰蕭黨。她已經幫不了他什麼，不如就此功成身退。

至於他對她的心思……

無非少年心性，暫時荒唐而已，歲月會教這孩子改正錯誤的。

嗯，有道理。

然而，荀柳還是輾轉反側一整夜，直到天邊泛起了魚肚白。

她乾脆起來，坐在梳妝檯前，呆呆瞪著銅鏡裡頂著兩個黑眼圈，和一副生無可戀表情的自己。

她果然還是適合一個人，這輩子好不容易收了個弟弟，孰料這弟弟被她帶到了歪路上。早知有今日，出宮的第一天，她應該跟他詳細講解，什麼叫倫理啊。

不知過了多久，門外突然傳來一陣敲門聲。

「阿姊，起床了嗎？」

荀柳渾身一顫，心想真是越害怕什麼，越來什麼。

但演戲還是要繼續演的。

她打起精神，撫平微皺的衣領，對銅鏡裡的自己揚起燦爛笑容，這才起身拉開房門。

「小風。」

軒轅澈一如往常般溫潤謙和，笑容亦無半絲異樣，但她一想到昨晚他對她做過的事，不由耳根一紅，目光不覺落在他那兩瓣形狀好看的唇上。

「昨晚阿姊可是沒睡好？為何眼圈如此之重？」

荀柳一驚，收起自己的心慌，尷尬地點點頭。

「昨晚睡到半夜，忽然被噩夢驚醒，後來再也睡不著了，是有點沒精神。」

「阿姊作了什麼樣的噩夢？」

「沒事，醒來後，就忘得差不多了。」

她說著，裝作隨意地走向梳妝檯，拿起桌上的梳子，準備梳頭。

然而，梳子卻被人接了過去。

「今日日子特殊，我來替阿姊梳吧。」

軒轅澈伸手撈起她頸側的一縷青絲，溫涼指尖似是無意碰到了她的耳垂，又激得她內心一顫。

「阿姊怎麼了？可是被我弄疼了？」

「啊，沒有，簡單些就行，不用特別麻煩。」

「平日阿姊妝容已經過於簡單，今天好歹是個大日子，便隆重些吧。待會兒，我來替阿姊畫眉可好？」

「啊？還要畫眉？」

「怎麼，阿姊不願？今日阿姊怎麼與我如此生疏，平時我不也替阿姊畫過？」

「你說得對。反正我也畫不好，你來畫吧。」

再這麼聊下去，荀柳覺得自己馬上就要扛不住了，然而她卻沒發覺，站在她身後的軒轅澈，目光越發幽暗深邃。

此時，晨光乍亮，院子裡蟲鳴聲未歇。夏時百花雖敗，但取而代之的卻是院子裡沁人心脾的草木泥土芬芳。

房門內，女子身著丁香色水緞衫，容貌雖只算得上清秀可人，但膚若凝脂、腰肢不盈一握的模樣，卻叫人見之心悅。一雙笑眼彎彎，更是令人愛憐不已。

她身前站著一道俊美不似凡人的男子身影，此時略微俯身，細心地抬手為她描眉。那俊美無雙，又專心致志的神情，只叫人心生豔羨。

姚氏帶人走進院門時，看到的就是這樣的情景，微愣了愣，馬上反應過來，提醒般地敲了門。

荀柳轉頭看去，見姚氏帶著好幾個丫鬟站在門口，神情躲閃地看著她和軒轅澈。看來是要準備幫她梳妝打扮的，孰料被軒轅澈搶了先。

她老臉一紅，這才發覺，縱然是畫眉，這姿勢也未免有些太近了。

軒轅澈卻不覺得有什麼不對，緩緩起身，對姚氏淺笑。「接下來便煩勞世子妃了。」

姚氏點頭，咳嗽一聲，讓丫鬟們進屋。

軒轅澈低頭，對荀柳柔聲道：「阿姊，等儀式結束我再出發，我在王府宗祠等妳。」

荀柳應了，等他轉身時，忙站起來道：「等等！」

她說著，噔噔噔跑進內屋，拿出特地為他準備的東西。

「昨日我便打算給你的，這裡頭的東西，或許你能用得上。」

軒轅澈看看包裹，眼底閃過一抹溫柔的笑意。「好，我定會好好用它們。」

荀柳望著軒轅澈的背影消失在門口，才心情複雜地回到梳妝檯前。

姚氏吩咐丫鬟們替她挑選衣裳和補畫妝容，不一會兒，便大變了模樣。

姚氏驚豔地打量荀柳，只見眼前女子一襲水紅色百蝶裙，一步一動間，似有百蝶起舞。頭梳飛仙髻，蛾眉淡掃，紅唇點朱，額間還畫了一朵靈動的鳶尾花，端的是佳人如粉面，桃花笑不如。

「沒想到竟這般美，應該早些替妳打扮打扮的。」

荀柳看自己一眼，倒是沒看出有哪裡好看的，滿腦子都是昨晚的事。

她這一副心事重重的樣子，落在了姚氏眼裡。

姚氏不動聲色地打發丫鬟們，拉著荀柳重新在梳妝檯前坐下，替她整理方才換衣時不小心弄亂的幾縷髮絲。

「今早過後，名義上妳便是我的妹妹，總是荀姑娘、荀姑娘的叫，未免太客氣，往後我就叫妳阿柳如何？」

荀柳點頭，這才想起，那她豈不是成了王嬌兒和王景旭的小姑姑？

她正想著以後見面怎麼互相稱呼時，又聽姚氏猶豫道：「阿柳，以後既是親人，有些話我便多跟妳嘮叨幾句。對於二皇子，妳到底是怎麼想的？」

荀柳微微一愣，抬頭透過銅鏡看向身後的姚氏。「什麼怎麼想的？」難不成，她也看出來了？

「妳還不知？」姚氏似有驚色。「阿柳，男子為女子畫眉，古往今來，皆是夫妻情趣之事，遑論方才二皇子看妳的眼神……」

她說著，頓了頓。「之前我未見過二皇子幾面，也不知詳情，但我聽世子說，妳跟二皇子根本不是親姊弟之後，便開始納悶你們之間的關係，直到方才，才看明白了。

「阿柳，妳可要想清楚了，二皇子若是成事，後宮不會只有一人，如果妳選擇跟了他，我便沒什麼好說的；如果妳不打算入宮，平日便要注意分寸。縱然妳再如何不拘小節，但多少也得考慮一下自己的名節，明白嗎？」

姚氏說著，似是憐愛般撫了撫她的髮。「這些話，我本不該說……」

不等姚氏把話說完，荀柳便握住姚氏的手，感激而溫暖地笑了笑。

「我明白。我會替自己打算的，您放心。」

「那就好。」姚氏安慰地笑了笑。「妳是個好姑娘，將來定能幸福美滿。」

第六十三章

因為時間緊迫，儀式進行得十分匆促。

即便如此，畢竟是靖安王認義女，該有的規矩依然一件不能少。

昨晚起，王承旭便派人去請族中頗具地位的長者，再加上碎葉城的大官們，一起到王府宗祠觀禮。

眾人似乎並不驚訝，畢竟靖安王對荀柳的喜愛向來是有目共睹，在大家看來，認義女不過是早晚的事情罷了。

荀柳打扮好，跟著姚氏一道去宗祠。

她還是頭一回經歷這麼大的場面，兩側有丫鬟夾道引路，一步一行間，規矩多得嚇人。

進了宗祠，她為了不讓王府丟人，一直保持著目不斜視的姿勢，行禮跪拜。

直到聽見司禮之人唸道：「此女嫻德，自今日起與我族榮辱與共，共用興衰。」再由靖安王親自提筆在族譜內加上她的名字，才算禮成。

荀柳向族中長老和靖安王敬完茶，剛抬眼，猝不及防便看到坐在下面的軒轅澈。

他帶著溫柔笑意看她，她被那雙眸子看得渾身不自在，尷尬地扭過頭，卻又看到另一旁一臉菜色的王景旭和方詩瑤。

奇了怪了，這兩口子的臉色，怎麼一個比一個難看？

也是，誰喜歡天天對著一個年紀比自己小的人叫姑姑。

荀柳緊張兮兮，不知自己落在別人眼裡，卻是另一番景象。

王景旭想起不久前祖父說過的話，心裡有些不舒坦。縱使他有遺憾，也已經做了選擇，不會再像年輕時那般衝動行事。

若軒轅澈真能護荀柳一世，倒也算是個好結果。但他若敢負了她……

他雙眼微瞇。如今，他也似乎也有立場說話了。

至於方詩瑤，她怎麼看荀柳都覺得不順眼，一想到荀柳成了她的長輩，更覺得心裡憋屈，臉色自然好看不到哪裡去。

在場其他人則是各懷心思，有人看中荀柳背後的財勢，暗自盤算的大有人在，但這都是後話了。

一出了祠堂，靖安王便收到邊關急報。

急報來自於西關州的邊陲臨沙城，那裡正是即將與西瓊開戰的地方，夏飛和金武等人之前便駐守在那裡。

急報上說，他們打探到敵情，發現西瓊軍中似有蹊蹺，尤其是戰車與兵器與以往大不相同，這次開戰恐怕不利。

靖安王本來打算多花一日詳細部署，再整兵出發。讀完急報，便立即改了主意，準備今日前往臨沙城。

荀柳聽到戰車與兵器的消息，心中一動，攔住了靖安王，要求一同前往。

靖安王不肯答應。「妳一個姑娘家，如何隨軍出征？這可不是鬧著玩的。」

荀柳滿臉嚴肅，態度堅決。「王爺，您莫不是忘了鐵爐城的事情，那些兵器，只有我能認得出來。急報中還提到戰車，整個大漢，有誰比我更懂機拓？」

靖安王聽了，神色果然鬆動了幾分。

荀柳繼續道：「再說，我去了，也只是躲在城中，不會有什麼危險。王爺大可放心，我能照顧好自己。」

她說著，又看了看皺起眉的軒轅澈。「你們總不能真的叫我在這裡待著，什麼也不做。其他的事情，我幫不上忙也就算了，但機拓之事，我不能袖手旁觀！」

她在碎葉城生活了五年，早已將西關州當成自己的家鄉。她的親友們都在為家鄉奔波賣命，她懂機拓，又怎能坐視不理？

軒轅澈嘆了一聲，開口道：「王爺，讓她去吧。」

他說著，走近荀柳。「阿姊，我讓莫離叫莫笑他們過來。記住，萬萬不可以身犯險，護衛之事也全由他們安排。」

荀柳知道他是擔心她的安全，點了點頭，隨即想到昨晚和今早畫眉的事，又不覺往後退了一步，似是故意和他拉開距離一般。

「我知道了。」

「阿姊，妳……」

軒轅澈眸光忽而幽深，伸手欲扯她的手腕，卻被她輕巧避開。

「王爺，咱們什麼時候出發？」

荀柳轉身問靖安王，表情很刻意，讓靖安王一愣。

「大約一個時辰後……欸，妳這丫頭，怎麼還王爺、王爺的叫？喊幾聲父親來聽聽。」

荀柳俏皮地咧了咧嘴。「以後再說，我先收拾收拾，換身行頭。」

她也不管背後的軒轅澈是什麼反應，便往自己的院子跑去。

軒轅澈望著她莫名疏遠的背影，面色微沈。

莫離安排好了一應事務，和軒轅澈一道上馬，軒轅澈的臉色也絲毫未放晴。

莫離自然察覺到自家主子的神色有些不對勁。方才他出去一趟，傳信讓莫笑等人過來後，便發覺主子的臉色更加陰沈了幾分，在王府門口等候半晌，似乎是在等著什麼人。

他一想才反應過來，這次主子好歹也是赴險，平日最在意主子的姑娘竟然沒出來送主子，實在是蹊蹺啊！

他腦瓜子一轉，突然想起昨晚姑娘問他的幾句話，以為是因此出了岔子，猶豫許久，才小心翼翼地靠近軒轅澈。

「屬下似乎做錯了一件事，還請公子責罰。」

軒轅澈淡淡瞥他一眼，目光又挪到了王府門口。「什麼事？」

身為暗部中身手數一數二的暗衛，莫離還是第一次感覺如此緊張，忍不住嚥了嚥口水。

「昨晚姑娘來找過公子，見公子不在，便對屬下問了幾句話……」

這句話終於引起軒轅澈的注意，轉頭看向莫離，示意他繼續往下說。

莫離的頭低得更低了些。「姑娘問屬下，以往公子在明月谷時，是不是經常畫女孩子的肖像……」

軒轅澈目光微閃，聲音低沈。「你如何答的？」

「屬下回答，自始至終，公子筆下之人只有姑娘，從無旁的女子。」

莫離說完，恨不得將頭扎到地縫裡去，孰料卻換來主子一聲愉悅至極的低笑。

「原來如此。」

軒轅澈望著王府的紅漆大門，口中呢喃。「昨夜，果然有人在裝睡呢。」

他忽然翻身下馬，俐落地把韁繩甩給莫離，留下一句「原地等著」，便快步跨進了門。

這時，荀柳剛換上一身俐落的男裝，進了前院。

靖安王正在跟王承旭說話，她剛湊上去，沒說幾句，卻見不遠處有道人影走來，步伐獵獵生風，不由分說地抓住她的手腕，衝著一臉莫名其妙的靖安王和王承旭，客氣地開了口。

「抱歉，在下有事需借人片刻，開拔前準時送還。」

軒轅澈說完，也不管荀柳情願不情願，抓著她的手腕便往外走。或許是覺得太慢，走到一半時，乾脆攬住她的腰，直接把人帶進懷裡，邁出了王府大門。

大門外，莫離帶著一干暗部眾人，也為自家主子的舉動感到震驚。

然而，軒轅澈並沒有給他們反應的機會，摟著荀柳，腳尖輕點，便躍上了馬背，將她牢牢箍在懷裡。

荀柳覺得自己的老臉要在今天丟光了，掙扎著想下馬。

「小風，你在幹什麼？還不快放我下來！」

軒轅澈卻俐落地從莫離手中扯過韁繩，又扔下一句。「東城門外等候，半個時辰後出發。」然後在眾人震驚的目光中，帶著荀柳往城外奔去。

軒轅澈揚起韁繩，馬兒跟主人一般，發了瘋似的拚命往前跑。

荀柳只覺得耳朵灌風，連路旁的景色都沒心情看。她的馬術實在太差，生怕自己摔下去，只能緊揪著軒轅澈的衣服，恨不能把自己塞進他舒適安全的披風裡。

「小風，你快停下來！你這是發了哪門子的瘋，到底要幹什麼?!」

然而，軒轅澈絲毫沒有停下來的打算。

荀柳撐不住了，吼道：「你再不停，我就真的要生氣了！」

話音剛落，軒轅澈便拉緊韁繩停下來。

荀柳抬起頭，這才發現她和軒轅澈已經到了西城門郊外的山林湖泊旁。

這裡是碎葉城西郊，夏天時，不少男女會相攜來湖上泛舟遊玩。因為現在時辰尚早，湖邊沒有多少遊人，不過兩、三個正在打漁的漁夫而已。

那些漁夫似乎見慣了有人來湖旁私會，看到荀柳和軒轅澈，也不奇怪，只掃了一眼，便繼續各幹各的去了。

這裡的風光確實不錯，但現在不是欣賞美景的時候。

荀柳忍著氣道：「小風，你帶我來這裡做什麼？現在時間緊迫……」

「阿姊準備裝傻裝多久？」軒轅澈嗓音低啞，似乎已經壓抑良久。「昨晚阿姊並未睡著，對嗎？」

荀柳渾身一震，感覺身後的胸膛像是在發燙一般，立時想跳下馬，卻被軒轅澈先一步圈住了腰身。

「似乎只有我縱馬狂奔時，阿姊才會主動一些。不如，我們再跑一回？」

「你敢！」

這句話惹得軒轅澈低低一笑，湊近了她。「若不想也可以，那阿姊便要認真聽我說話，可好？」

荀柳乾笑幾聲，本想繼續裝傻，見他神色認真，忍不住嘆了口氣。

「小風，人少年時，總會做幾件腦子犯渾的傻事。這次，我可以當作什麼都沒發生過，你也不要繼續錯下去。將來你若是有了心儀之人，阿姊必會支持……」

軒轅澈面色一沈。「阿姊覺得，我只是在與妳開玩笑？」

荀柳嚥了嚥口水。「我不是這個意思，只是你現在還不懂……」

「不懂什麼？」軒轅澈嘴角帶笑，眸光卻令人心驚。「阿姊可知，這五年，我折壞了多少枝筆？可知我夜夜夢中期遇阿姊，卻沒幾次能如願？可知我為何命莫笑頻頻寄信，細述關於阿姊的一切？我忍了五年，如今阿姊一句『年少犯錯』，便隨意打發了？」

荀柳愣愣看著他俊美又異常認真的臉，半晌回不過神來。

許久後，她重重嘆了口氣。

「小風，這件事情是我的錯。你出宮時遭遇打擊，身旁能依靠之人只有我，我行事大大咧咧慣了，沒能及時關注你的心思。就算我們沒有血緣關係，但我們可是姊弟啊，你懂嗎？姊弟怎麼可能變成……」

「那不過是妳一廂情願的想法。」軒轅澈鳳眸微瞇。「我可從未真正將妳當成姊姊。大漢皇室中人，即便是兄妹也恪守禮法，關係生疏，必要時拿族中姊妹聯姻亦可，我不會對自己的姊妹如此親近。」

這句話讓荀柳語塞。

這小子，原來這五年的「姊姊」、「阿姊」，都是他叫著玩的？

不對，這不是重點！

「小風，你才十七歲，未來會遇到各種各樣的好女子，比我好看的大有人在，我今年都二十一了，你何必非要在我這棵歪脖子樹上吊死呢？更何況，你也知道，我可是揚言只找一心人的，放棄我這根狗尾巴草，你將收穫一片百花園啊，三宮六院不香嗎？你為什麼非要這麼想不開？」

軒轅澈聞言，眉梢一挑。「阿姊是在向我暗示什麼？」竟認真思索一番。「三宮六院是歷朝例法，廢除雖有些難辦，但也不算艱難之事。阿姊還有哪些要求，一併說出來便可。」

這混蛋……

「我不是這個意思啊，我是說……我不喜歡你，懂嗎？我一直拿你當弟弟，怎麼可能想著嫁給你！」

「阿姊莫非是不喜歡男子？」

「嗯？什麼意思？」

軒轅澈勾唇一笑。「無論文才武功，或是樣貌人品，阿姊可見過比我更出眾之人？」

荀柳不懂他要表達什麼意思，便老老實實地搖頭。

軒轅澈像是成功誘了魚兒上鉤一般，眼底閃過一絲狡黠。

「若不是對男子無感，那阿姊喜歡上我，應當只是早晚之事。之前阿姊沒反應過來，是因為未把我當作男子看待。如今話說開了，往後阿姊眼中必會只有我一人。」

這自信也是無人可比了……

荀柳已然無力吐槽。「你愛怎麼想，便怎麼想吧。」

她已經確定，這廝腦子壞了。改日請游夫子過來扎幾針，說不定就好了。

這時，荀柳耳邊傳來幾聲極其愉悅的低笑。

她打了個機靈，反應過來。「剛才你是故意逗我玩的？」

軒轅澈淡淡搖頭，忽然伸手捧住她的側臉。

此刻他們坐在馬上，被垂下來的柳枝擋住上半身，湖面上的漁夫無法窺視他們的動作。

荀柳似是怔了，等那抹溫軟輕輕貼了貼她的唇，又離開，才猛地捂住自己的嘴。

這遲鈍的動作卻更惹得軒轅澈愉悅地低笑幾聲，輕輕地捧著她的臉。

「阿姊，我很開心。這一日我盼了許久，這般親密的動作，需兩人清醒時才更顯甜美。方才我說的話都是真的，妳的條件我都能做到，只求妳也試試喜歡上我，可好？我保證，不會讓妳失望。」

他的嗓音溫柔至極，彷彿是將她小心翼翼地捧在心上。

即便明知不該，但荀柳的心還是忍不住怦怦跳了跳。

但她想起往後，想起已然做下的決定，無論是親人還是伴侶，她仍舊對他沒有任何助益，反而很可能會成為拖累。

他還這麼年輕，即便真的對她有心，這世上的初戀也不是都能開花結果的，更多的是喜歡，卻不一定適合。

她想了想，伸手覆上他的手背，微笑道：「等西瓊的事結束吧。結束之後，我再給你答案。」

軒轅澈鳳眸裡閃過一縷光亮。「好，我等阿姊的答案。」

「此去西瓊，你記得千萬保護好自己。雖然有武藝傍身，但凡事多多思慮，總沒壞處……」她說到一半，又忍不住笑了笑。「你本來就聰明，就當聽我嘮叨幾句吧。」

軒轅澈反手抓住她的手捏了捏。「我喜歡聽妳嘮叨。」

荀柳臉紅了，尷尬道：「好了，別耽擱時辰，咱們該回去了。」

末了，又補了一句。「還有，回去騎慢點。」

「好。」軒轅澈的鳳眸裡盡是寵溺和愉悅，又抬眸看了波光粼粼的湖面一眼，輕聲道：「等西瓊的事情了結後，我再帶阿姊來這裡泛舟可好？女子受過的寵愛，我都想讓阿姊享受一遍。」

荀柳老臉一紅，羞憤道：「我還沒答應呢，不是等你回來再說嗎。」這小子怎麼現在情話一套一套的？

她這副模樣，更讓軒轅澈愉悅，低笑幾聲才溫柔應道：「好，都聽阿姊的。」

事情談妥一半，回去的時候，荀柳便不用再忍受耳朵灌風的感覺。

兩人到了王府門口，莫笑帶著好幾個人，似是在等她。莫離等人卻不見蹤影，應該是已經在東城門等著。

軒轅澈攙扶荀柳下馬，莫笑等人立即上前對兩人行禮。

「公子，姑娘。」

荀柳這才發現，她身後的人居然就是這些年潛伏在荀家周圍的「鄰居」。此刻他們卸下了偽裝，換上輕便的黑色武服，精神立刻就不一樣了，跟改頭換面似的。

荀柳沈默一下。「你說跟著我的護衛……就是他們？」

軒轅澈點頭。「他們的身手都算得上百裡挑一，往後便由莫笑安排，妳只需安心被他們護著便可。」

荀柳應下，但昔日的鄰居突然改了身分，成為她的護衛，還是有點怪怪的。

軒轅澈笑了笑。「阿姊，我走了，莫忘了妳方才的承諾。」

荀柳心中微動，也衝他笑了笑。

這個笑容落在軒轅澈眼裡，讓他忍不住微微抬手，想將她攬進懷裡。但還是顧忌往來的路人，終是換了姿勢，把手放在她的髮上。

「等我回來。」

他翻身上馬，荀柳目送他的背影消失在街角處，心情複雜難言。
那個承諾，她注定要食言了。
她離開，對他才是最好的選擇。
十七歲，多美好的年紀，本該鮮衣怒馬，少年意氣，不知惆悵為何物。但他的父親和蕭黨毀了他的一半人生，另外一半，更不該綁在她這個看似年輕，實則已經步入中年的老女人身上。
西瓊之戰，便算是她最後一件能為他做的事情吧。

第六十四章

軒轅澈等人走後不久，荀柳也跟著靖安王出發了。

依照大漢律法，身為藩王，與鄰國交戰之前，理應先八百里加急稟報皇帝。因蕭朗還被關在牢裡，而通往京城的信，靖安王是能壓則壓。直到行至半途，駐軍也先打了一仗之後，靖安王這才囑咐人，將奏摺呈上。

如此，就算惠帝知道消息，派官員追上他們，也是半個月後的事情了。屆時，軒轅澈和顏玉清等人說不定都搞定了西瓊王室。

反正，就是賭，賭惠帝消息不夠靈通，賭軒轅澈此行順利，賭老天爺不會讓西關州生靈塗炭。

現在只能盡人事，聽天命，他們也沒有其他辦法了。

此行除了荀柳，王景旭也一道跟來。王承志留下處理城內事務，一併提防惠帝的動作。

行軍到現在，已經整整過了十日，距離正在開戰的臨沙城，還有一半的路程。

王景旭率領先鋒軍先走了數百里之遠，應該不出兩日，便會快一步到達臨沙城。

靖安王身為主將，貴在制定策略，快慢倒不是最要緊的。

即便如此，他也十分忙碌，自從出發之後，荀柳便沒有機會再見他，只看見一波波的傳令兵頻繁來往，局勢緊張。

早在三日前，他們便收到軒轅澈的飛鴿傳書，他們果然在龍岩山脈深處找到了兩艘船。收到信的前幾日，他們乘坐船隻出發，有夏飛將軍接應，現在應當已經順利潛入西瓊腹地。

如此又過了幾日，漫長的行軍路程終於快要結束，荀柳騎馬騎得大腿都快要磨出繭了。士兵也非常疲累，幸好兩軍算是勢均力敵，士氣還算不錯。

三日後，靖安王大軍終於抵達臨沙城，然而荀柳萬萬沒想到，映入眼簾的卻是滿城慘淡的景象。

天氣燥熱，街道兩旁盡是白布飛揚，地面上灑滿紙錢，風一吹來，滿城哀戚，零星幾個路人也頂著一張頹唐哀傷的面孔。

最重要的是，他們額上都戴著白布。

滿城飄白，百姓戴孝，不是四品以上的州官為公殞命，便是守將橫屍沙場。

前幾日不是還傳信說尚能抵抗，今日便成了這番景象？

靖安王怒道：「到底發生了什麼事？為何不發急報？」

這時候，街口響起一陣馬蹄聲，荀柳抬頭望去，是王景旭帶著幾隊士兵前來接應，他們也是滿臉憔悴，身上也髒污不堪，似是剛下戰場。

王景旭下馬行禮。「祖父……」

他哽咽著，悲痛萬分。「昨夜西瓊軍突然襲擊，康將軍……歿了。」

荀柳心中一顫，她曾見過康將軍幾面，年僅四十，家中尚有老母和一雙兒女，三年前被派往臨沙城駐守。

她還記得，以往她提著女兒紅去王府找靖安王閒聊時，康將軍偶爾還會厚著臉皮，討幾口酒喝。

一個活生生的人，說歿就歿了。

「我們未來得及發急報，得知祖父今早就到，便趕緊來見您。昨晚一戰，我軍損失慘重，不得已退了二十里，再三十里，西瓊大軍便會攻入臨沙城。情況危急，還請祖父決斷。」

靖安王神色難看至極。「速速召集六品以上將士，前往駐將府邸商議！」

「是！」

一行人正準備離開，王景旭卻扭頭看了荀柳一眼。

「祖父，請讓荀姑娘一道過來。西瓊軍所用的兵器和戰車，確實有些蹊蹺，或許需要她的幫忙。」

荀柳立即應道：「我在一旁聽，除非看出端倪，不然不會打擾你們的。」

靖安王點頭。「好，丫頭也一道來吧。」

荀柳示意莫笑跟上，其餘人則先跟著士兵們一起落腳，等安排好之後，再作聯繫。

半個時辰後，莫笑和其他侍衛一樣候在駐將府廳外。

廳內，荀柳站在靖安王身後，仔細聽著各方的情報。

「此次西瓊軍的兵力增長，確實過於蹊蹺。」

其中一個老將軍撫鬚道：「西瓊境內鐵礦稀少，往年縱然是傾盡國力，也斷然造不出這些利器。這也算了，主要是他們的戰車威力竟增長數倍，我軍曾派探子前往查看，但對方似乎派了專人把守，探子數次無功而返。」

「但在戰時，那些戰車與我們以往所見並無不同，不知究竟如何能產生這麼大的威力。」一名年輕小將接道。

荀柳心中明瞭，西瓊軍手中那些兵器，怕是跟鐵爐城脫不了干係，但她未曾親眼辨認，所以還不能下斷言。

至於戰車……

這個朝代的戰車分為兩種，一種是可以供好幾個弓箭手和長矛兵乘坐的敞篷馬車，速度快，靈活性強，還可進行遠程攻擊。

另一種便是攻車，也是戰役中最能決定勝負的主要戰鬥力，分成許多種，其中最常見的就是強弩戰車和投石機，相當於特大號的弓箭手和鉛球手。根據規模，一輛戰車需要操控的士兵從幾十人至上百人不等。

但在古代改良這些戰車，需要極漫長的過程，怎會如他們所說，一下子增長數倍威力？她好歹也是承蒙前世數千年人類文化才能略知皮毛，難不成西瓊有機拓奇才，竟有本事升等戰車性能？

眾人也苦思不解，靖安王看向荀柳。「丫頭，妳有什麼見解？」

荀柳誠實地搖搖頭。「情報不明，我也猜不出到底是什麼原因。」

王景旭聞言，失望地收斂目光，其餘人更是頹喪不已。

「如此，若再開戰，白白讓士兵送死不說，恐怕不久西瓊軍便會打到臨沙城門下，我等該如何是好？難道真要將臨沙城拱手讓人不成？」

他們多半生長於此地，家中婦孺老小正等著他們打勝仗回去，孰料才開戰不久便遭遇如此大的難關，榮辱已經是次要，但死去的那些兄弟們如何瞑目？

王景旭握拳。「不如，今夜我帶人去夜襲，擒賊先擒王。」

「不行，太過冒險。」靖安王皺眉。「此時萬不可衝動行事。」

「可是……」

王景旭還想爭辯，卻聽荀柳忽然開了口。「王爺，我需要親自上戰場，還需要幾塊上品水晶石。」

此言一出，在座等人都是一愣。

「妳要上戰場？丫頭，戰場可不是隨便就能上的，要是妳出了什麼意外……」

「我不會隨軍，只要讓我站在距離那些戰車五里以內便可，我自有法子可以看清楚那些戰車的構造。」荀柳不急不緩道。

方才說話的老將軍道：「五里之遙，姑娘如何看清楚？」

荀柳微微一笑。「所以才需要王爺賞我一些上品水晶，我便自有辦法。只要能搞清楚那些戰車的構造，也許就有辦法破敵也不一定。」

雖是這樣說，但她心裡卻一點都不樂觀。如果對方真出了個曠世奇才，用了某些她也無法克敵的法子，就不好說了。

老將軍聞言，十分不屑。「妳這丫頭年紀輕輕，怎可如此胡鬧？戰場不是妳可以兒戲的地方。」

他是駐守臨沙城多年的老將，更是最早跟在靖安王身側的部下，平日靖安王念著舊情，也會讓他三分薄面。他性子直，有話便會直接了當地說，靖安王就欣賞他這一點，所以即便知道荀柳是靖安王帶進來的人，但見她隨意插話，還如此大言不慚，便忍不住想回幾句。

孰料，還沒等荀柳反駁，靖安王便哈哈大笑。

「老霍，這回你卻是看走眼了。這丫頭的本事可大著呢，或許她真是我們的福星，也說不定。」

他說著，又看向荀柳，不滿道：「我說妳這丫頭，怎麼還王爺、王爺的叫？既然都上了族譜，當叫我一聲義父才是，景旭也該叫聲小姑姑。」

荀柳和王景旭愣住了。

眾人之中，不明真相的人神色訝異，尤其是方才表達不滿的霍人傑，臉上驚疑不定。他們本以為這姑娘是靖安王帶來的隨侍，難不成竟有親故？

隨靖安王一道過來的將士見他們不明白，便低聲解釋幾句，順道說了關於管道治旱之法的事。

霍人傑一聽，荀柳居然是想出管道引水治旱法的人，還是靖安王剛認下的義女，臉上神色更是變了又變，煞是好看。

荀柳無暇關注這些人的表情，只笑道：「父親該叫，但小姑姑就算了，我比他還小呢。景旭，以後你我直呼姓名吧，免得過於生疏，往後咱們可都是一家人了。」

或許是眼前少女那張燦爛笑臉晃了他的眼，王景旭覺得心下熨貼，也微微一笑。

「好。」

能做親人，似乎也不錯。

「如此甚好。丫頭，妳要上品水晶做什麼？」

「我需要用它製作一樣東西，但做成之前不好解釋。等我做出來，義父便知道了。」

靖安王打量她許久。他當然知道她的本事，但是戰場對於她這樣的弱女子來說，終究還是太過危險，先不說對軒轅澈不好交代，縱然是他，也不願讓一個弱女子去擔負本該屬於男兒的責任。

荀柳看出靖安王神色猶豫，道：「義父，我上戰場只為觀察敵情，絕不會將自己置於危險之中。若義父還有顧慮，不如等我做出這件東西，交給義父過目，義父再答應不遲。」

靖安王點頭。「也好，等妳做好之後再說吧。」

接下來，沒有荀柳的事情，荀柳便向眾人告辭，被靖安王的親兵帶到安排好的院子。

沒多久，暗部的人也進來了。

莫笑得知她要隨軍一起上戰場，滿臉的不贊成。

「姑娘，戰場上危機四伏，我等縱然能以一當百，但也說不定會發生意外。主子臨行前曾吩咐我們，萬不可讓您親自涉險。」

「我並不是去涉險。」荀柳無奈地嘆口氣。「我更不會傻到衝上戰場，但至少要親自去看看西瓊軍的戰車。笑笑，我來這裡的目的，便是為了這個。」

莫笑越聽越迷茫。「看戰車？那還不是要上戰場？」

荀柳又重重嘆了口氣，心知莫笑根本沒弄懂她的意思。

「算了，妳當我沒說吧，反正王爺暫時也沒答應。等我做出那樣東西，你們或許就能明白了。」

莫笑一聽靖安王沒答應讓荀柳上戰場，一下子安心許多，糊裡糊塗地點了頭。

不管怎樣，只要姑娘安全便好。

這時，有人來了院子，荀柳和莫笑聽到動靜走出門，發現竟是王景旭帶著士兵過來，士兵手上還捧著精緻的木盒子。

王景旭見到她，先是笑了笑，但一張嘴卻像是突然語塞一般。

荀柳見狀，微微笑道：「說過以後只喚名字，你也叫我阿柳吧。」

王景旭點頭，忽然又問：「也？」

「世子妃也這般喚我。名字取來，便是讓人叫的，不必在乎那麼多。」

王景旭一愣，隨即抿唇一笑。「妳說得對，阿柳。」

他揮手讓士兵上前，掀開木盒子，只見裡面躺著滿滿一盒的上品水晶石，讓荀柳好一陣咋舌。

「我只要幾塊，怎麼拿來這麼多？」

「祖父說這些珍奇異寶不能吃、不能用，放在庫裡也只是養灰塵。既然妳需要，不如全送過來。若是不夠，盡可再差人告訴我一聲，我再派人送來。」

荀柳連忙擺手。「不用，這就夠了，好歹也是價值千金的東西，可不能再占便宜。」

這句話惹得王景旭一笑。「如今妳已經是靖安王府的人，如何能對自家人說占便宜？」

「在我眼裡，不勞而獲的東西都算。」

荀柳粲然一笑，但見他仍頂著一身髒污的鎧甲，笑容淡了淡。

「康將軍的事情……我很遺憾。」

她知道王景旭幼時曾由康將軍傳授武藝，算得上半個師父。康將軍戰死沙場，他應當很難受吧？

王景旭眼底閃過一抹痛色，抬眸看向院牆外，緩緩道：「死的不只康將軍一人，今夜城中或許有大半百姓痛失愛子、夫婿或父親。但現在不是難過的時候……」

他停了停，轉頭看向她。「戰車之事，妳真的沒有半分頭緒？」

荀柳搖頭。「主要還是因為情報不明。若我能做出這件東西，或許能派得上用場。」

她說完，又擔憂地壓低了聲音。「這一次，說不定我也幫不了什麼忙。」

「無事，妳已經幫我們夠多了。」

王景旭神情認真。「若不是因為妳，或許我們根本撐不到現在。五年前昌國停戰時，祖父便料到會有這麼一天，我們原本預想中的情況，比現在更糟。但因為妳，我們多了五年休養生息的時間，這般便夠了。」

荀柳沈默以對。她並不是很懂權謀，但她知道政治角逐，只會給百姓施加痛苦。

靖安王和西瓊王都算得上愛民如子，所以這數十年來，從未真正挑起事端，頂多今天你陰我一回，明天我陰你一回。比起今日之慘況，只能算得上無關痛癢的小打小鬧罷了。

但西瓊麗王后和惠帝卻不同，為了自己的利益，能罔顧百姓性命。但在歷史上，也不過只是簡單的一筆。

前世她看到這樣的歷史，最多不過掃一眼便罷了，心中從無痛癢。

今日卻不同。

今日她便站在臨沙城中央，四面街道淒風蕭蕭，漫天白布飛揚，彷彿能聽得見家家戶戶傳來的哭嚎聲。

此情此景，她又想起前世在歷史書裡看過的文字，一時間五味雜陳。

第六十五章

等王景旭帶士兵走後，荀柳一刻也不想耽擱，交代莫笑替她拿來特地從碎葉城帶來的工具包，又替她尋了幾塊質量尚好的木頭，便抱著那盒上品水晶石，把自己關進房間裡。

次日清晨，她終於把東西做好。

孰料，還沒等她把東西拿給靖安王看，城外又傳來急報。

只隔一日，西瓊軍又整兵再攻，看來是想乘勝追擊，勢必要拿下臨沙城了！

荀柳未來得及跟上戰場，等她得到消息時，靖安王等人早已親自帶兵出城。因她身分特殊，沒有靖安王的命令，眾人也不可能隨意放她出去。

她心急如焚地在院子裡來回踱步。

莫笑見狀，勸道：「姑娘，我已經派人去前院候著了，一有消息，便會立即回來通知我們，妳還是先坐下歇息一會兒。」

荀柳搖搖頭，絲毫未聽進去。

她滿腦子都是那些戰車，若無破解之法，她擔心去多少人也是白白送命。尤其靖安王還親自帶兵，他年事已高，若在戰場上有個好歹，該如何是好？

她想著想著，竟又想到了軒轅澈。

他智謀無雙，若是他，會怎麼做？

她還沒想出個頭緒，派去打聽消息的人匆忙回來了，帶來的消息卻令她臉色更加難看。

「死傷慘重？那王爺呢?!」

「王爺尚無大礙，我軍被追退十里，再這麼打下去，怕是不久便要兵臨城下。」

荀柳咬牙，直接抄起桌子上準備好的東西，往外衝去。

「我要親自上戰場看看！」

「姑娘，不可！」莫笑擋在她面前。「公子說過……」

「臨沙城若被攻破，我還能獨善其身嗎？」荀柳嚴厲道：「小風冒險趕赴西瓊，我便要助他拖延時間，不然他就算成功，西關州卻陷落敵軍之手，他做這些有何意義？你們皆出自暗部，應當知曉這對於他和大漢未來的意義，為何這般冥頑不靈？」

莫笑低下頭，其他人的神色也略有鬆動。

他們當然知曉大局為重，但主子臨行前曾讓他們一個個發誓，先以姑娘的安全為重，他們才這般堅持。

如今這般情況，該如何選擇？

荀柳冷冷掃了他們一眼，正準備再說話時，卻聽莫笑忽然開了口。

「好，姑娘若去，我們便陪著，刀山火海一起闖便是。」

荀柳大大鬆了口氣，面上終於露出一絲笑容。

「放心，我不會有事，你們更不會有事。」

人命在她眼裡同等重要，她不會輕易將自己置於險境，更不會因為他們是護衛，便輕忽他們的處境。

荀柳帶著莫笑等人一路到了前院，正要出府時，卻被門口的守衛攔住。

「我有急事要出府！」

「抱歉，小姐，我們不能放您出去。」

「抱歉，王爺有令，我等不敢違背。」

守衛們死活不放行，看來是靖安王猜到她會著急，直接衝出來，故意下了這樣的命令。

荀柳求助無門，突然瞄到門外有個熟人準備進門，正是昨日在前廳質疑她的霍將軍。

她顧不得其他，衝著他大聲喊道：「霍將軍！」

霍人傑聽到戰報，準備前來帶兵增援，這會兒看到荀柳，更是覺得不耐煩得很。但礙於她是靖安王的義女，便隨意敷衍了幾句。

「荀小姐，老夫沒空陪妳閒聊，有事且等戰事結束再說吧。」

「等等！霍將軍，我正是因為有急事才麻煩您，還請您帶我上戰場。」

「胡鬧！」霍人傑怒道：「戰場豈是妳這等黃毛丫頭說上就上的，別給老夫添亂了。」

不想再搭理她，帶著人便走。

荀柳更加焦急，想起掛在腰上的東西，便衝過去，攔住霍人傑的去路。

「霍將軍，昨日我說的東西已經做出來了，求霍將軍看一看。若是看過它之後，您還覺得我是胡鬧，我便再也不會提上戰場的事。」

霍人傑低頭一看，只見她手上握著一個巴掌大小的木筒，底部似乎鑲嵌著被打磨光滑的水晶石，實在看不出這是什麼東西。

「荀小姐，妳以為憑著這個小玩意兒就能打探到敵情，莫不是在尋老夫開心？若是耽誤了軍情，即便妳是王爺的義女，也擔待不起！」

「我明白。」荀柳面上無絲毫畏懼，只將那東西遞到霍人傑眼前。「霍將軍將它放到眼前瞧一瞧，便知其效用。若耽誤軍情，我一人承擔罪責，絕無怨言。」

見荀柳神色認真，又知她確實在機拓方面有奇才，霍人傑將信將疑地接過東西，按照她說的動作，湊到了眼前。

他這一看，便是一愣，又往能眺望更遠處的方向看了看，如此反覆好幾次。

身後的親兵見他動作古怪，不敢說話，又忍不住想提醒他，情勢危急，不能再耽擱了。

沒等他們主動開口，霍人傑忽然拿下東西，滿臉驚訝地看向荀柳。

「這是妳做的？它叫什麼名字？」他聲音顫抖，還帶著幾分說不出的急切。「能否再多做幾個？」

荀柳沒時間和他討論這個，急道：「這叫望遠鏡，最遠大概能看到五里開外的東西。若是帶上它，即便我站在你們後方數里，也能觀測到敵方戰車的具體構造。

「如今戰況危急，若是不盡快想到克敵之法，恐怕臨沙城不久便要陷落。即便我不能保證能想到辦法，但這麼多將士的性命，縱然是賭，也得賭一回是不是？」

霍人傑低頭思索半晌，最終點頭。「好，我便信妳這一回。」

門口守衛上前。「霍將軍，王爺曾說過，若無他命令，不許……」

「若是王爺怪罪，老夫一力承擔。」不等守衛把話說完，霍人傑便打斷道。

「荀小姐，請妳與我們一同出發。但戰場上危機四伏，老夫還有要務在身，無法分心保護妳的安全。」

「不必，我有身邊的護衛就行了，多謝霍將軍相助。」荀柳向霍人傑鄭重地行了個禮。

霍人傑擺手。「老夫並不是為了幫妳，而是為了王爺，為了臨沙城內的百姓和將士們。若荀小姐真能給他們一線希望，老夫做這點事，又算得了什麼？時間緊迫，有話留到以後再說，我們即刻出發。」

戰事緊張，霍人傑帶領援軍，馬不停蹄地從城門往戰場奔馳而去。

荀柳的馬術比不過這些久經沙場的將士們，但她來不及顧及兩條大腿的疼痛，竟咬牙順利跟到了二十里外的戰場上。

萬國盡征戍，烽火被岡巒。積屍草木腥，流血川原丹。

這是前世她讀過的詩詞，如今站在莽莽蒼原上，眼見萬千士兵如同被命運推動的螞蟻一般，一波波衝上，又一波波倒下。喊殺聲混合著慘叫聲，滿地鮮血濺射，屍體幾乎鋪成了一片血肉紅毯。

除此之外，最令人驚懼的，則是雙方兵力交接間傳來的那一陣陣刺耳的轟鳴聲。

她站在遠處，望見從敵方飛來的巨石與巨箭，就像是死神的鐮刀一般，瞬間便能收割無數條人命。

一時間，她覺得渾身僵硬，手幾乎抬不起來。

這就是戰場，這就是「古來白骨無人收，命作螻蟻散」的修羅場，無論敵我雙方誰獲得勝利，都注定會有無數人命消逝。

造成這一切的古代帝王們，又有幾人見識過這些場景？

荀柳感覺到自己渾身的血液漸漸冰冷起來，心中說不出是恐懼，還是悲痛。

最令人畏懼的是，那些巨石與巨箭確實威力強大，石頭一落地便砸出一個巨大的土坑，士兵的屍體混著泥土，被砸得支離破碎，面目全非。而那些巨箭幾乎能一箭穿十人，著實有些過於強悍，憑藉她所了解的古代，不可能發揮到如此餘地。

「姑娘……」

莫笑等人騎馬，嚴密地圍在她身旁，見她似乎被嚇住，擔心地開了口。

荀柳猛然回神，死死壓住因為極度刺激帶來的噁心和乾嘔。

「我沒事。前方不遠處是個山坡，我們衝上去。」

無論如何，她今日必須搞清楚那些戰車到底是怎麼一回事。

莫笑雖然擔憂，但既然遵從荀柳的決定，便沒想過後悔，對其他人使眼色，繼續護送荀柳往前方奔去。

山坡位在緊靠大漢軍隊後方的位置，還算安全。

即便如此，敵方的流箭卻是不長眼，巨石和巨箭有可能會禍及這裡。

莫笑等人將荀柳團團護起來，一邊小心擋箭、一邊小心提防。

幾人飛快爬上山坡，視野開闊不少，荀柳立即掏出望遠鏡往西瓊軍方向看去，終於看到了那數輛戰車的廬山真面目。

她渾身一僵，呆在原地。

山坡前方，靖安王帶領的軍隊似乎已經有了落敗之勢，眼看戰線又要往後退，馬上便會覆蓋這片山坡。

莫笑見荀柳許久不語，焦急地出聲提醒。

「姑娘可是看清了？西瓊軍馬上就要打到這裡，我們不如再換處地方……」

她話音剛落，忽然聽見遠處傳來一陣隆隆聲，一塊巨石正以雷霆之勢破空而來，目標竟然正是正前方不足幾丈之處。

「不好！護住姑娘！」

莫笑只來得及喊出這一聲，接著便是轟隆巨響，伴隨大地劇烈的顫抖和將士們痛苦的慘叫，無數被巨石砸出的土塊飛濺出來。

莫笑反應極快，和一名護衛拉住荀柳的兩條胳膊，運起輕功往山坡下飛去。其他人也飛快駕馬，離開這裡。

撤到安全的地方後，莫笑才鬆口氣，轉頭看向荀柳。

荀柳緊握著望遠鏡，面色蒼白，似乎方才看到了某種不可思議之事。

「姑娘，妳怎麼了？」莫笑擔憂地問。

荀柳恍若渾然不知自己差點被巨大的土塊砸死，雙唇顫抖許久，才喃喃吐出一句話——

「他們怎麼會有彈簧？他們怎麼會用彈簧?!」

沒錯，她用望遠鏡看到的東西，便是她再也熟悉不過的彈簧！只是，比起當年她在鐵爐城內所見過的彈簧，還要巨大無數倍。

怪不得他們的強弩戰車和投石機會擁有這般毀天滅地的威力，怪不得她怎麼也想不通對方的設計原理。

但是，他們又是如何知道彈簧這樣東西的？

據她所知，當年除了她和軒轅澈，只有簡鶴和袁成剛那些曾經受困於鐵爐城的鐵匠們才知曉彈簧的威力。京城似乎流行過袖箭這種武器，但後來因為賀子良暗中插手，早已及時將源頭掐斷，市面上的袖箭也已經被處理乾淨。

那西瓊又是如何知曉的？

是當年那批市面上的袖箭其實並未被處理乾淨，不知何時被流傳到西瓊？還是他們早就弄懂袖箭的原理，並改了設計？

無論如何知道的，她幾乎可以斷定，造出這戰車的源頭，應該就是她。

要不是當年她製造出了這些東西，或許今日便不會有這無數輛死神鐮刀。

事已至此，她還有什麼辦法彌補？

她曾對靖安王說過，會盡力想出克敵之道。但這根本就是她製造出來的，如何解決？

荀柳這般想著，腳下忍不住踉蹌一步，心中苦澀，自責不已。

難道她一直都做錯了嗎？即便當時為了保命，但她仗著自己來自更為先進的時代，以前世知識恣意打亂當世規則，也是事實。

如今，算不算她自食惡果？

莫笑等人卻是不明白她說的彈簧是什麼意思，見她臉色如此蒼白，還以為她是被剛才的巨石嚇破了膽。

「姑娘，局勢緊張，我們不能在此地久留，不如先回去再說？」

荀柳卻失魂落魄一般，並未回答。

他們身後的戰場上，西瓊軍有強力戰車猛攻，已經漸漸將戰線逼到離他們極近的地方。

眼看大漢軍隊有落敗之勢，荀柳又像是失了魂般，莫笑咬咬牙，乾脆直接代替她下令。

「馬上撤回臨沙城內！」

其他人立即應聲，莫笑將荀柳扶到馬上，再一個縱身躍到她身前，將她的雙手扣到自己腰上，拉住韁繩。

「姑娘，抱穩了。」

她一扯韁繩，帶頭往臨沙城撤離。

身後喊殺聲仍舊激烈，戰場上煙塵滾滾，血肉翻飛。

荀柳在馬匹疾馳的顛簸中，扭頭往回看，只見身後景象像是一幕極為血腥殘酷的血紅色畫面，定格在她僅能看清的幾個士兵臉上，有已經死去的，有正在痛苦掙扎的，有恨得齜著牙，斷了條胳膊也要拚命提刀與對方同歸於盡的……

戰場就像是一座巨大的絞肉機，運氣好了是機器零件，運氣不好，便只能淪為機器下的亡魂。

她閉了閉眼，心臟也像是被絞在其中一般，痛苦難忍。

荀柳不知自己是如何回到臨沙城的，更不知道自己是如何回了駐將府。

她一進房間，便將自己鎖在屋裡，任何人敲門，也不發一聲。

這場戰役，靖安王終究還是輸了，怕是他數十年征戰生涯中，輸得最慘的一次。將士死傷過半，軍隊不得已又被逼退十多里。這樣下去，下一場若還是失利，便會直接被逼退到城門下，臨沙城未必能保得住。

靖安王帶著殘軍回城，百姓們並未責備他們，也或許是根本沒有多餘心力再鬧，因為幾乎家家戶戶都有人傷亡。哀痛過後，家中尚有老小的要盡快準備逃命，哪裡還有時間生事。

回到駐將府後，靖安王立刻發了布告，命城中百姓連夜出城，退往腹地，先以老幼為主，他會派兵一路護送，避免西瓊軍繞道偷襲。

布告一出，不少心有怨言的百姓平復許多。百姓心中有秤，量得了為官好壞，帝王昏明。這麼多年來，靖安王愛民如子，鬧旱災那幾年，惠帝對西關州的百姓漠不關心，唯有靖安王從未放棄過他們。

臨沙城本來就是駐守邊關的將士及家眷們慢慢群聚而成，每家每戶都曾有人是大漢將士，更明白何為仁義忠誠。將士為護佑家國，戰死沙場，本就是命運使然，怪只怪這世道千百年來便是這般，無可言說。

即便大家心中有哀有怨，但想想靖安王如今自身難保，還能念著他們這些老幼病殘，有苦便各自往肚子裡嚥了。

於是，不少人連祭拜也來不及，帶著家中老小連夜逃往腹地。

半夜下來，偌大的臨沙城空了一半，街巷中不見孩童嬉鬧，白布幾乎掛滿大半個城。

曾幾何時，臨沙城也算是西瓊商賈來往最為熱鬧之地，來去大街小巷的人，雖不是同國同鄉，但也是酒桌上把酒言歡過的朋友兄弟。

誰能料想，區區數月，朋友變成了仇人，兄弟被相隔異地。兩國交戰後，百姓的傷痛又要花費多少年，才能漸漸淡忘抹平？

古往今來，無人能回答得清楚……

第六十六章

是夜，荀柳把自己鎖在屋裡，滴水未進。

莫笑擔憂不已，端著飯菜和茶水敲了無數次門，都未能將房門敲開，屋裡也無人應答。

她以為荀柳是受不了戰場廝殺，受了刺激。想硬闖倒也可以，但她明白，或許荀柳是想一個人靜靜。

後來，她乾脆坐在門口守著。若守了一夜，荀柳還不開門，她便闖進去。

然而，剛過子時，荀柳自己打開了門。

莫笑十分高興地喊了一聲姑娘，但起身看見荀柳時，卻是不覺哽咽。

荀柳面色異常平靜，手中還握著望遠鏡，衣服未換，精神也尚好。但她就是覺得，荀柳似乎有哪裡不對勁。

「姑娘，妳可餓了？我叫廚房去準備飯菜……」

「不用了，王爺在哪裡？」

莫笑猶豫一下，道：「今日戰敗，靖安王下令，命臨沙城百姓撤往腹地。幾個時辰前，他曾派人來問，但姑娘不想見人，我便回稟一聲，讓他們走了。現在，王爺應當正在前廳與將軍們商議戰事。」

荀柳點點頭，往院外走。

莫笑擔憂地問：「姑娘，這麼晚了，妳要去哪裡？」

「我想一個人走走，妳不用跟來。」

她說著，抬腳出了院子。

她知道，莫笑還是會派人暗中跟著她，但她不在乎，她只想一個人走走，身旁無人打擾就行。

不久，她走到了前院，剛踏進門檻，便聽見裡頭傳來靖安王發怒的聲音。

說是發怒，不如說是三分怒火，七分悲痛。一連兩場戰役，死傷無數將士，其中不少是早年便跟著靖安王闖天下的弟兄，在場無人能比他更悲痛。

荀柳沈默，手中攥緊了望遠鏡，將邁進門檻的那條腿收回來，轉身往府門外走去。

門口的守衛已然認得她的臉，見她這麼晚還要出門，不知是攔還是不攔。

荀柳道：「我只是想出去走走，一會兒便回來。」

守衛們抱拳。「小姐，現在城中不安全，不如小的請幾個人護送小姐。」

「不必，我身後已經有暗衛跟著了。」

躲在暗處的暗部中人面面相覷，似是沒想到她會直說，只好現了身。

幾個守衛這才放心，對荀柳行禮放行。

出門後，暗部中人才又隱匿到暗處。

荀柳一個人在空蕩蕩的街巷中走著。

城中已經沒剩下多少人，唯有老人，或行動不便，或不願獨活的人，留在城內替死在戰場上的子孫燒紙祭拜，準備與臨沙城共存亡。

淒風一過，滿地都是紙灰。

荀柳心裡越發難受。從戰場上回來後，她滿腦子都是那些士兵們死前的模樣，她連名字也不知道，更不知是這是街邊誰家的子孫，又是否還有人留下來祭拜他們。

死去的士兵當中，多半人亡於那些巨石和巨箭之下。換言之，便是間接死於她之手。

她從未想過，自己從異世帶來的知識會引起這樣嚴重的後果。她以為自己已經算是很克制，但還是不夠。最令人痛苦的是，她想不出任何辦法解救。

她可以造出比那些戰車更厲害的武器，但她卻不能這麼做。連她手上這支望遠鏡，她都不知該不該毀掉，甚至有些懷疑，她是不是從一開始就不應該出現？

凡事有利有弊，她已然分不清利弊在何處。

這般走著走著，她覺得疲累不已，乾脆學著那些燒紙老人隨意坐在街邊，看著紙灰被風吹散，心裡空落落的，不知來處與歸處。

不知過了多久，忽然有名老婦提著麻袋、端著鐵盆走來，在她身前不遠處坐下，開始念念叨叨地燒紙錢。

這老婦吸引了荀柳的注意，只因她與旁人不同，臉上的表情竟是平和的。

老婦似是沒發覺身後有人，邊燒邊念叨著。「孩子，多收點紙錢吧，黃泉路上向孟婆多討幾口湯喝，走得舒坦些……」

她說著，又微微笑了笑。「放心，老天爺公平得很，我們不會敗的。」

荀柳聽到這句話，愣了愣，忍不住問道：「為什麼不會敗？」

老婦這才發覺身後的暗處有一個女子，擔憂道：「城中的年輕人已經走了大半，為何姑娘還留在這裡？」

「大娘為何以為不會敗？」荀柳只認真重複這句話。

老婦回頭，繼續燒紙錢，臉上的表情有些莫名的信任。

「我自然知曉。我孫子說啊，如今軍中有靖安王坐鎮，靖安王威武不凡，打了敗仗，也只是一時的。他還說，王爺從碎葉城帶來一個本事通天的小英雄，那可是替西關州治旱的人，定能打敗西瓊軍。」

她說著，掃了淒涼的街道一眼。「我孫子向來料事準，我信他。」

荀柳回神，問道：「您孫子是誰？」

老婦笑了笑，默不作聲地將一疊紙錢丟進鐵盆裡。

荀柳看著那紙錢化成灰，似乎明白了什麼。

她的孫子已經……她卻還相信此戰能勝嗎？

「若是敗了呢？」荀柳鬼使神差般地問。

「姑娘應是沒經歷過多少這種事吧？」老婦笑容恬淡，手中燒紙錢的動作仍舊未停。「我老婆子卻是經歷過不少。我兒子曾做過校尉，然而軍人多短命，還沒當上校尉多久，便死在山匪頭子手裡。後來，家中老頭子病故，我孫子竟也非要學著他父親從軍，我便猜到早晚會有今天。」

她的嘴角微微顫了顫，抬頭看向荀柳。「但我仍願意相信，這場仗能勝，不然我孫子豈不是白死了？」

老婦說完，眼角淚光閃了閃，又抓出一大疊紙錢，往鐵盆裡丟去。

「盡人事，知天命，這麼多人還未放棄，我們這些受他們保護庇佑的人，又怎能輕易說敗了呢？」

荀柳心中一熱，淚水在眼眶裡打轉，又生生忍了回去。

對，無論如何，她絕不能在這個時候消沈，因為現在還不是她該顧及自己心情的時候。事情已經發生，又是她親自種下的惡果，便必須由她親自想辦法破解。

她低頭，看看被緊緊捏在手裡的望遠鏡。

以往她用的都是前世帶來的知識，說到底還是投機取巧。這次，她要憑藉自己的能力，不借用任何不屬於此世的武器，也要想出克敵之法！

她慢慢站起身，走到老婦身旁，抓起一把紙錢，丟進鐵盆中，像是立誓一般開了口。

「雖然我不知你姓甚名誰，但我保證，我不會讓你白死。」
她轉過身，未理會老婦疑惑的目光，往駐將府抬腳走去。
莫笑見荀柳許久還未回來，焦急地在院子門口踱來踱去，最後等不及，差點要出去找人時，才終於看見了荀柳的身影。
還沒等她迎上去，荀柳便腳步匆匆地走進院門，出聲吩咐。
「幫我找筆墨紙硯，再隨便熱幾個菜送過來。若有人來找我，都先打發了，待我出來後再說。」
莫笑愣了愣，隨即目光一亮，連連應道：「好，我現在就去準備。」
她本來還擔心荀柳是不是哪裡不對勁，方才趁著荀柳不在，已經將事情飛鴿傳書到西瓊。如今看來，似乎是不用她瞎操心了。
這樣一來，她是不是應該再去一封信給主子？
西瓊雍都，一座不起眼的府邸中，鴿子撲騰幾聲，停在窗臺上。
莫離抓住鴿子，拆下綁在牠腳上的密信，掃了一眼，轉身回到案桌前。
一道月白身影坐在案桌旁，鳳眸清潤，面容無雙，正是剛到雍都不久的軒轅澈。
「公子，靖安王出師不利，臨沙城似是情況不妙，要不要差人去將姑娘接回碎葉城？」

軒轅澈微微抬眸。「若是能說動她離開，我何必答應她隨軍出征？」

莫離無語。說的也是，自家姑娘什麼都好，就是太重感情，靖安王遇險，她必定不會獨自逃命。

「傳信給潛伏在臨沙城周圍的暗部眾人，前往臨沙城保護她和靖安王的安全。若有意外，便不惜一切代價。」

「是。」

「托賀子良運送的貨物，到哪兒了？」

「這兩日應該就能抵達臨沙城。」莫離稟道：「還有一件事。顏玉清請求，今晚救人時，將她一併帶上。」

軒轅澈挑眉，許久才道：「帶上她，倒也不費事。其他事情，可安排好了？」

莫離點頭。「都按照公子的吩咐，準備好了。另外，屬下派人去打聽麗王后近臣裴俊的身分。此人不簡單，雖是丞相養子，但他五年前的身分至今未查明，屬下懷疑他是……」

「懷疑他是昌國人。」軒轅澈勾唇，竟是猜到了大概。

「裴俊相貌俊美，五年前藉由丞相養子的身分，進宮當了太子陪侍。傳聞此人善於魅惑主子沈迷於男女之樂，又經由太子攀上了麗王后，一步步坐上羽林郎將，相當於大漢禁衛軍統領的位置。昌王有這樣的棋子相助，怪不得能把控西瓊王室的命脈。」

「但此人算計頗深，必定在水牢內布下了天羅地網。」

軒轅澈眸色未動，嘴角的笑意涼了涼。「所以，才需要在麗王后那裡下些功夫。」

莫離想到之前軒轅澈的吩咐，恍然大悟。

「公子讓我等造謠，將裴俊狎玩青樓頭牌的消息傳進宮中，原來是這個用意。」

女子善妒，尤其是麗王后這般手握重權，占有欲極強的女人。五年來，裴俊潔身自好，想必也是顧忌這一點。

如今有人說他狎玩青樓女子，以麗王后的脾氣，必會立刻召他審問，如此便能將他困在宮中。即便他們硬闖水牢救人，裴俊怕也是無暇分身。

沒了西瓊羽林軍礙事，只需半個時辰，他們便能成功將人救出來。

「派人密切監視裴俊的動靜，等他進宮，便立刻救人。」

「是。」

是夜，麗王后得知裴俊狎玩青樓女子的消息，一怒之下，果然立刻派宮人傳裴俊進宮。

裴俊臨出門時，面色異常難看，但一刻也未耽誤，快馬加鞭進了王宮。

羽林軍沒了羽林郎將，如同士兵沒了將軍，自然無權擅自行動。

幾乎是裴俊剛邁入宮門的那一刻，一批武藝高強的蒙面人闖進刑部水牢，不出一刻，便破了水牢防軍。

牢門鐵鍊被砍斷，莫離立即朝被浸泡在污水中，遍體鱗傷、昏迷不醒的囚犯衝過去。

「金將軍！」當他抬起那人的頭，卻是一驚。「不好，有詐！」

牢門外，一群精兵湧上前，將此地圍堵得水洩不通。

有人從精兵後緩緩走出來，面若敷粉，步態妖嬈，竟是本該在宮中哄麗王后的裴俊！

軒轅澈也與莫離一般，身穿黑衣，蒙著面，見到裴俊出現，臉上卻無一絲慌張。

裴俊故作風流地搖了搖手中的摺扇，自得地笑。

「終於讓在下等到了諸位。諸位心中定有許多疑問，比如，在下為何在此地，而不是在宮中？」

他說著，微微挑眉。「諸位怕是不知，雍都內還無人敢造在下的謠，若是有，必定跟救人有關，幸好在下事先料對了。嘖嘖，本還盼望爾等中有能與在下一較高下之人，看來是高估諸位了。」

莫離面色冷寒，與其他人圍在軒轅澈身旁。

軒轅澈依然淡淡看著裴俊不語。

裴俊藉由莫離等人的動作，看出站在當中的軒轅澈才是頭領，便對著他勾唇。

「這水牢深入地下數十丈，唯有在下身後此門可以進出。諸位若是願意投降，並告訴在下背後之人的身分和顏玉清的下落，在下倒是可以考慮給諸位留條活路，如何？」

他本以為金武等人已是顏玉清最後一張王牌，孰料還有這些來路不明的人來相助。

如今，雍都內的大漢探子皆已被他掌控，他們仍有本事潛入雍都，並將謠言傳入宮中。

比起金武等人，這些人更難對付。靖安王正膠著於戰場，如何還有精力派出這些人，他懷疑裡頭還有第三批人，卻毫無線索。

儘管如此，他有自信，這些人並不是他的對手，不然也不會被他略施小計，便困在這水牢當中。

他雙眼微瞇。「看來諸位似乎並不在意自己和同伴的性命，既然如此……」

「裴郎將如何以為我們輸了？」軒轅澈忽然開口道。

裴俊見他身姿挺拔，氣勢不凡，不由多看了他幾眼，輕蔑道：「難不成，閣下還有逃脫之法？」

軒轅澈鳳眸微抬，隱藏在面巾後的嘴角扯出一抹冷笑。

「裴郎將不如派人去瞧瞧，你囚禁的人還在不在？」

裴俊臉色一變，將信將疑地盯著軒轅澈。

軒轅澈臉上一派平靜，似乎所言非虛。

裴俊怎麼想都覺得不可能，他早在放出將金武押在水牢的消息之前，便偷偷將金武轉移到別的地方。這件事情，除了他的幾個心腹，絕無外人知曉。

這人又是如何知道的？

不對，此人定是在騙他，為了迷惑他，乘機尋求出路罷了。

他正要開口，卻又見一個羽林小兵急匆匆從外頭闖進來。

「裴郎將，不好了！幾位副郎將不知所蹤，僅派一人過來報信，說是金武所在位置被發現了，不少人馬闖進去！」

裴俊大驚失色，掃了軒轅澈等人一眼，恨恨道：「一半人馬隨我出去，其他人留下，一個活口都不用留！」

「是！」

那名羽林小兵立即讓開路，裴俊急匆匆帶人出了水牢。

與此同時，剩下的弓箭手立即放箭，一時間水牢內箭矢疾飛，莫離等人將軒轅澈團團圍在其中。雖無傷亡，怕也抵抗不了多久。

然而，幾人面上毫無懼色，更無人看見軒轅澈不動聲色地掃了那名羽林小兵一眼。

小兵竟抬頭衝著他恭敬地點頭，閃身到了其中一名弓箭手身後。

帶隊的弓箭手覺得側頸一涼，噗的一聲，鮮血噴出，還沒來得及看清身後動手之人是誰，便倒地而亡。

一連幾人同時倒地，其餘的弓箭手才發現有內賊，紛紛放下弓箭，轉身與後來的小兵打在一起。

殊不知，一旦收弓，更是加快他們的死期。

莫離等人沒了弓箭手掣肘，立即飛身上前，與他們廝殺。沒一會兒，幾十條人命便被收割殆盡。

自始至終，軒轅澈未出一招。

這時，羽林小兵忽然從臉上揭下一張皮，露出平平無奇的臉，走至軒轅澈身前行禮。

「公子，照您吩咐，顏玉清等人已經跟去了。」

軒轅澈點頭。「備馬，一同跟上。」

「是。」

第六十七章

裴俊帶著羽林軍一路疾馳，直到雍都外的一座別院，才下了馬。

等屬下敲開門，他見安排看守囚犯的幾名心腹完好無損地走出來，頓時愣在原地。

「裴郎將，您不是在水牢，怎會突然來此？」幾名心腹也是面面相覷，迷惑至極。

裴俊到底是聰明人，一轉眼珠便明白了，大聲喊道：「不好，我們中計了！」

話音剛落，四處傳來嗖嗖的破空之聲，一連數人不察，死在亂箭之下。

無數黑衣人執劍而出，竟是個個武藝高強。再加以毒煙、毒粉相助，未出一刻，便將他手下所有人斬殺乾淨。

領頭之人身量威武，直接擒住裴俊，當著他的面摘下面巾。

「無恥小兒，不枉本將軍這些日子的憋屈，總算逮著你了！」正是隨暗部潛伏在西瓊，等著與軒轅澈裡應外合的夏飛將軍。

裴俊狼狽地被押跪在地上，滿臉呆滯，似是不敢相信自己這般輕易便敗了。

他抬頭看向面前的人，其中一個正是他這幾日極力追捕的西瓊長公主顏玉清。

顏玉清神色憤怒，一腳踢在他身上。

「無恥奸賊，若不是你，西瓊斷不能變成如今這樣。」

另一人神色淡淡，冷靜異常，那張臉竟比他還要出色幾分。

他看了身側的人一眼，那人便從屍體中撿出弓箭。

說是弓箭，不如說更像是改造過的弩，但造型比起弩又輕巧許多，造型也頗為古怪。

莫離將弓箭喀嚓一聲折斷，露出裡頭細碎的零件。

顏玉清低頭一看，裡面藏著幾個細小的螺旋狀鐵絲，不知道作用為何。

不過，她認得這東西。這五年來，她只在一個地方見過，正是荀家。

裴俊為何會有這東西？

莫離將折斷的弓箭丟在裴俊面前，軒轅澈逼問道：「說，這東西從何而來？」

裴俊抿唇不語，莫離上前一步，抬起劍指向他的脖子。「公子，不如屬下先卸了他一條胳膊再說。」

莫離一抬手，裴俊看見他戴在手腕上的東西，渾身一震。「你們怎會有這個！」

「怎會？」軒轅澈揚起唇角，鳳眸微瞇。「你還在誰身上見過？」

裴俊似是察覺到自己說了不該說的話，撇頭不語。但軒轅澈也不急，反而摸準了他的心思，緩緩開了口。

「你不說，我也知道。昌王才是你真正的主子，是也不是？」

裴俊還是一言不發。

軒轅澈掃他一眼，繼續道：「五年前從鐵爐城內運出的兵器，一部分是經由你的手運往昌國，另一部分是你勸麗王后與昌王合作吞下。我本以為，這些改製弓箭也是你帶頭製造，但看樣子，似乎是我想錯了。

「你只見過袖箭，卻不了解它的來歷，且對其內部構造一概不知。讓你見過袖箭的人，恐怕就是昌王，真正造出這些東西的人也是他，是不是？戰場上那些威力巨大的戰車，亦是出自昌王之手。」

莫離等人大驚，他們雖然沒聽懂戰車跟袖箭有什麼關係，但也明白了，靖安王之所以落敗，怕是跟昌王脫不了干係。

最令人驚心的是，昌王居然從五年前就開始步步為營，這叵測心計，當真駭人。

裴俊心中卻是對眼前這男子更為驚訝，沒想到他一句話也未說，男子卻全猜對了。

「你到底是何人？」

軒轅澈目色轉涼。「不久之後，將要你主子性命之人。」

「呵……」裴俊譏笑一聲。「我見過不少你這般狂妄之人，下場都很慘。」

「是嗎？」軒轅澈表情未動。「那實在可惜，這次你見不到了。」對莫離使眼色。

莫離正待上前，卻見裴俊面頰顫動，忽然咬牙道：「請閣下放過麗王后一命。她是受我蠱惑利用，若非如此，斷不敢如此作為。」

軒轅澈眸光微閃，未作回答。

莫離提劍靠近，裴俊臉上露出一絲苦澀，當劍刃沒入心臟時，喃喃喚了一句。

「秋容……」

麗王后閨名，便叫秋容。

世上人有千面，縱使窮凶極惡之人，也曾有情。可惜，錯了便是錯了，無論他或是麗秋容，終究逃不過天理報應。

金武終於被成功救出，當顏玉清再看到他時，只見他遍體鱗傷，全身竟沒有一處好皮。裴俊雖給他用了藥，卻故意未將他治癒，尤其是後背上的箭傷，才剛好些，便又被鞭子抽打，化膿流水，看上去甚是可怖。

金武被救下時，已然神志不清，再晚來幾天，人怕是就歿了。

顏玉清萬分痛恨麗王后，恨不能直接衝進王宮，索了她的命。

然而卻是不行，裴俊之死雖然切斷了昌國與西瓊的聯繫，但麗王后手中還握著兵權，且因為裴俊的死，他們已暴露行蹤，無法在雍都久留，唯一的辦法便是盡快趕往隴城，去找她的親舅舅謝元浩。若能說服謝元浩帶兵清君側，麗王后便沒幾天好活了。

因此，就算靖安王那邊情勢不利，無論如何，也得再撐一段時間。

此刻，臨沙城中，荀柳正在房間裡絞盡腦汁，整整一天一夜，隨著地上的紙團越來越多，她終於想出一個不是辦法的辦法——借力打力！

她拿著手中好不容易畫好的圖，早飯也來不及吃，便衝出房門去前院。

靖安王和一干下屬從戰後便一直討論戰況，然而對於那些戰車，依然絲毫辦法也無，縱然再造戰車抵擋，以數量取勝，怕是也來不及，因為西瓊軍軍心高漲，隨時可能再戰。造一輛戰車至少需要半個月，就算能拖到這麼久，臨沙城卻沒有這麼多年輕勞力堪用，簡直進退兩難。

正在眾人鬱悶時，忽見廳門被人用力打開，荀柳拿著一張紙走進來。

「我想到了克敵之法！」

靖安王和王景旭等人對她的本事再清楚不過，聞言立即目光一亮。「什麼辦法？」

荀柳卻先問道：「王爺，您可知大漢用來製作弓弦最好的材料是什麼？」

靖安王還沒回答，霍人傑先插了嘴。「自然是黑牛筋。妳要這個，可是要用它來制住那些戰車？」

荀柳點頭，將自己手中的圖放到鋪在桌子中間的地形圖上。

「你們看，這就是我想到的克敵之法，就像是打彈弓。」

靖安王等人湊頭看去，紙上只簡單畫了一幅圖，內容很清晰明瞭。其中小車模樣的簡圖，應該就是西瓊軍的強力戰車，戰車斜對面則是巨網戰車。

說是巨網戰車，也不太像，應該說是只有一張大網和底下固定大網的柱子。柱子下安著好幾個滾輪，便於挪動使用。

大網和西瓊戰車之間，則畫著一顆小球，應當是被戰車彈出的巨石。

這張圖再結合荀柳方才說的話，倒是不難明白。

王景旭面帶喜色。「妳的意思是，借用黑牛筋的力道將那些巨石彈射回去？」

眾人一想其可能產生的威力，心情立即澎湃起來。

「對，這便是借力打力。」荀柳猶豫地看向靖安王。「但是還有幾個問題。」

靖安王撫鬚道：「妳儘管說。」

荀柳這才點點頭，指著那幅圖道：「第一，目前時間不夠，怕是只能用木柱代替，但那些巨石力道過大，木柱能否支撐得住，我不敢保證。第二，大網的彈性要極好，所以需要上好的黑牛筋，更需要讓善於織網的老人們動手編織。

「第三，若要借力打力，這些網的位置不能有任何偏差，且還要放在一定的距離才能有效。整個大漢，怕是只有我能大概目測出來，所以我必須在場指揮，挪動巨網戰車。」

所謂距離，就是巨石的拋物線，她無法和他們解釋清楚，只能親自上陣，才會有勝算。

霍人傑率先回答。「木頭好解決，實在不行，便換成鐵樺木。再昂貴的木料，也比不上人命。」

眾人附和。「對，附近城池的木料應當充足，現在便可差人運來。」

王景旭也點頭。「想要黑牛筋也不難。軍中弓箭的弓弦便是用上好的黑牛筋製成，臨沙城軍庫中應當存有不少，我這便差人去拿。」

靖安王看著荀柳，卻是滿臉擔憂。「ㄚ頭，戰場上刀劍無眼，妳……」

「我不怕。」荀柳微笑。「無論如何，我都要助您打贏這場仗。」

如此，她才算贖了罪。

雙方交戰，一方贏了，另一方必定有人傷亡。借力打力的法子若有用，她的手上還是會沾滿無辜之人的鮮血。

但是，她已經不能回頭了。

她不是神明，無法跳脫塵世之外，更無能力阻止傷亡。

五年前，她便做了決定，就算心中不忍，為了保護所愛的人，也必須狠心走這一步。

有時候，她甚至想，前後九年，她還是當初那個活在重視人權時代的人，還是早已不知不覺被同化，成為大漢芸芸眾生中，平庸且自私的一個？

她似乎現在才明白，世上最難的不是生死難關，而是選擇兩難。

荀柳的克敵之法，即便尚有不足，但比起前兩日只能乾著急的窘況，已然算得上久旱逢甘雨。

靖安王即刻下令，命所有人全力蒐集製作巨網戰車的材料，並又命人在大街小巷貼了布告，徵召善於編織的百姓。

編織本來就跟百姓平日的生活息息相關，這一招便引來不少人，雖然大多都是老人家，但也足夠了。

荀柳繼續躲在屋裡，研究是否還有改進的地方。

如今她只能想出這個克制戰車的法子，但此法畢竟尚無把握，心中憂慮不已。

不知是不是老天爺長眼，正在她擔憂時，次日有一隊特殊的車馬進了城，竟送來滿滿一車改良後的袖箭。

莫笑告訴她，軒轅澈早在趕往西瓊之前便傳信給賀子良，賀子良暗中命已經在制鐵司當差的袁成剛等人趕製袖箭。因為要避開蕭黨耳目，所以耽擱了幾天才安全送到。

荀柳想到軒轅澈，忍不住心中一暖。無論何時，他總是最細心周到的。

這批袖箭無疑又替他們增添不少勝算，王景旭自薦，由他帶一批精兵戴上這些袖箭，一旦巨網戰車制住那些投石機，他們便可以乘機側面偷襲，打西瓊軍一個措手不及。

兩場戰役下來，西瓊軍不知是消耗頗大，還是得意過頭，接連六日未再進攻，待在城門外十幾里處，未有動靜，甚至晚上還能聽見西瓊軍帳裡傳來行酒作樂的聲音。

臨沙城內卻是日以繼夜地忙個不停，無論將士或者百姓，皆一同拚命趕製巨網戰車。

整整六日下來，居然做出四輛。數量雖少，但已然給了他們勇氣。

第七日，大漢與西瓊再度開戰。

荀柳穿著男裝，騎馬緊隨大軍出發，身後便是被數匹馬拉動的四架巨網戰車。

莫笑等人護在她身旁，神情冷肅地看著前方。

這是背水一戰，若敗了，臨沙城便不復存在，她可能也會死在戰場上。

荀柳轉頭看莫笑他們。「笑笑，待會兒上了戰場，你們不用太顧及我，先以自己的性命為重。」

莫笑等人一驚，面色堅毅。

「姑娘，我等的任務便是保護您的安全，若是您出了意外，我們必不會獨活。不過您放心，這世上沒幾個人能從我們手上傷得了姑娘。」

荀柳無奈，算了，反正說也說不通，憑他們的身手，應當能保護得了自己。與其說這些話，還不如想想她要怎樣才能不拖後腿。

戰線距離臨沙城城門不過十幾里地，雙方主軍早已開戰，等他們到戰場上時，只見血肉翻飛，一片混亂。

荀柳帶領負責駕馬拉拽巨網戰車的騎兵分布左右，在莫笑等人的護送下，來回調度戰車的位置。

西瓊軍的投石機厲害歸厲害，但與他們的巨網戰車相比，卻有兩個致命缺點。一是因為巨大的鐵製彈簧過重，無法靈活移動。二是投石無法隨意轉向，只能攻打固定的方向。

也就是說，只要她能找到準確的位置，便能將巨石彈射回去，成功借力打力。

即便西瓊軍看出端倪，挪動投石機也無所謂，因為巨網戰車可靈活移動，她完全有自信能接得住這些巨石。

唯一令她擔心的，還是這四架戰車的承受力。
荀柳指揮騎兵們拉拽巨網戰車，固定好位置。
與此同時，一輛投石機正對著這輛巨網戰車開始拉滿，準備投石。
莫笑喊了一聲。「姑娘，小心！」
荀柳駕馬，暴喝一聲。「落車！」
數十名騎兵立即挑開馬脖子上連著巨網戰車的繩索，跟著她駕馬往後跑了數十丈，一齊屏住呼吸，盯著一人高的巨石準確無誤地落在巨網之上。
巨網被壓得變了形，向下凸出一個球形大包，他們聽見木柱傳來的斷裂聲，似乎馬上就要齊根斷了。
這一切只在瞬息之間，快如閃電，球形大包消失，巨石被彈射回去，且因為荀柳故意設計的角度，彈射出去的方向，竟與之前被投過來的完全重合。
站在主戰車上的靖安王緊緊注視著這一幕，只聽西瓊軍中傳來一陣震耳欲聾的轟隆響，無可匹敵的投石機，居然被它自己射出去的巨石砸成了碎片。
荀柳大大鬆了口氣。
還好，她成功了。
靖安王和霍人傑等人眼中露出狂喜，正在搏命的將士們也欣喜若狂。
西瓊軍這十幾輛戰車收割了他們多少弟兄的性命，六天之前，他們還只能眼睜睜看著，無可奈何。今日終於有了可以克制它們的辦法，讓他們怎能不高興？

靖安王立即下令，再命兩隊人馬聽從荀柳指揮，勢必要打得西瓊軍措手不及。

荀柳受了不小的鼓舞，調動另外三輛戰車，定好位置。其他人則為她開路護送，以便她來去。

像這樣的投石機，西瓊軍還有七、八輛，加上強弩戰車，共有十六輛，壓根兒沒料到大漢軍隊是如何將他們投出去的巨石重新彈射回來的。

接下來，同樣的方式連續砸毀了三、四架投石機，西瓊軍才慌了神。

為首的帶軍大將名叫申克勇，是西瓊的萬戶軍侯，在開戰之前，還自信滿滿能拿下這臨沙城，當作此次戰績。

萬萬沒想到，就差最後一步，居然出現這樣的意外。

他氣憤至極，命人護好剩下的投石機。

荀柳見投石機已經被毀了一半，西瓊軍也似乎看出一點端倪，不敢再發射巨石。

她咬了咬唇，看向還在運作的強弩戰車，大聲喊止。「停！」

這樣下去不行，對方不是傻子，若接下來他們為了保住投石機，選擇放棄投石，那巨網戰車便等於沒用了。

但是，西瓊還有七、八輛強弩戰車，威力依然足以碾壓我方。

她一聲令下，那些騎兵立即遵命，停止拖拽巨網戰車，信任地看著眼前嬌小的女子。

前幾日，他們還對這個看起來弱不禁風的弱女子抱有懷疑，此時已對她的話深信不疑。

荀柳思索片刻，扭頭掃向身後的四輛巨網戰車，抓起韁繩。

情況危機，也只能如此了！

第六十八章

荀柳駕馬，在莫笑等人的保護下，又左右跑了兩圈，確定位置。

「看我手臂指揮，第一輛戰車向右旋轉兩步，第四輛戰車向右旋轉四步；第二、三輛戰車，向左旋轉三步。待會兒聽我命令，同時再反向轉回一步。」

騎兵們聞言，拖拽四輛巨網戰車，同時移動。

戰車旋轉完畢，荀柳用望遠鏡看向對面。

申克勇注意到荀柳這邊的動靜，雖然距離遙遠，看不清是何人操控，仍停下了投石機。

難不成，她準備放棄使用古怪的大網了？

不對，戰場上士兵搏命，將領攻的卻是心計。對方如此動作，定是有所圖謀。

他乾脆不再理會，卻發現，沒了投石機和強弩戰車相互輔佐，這場戰役竟尤為難打。

靖安王紀律嚴明，能人頗多，更是善於用兵之道。

申克勇明白，若不是因為有這些戰車相助，即便他們手上拿著精兵利器，也對大漢軍隊無可奈何。不然，西瓊王在位數十年，怎會如此忌憚區區的靖安王？

時間一點一滴過去，申克勇心裡越來越焦躁不安，又將心思挪向那四張巨網上。

方才投石機被毀時，他多少看出了些門道，那巨網就像是一張大大的彈弓，網面向何方，何方便是目標。

此時，那四張網似乎都是面向大漢軍隊，甚至還有一輛面向的，正是靖安王的車駕。

他琢磨至此，猛然一喜，又怕其中有詐，遂喚來一名親兵，指了指其中一架投石機，準備先試探試探。

不巧的是，他指向投石機的動作正巧被荀柳用望遠鏡看在眼裡，眼看親兵便要傳令去投石，立即放下望遠鏡，抽出刀，駕馬馳往與那投石機相對的巨網戰車。

莫笑等人沒想到她會突然動作，追上去時已經晚了一步。

對面傳來一聲震耳的機括響，一顆巨石往這邊直射。

「姑娘！」莫笑咬牙，額角冒出一層冷汗，騎馬衝上去。

荀柳忙回頭喊：「別過來，我不會有事！」

她說著，遣散周圍的騎兵，從靴子裡抽出一把匕首，衝到巨網之下，用力揮手一劃，便迅速退開——

轟隆！巨網被劃破，再無彈力支撐，頃刻之間被巨石砸成碎片。

這一幕落在申克勇眼裡，更是驚訝不已，本以為能借力除掉靖安王，孰料卻是毀了那張巨網。

不過，他放心了，看來這巨網也堅持不了多久。他就說嘛，區區六天工夫，任靖安王再有通天的本事，怎能這麼快就想出完美無缺的克敵之法，還是螳臂當車而已。

申克勇臉上露出得意之色，命屬下重新傳令使用投石機，欲直接毀了剩下的三面大網。

不想，這一幕又被荀柳看在眼裡，轉身指揮。

「聽我傳令，三輛巨網戰車全部反向轉回一步！」

還在巨網戰車被毀的震驚中未回神的騎兵們聞言，立即聽令動作。

與此同時，西瓊剩下的投石機也射出了巨石。

要被巨石砸中的瞬間，騎兵們終於轉好巨網戰車，四散逃開，本來面向大漢軍隊的巨網忽而轉向西瓊軍。

這次，他們對準的不是那些投石機，而是強弩戰車！

申克勇也看出了蹊蹺，但此時再收回命令已經來不及，只見三塊巨石落入巨網之中，又被彈射出去，正砸在他那些寶貝的強弩戰車上。

三輛戰車，瞬間便被砸成了廢柴。

這還不算，因為巨石砸毀，不少正欲急射出去的箭矢被迫改變方向，竟衝他身後營隊的將士射去。那一根根巨箭就像是串糖葫蘆一般，直接把人帶倒，釘在地上，遠遠望去，極為駭人。

荀柳不忍再看，放下望遠鏡，緊緊掐住手指，掌心鑽心的痛。

她的手上到底還是沾滿了血，注定無法回頭了。

申克勇急火攻心，噗的吐出一口血。

這時，西瓊軍隊後方又傳來無數慘叫，他轉頭一看，發現一支騎兵不知何時從側面包圍過來，帶頭那人，正是靖安王長孫王景旭。

軍師見勢不妙，扶住申克勇。「侯爺，此戰不利，來日方長，我等還是先撤吧。」

申克勇未答，轉頭望向身後的靖安王大軍，這時似乎才明白，他太過於輕敵了。

此戰大捷，西瓊軍被打得落荒而逃，剩下的幾輛戰車也未來得及拖回，丟在戰場上，便宜了靖安王。

雖然這次仍舊增添了不少傷亡，但大漢士氣卻是前所未有的高漲，傷兵們互相扶持著退出戰場，嘴角咧到耳根上。

尤其是那些負責拖拽巨網戰車的騎兵們，這場勝利離不開他們的訓練有素和互相配合，靖安王當即便要個個論功行賞，他們卻只笑呵呵地將荀柳推出來，說都是她的功勞。

霍人傑已然對荀柳心服口服，他全程跟在靖安王身旁指揮作戰，但也一直關注巨網戰車的動靜。荀柳如何精準指揮，如何攻破敵軍的過程，皆被他看在眼裡，甚至連連嘆氣，可惜荀柳並非男兒身，不然定能成為雲峰那般英勇有謀的一代良將。

荀柳卻半點高興也無，面對眾人的吹捧誇讚，心情越發複雜難言。

若是他們知道，這要了無數人命的戰車便是出於她的設計，不知道會作何感想。

回到臨沙城後，百姓們得知消息，滿城歡悅。雖只剩下不到一半的人，仍舊擠得街道兩旁水洩不通。

荀柳坐在高頭大馬上，神色肅穆，瞥見一張熟悉的面孔，正是前幾日的老婦。她還記得，那晚老婦坐在街道上，給戰死的孫兒燒紙錢，臉上便帶著微笑。這時老婦的笑意，多了一抹寬慰和釋然，像是心裡的一塊巨石悄然落下。

荀柳忽然覺得，不管怎樣，至少這一戰，她未辜負他們。

靖安王穩住局勢，成功又將戰線拉回幾十里。且因為繳獲這批強力戰車，他們無須再懼怕西瓊軍。反倒是西瓊軍失去優勢，一連數日未再敢出戰。

避難的百姓們得知消息，歡欣鼓舞，紛紛回到臨沙城。

幾日後，臨沙城又恢復了生氣，如今只待軒轅澈和顏玉清那邊的消息了。

此時，軒轅澈等人連夜趕了數日的路，終於到了隴城，如願見到西瓊前王后的親哥哥謝元浩。

謝元浩年不過五十，四肢健壯，身材魁梧，一雙虎目炯炯有神。

他聽屬下說府外有人持信物求見，並自稱是他親妹妹的女兒顏玉清，料想整個隴城怕是無人敢藉著這個身分來誆騙他，便將信將疑地把人請進來。

來人是一男一女，其中男子氣質出眾，讓他多打量了幾眼。而當他的目光落在男子身旁那名年輕女子的臉上時，差點沒當面叫出妹妹的閨名。

許久後，他才按捺下心中的急迫和激動。

「就是你們自稱與我妹妹有親故？可有證物？」

顏玉清上前一步，從手腕上取下一只金鐲，遞了過去。

「這是我母后留下的唯一一件遺物，舅舅應當認得。」

謝元浩接過金鐲，直接翻過來看，裡側刻有一行小字，末尾正是謝王后的小名囡囡。這是當年母親還在世時贈與她的生辰禮，托他送進宮的。

上頭的字，是他請人刻上的，他記得還被妹妹埋怨過醜。

孰料，一只被妹妹嫌棄過的鐲子，如今卻成了她唯一一件留下來的東西。

「確實是她的東西。」

謝元浩眼角微濕，摩挲金鐲半晌，才扶著顏玉清的肩膀笑了。

「清兒，真的是妳。這十年，我始終不相信那棺材裡的屍體是妳，曾派過不少人暗中尋找妳的下落。妳到底躲到哪裡去了？舅舅還以為……」

他說著，喉頭哽了哽，半晌後又笑道：「不過，現在都好了。雖然舅舅的權勢不比當年，但待在隴城至少還算安穩，妳不如留下來。王宮已然腐敗不堪，不回去也罷。」

顏玉清卻抓住他的手，搖了搖頭。

「舅舅，我這次來找您，就是為了請您幫忙。您知不知道，五年前麗王后已經私下與昌王勾結，欲挑起大漢事端？如今大漢與西瓊戰事已起，父王還被她下毒，命在旦夕，我們不能坐視不理。」
謝元浩聞言，嘴角的笑容淡了淡，似是對西瓊王的死活漠不關心。
「我不是沒勸過妳父王小心提防麗家人，他會有今日，完全是自作自受，謝家人已然對他仁至義盡。」
「舅舅，您可以不管他的死活，但戰事一起，死傷的可是西瓊戰士和百姓，您真的忍心視若無睹？」
謝元浩轉過頭，依然油鹽不進。
顏玉清有些失望地苦笑一聲。「算了，這一趟就算我沒來過，望舅舅保重。」說完，便要向外走去。
謝元浩回頭，急著想留下她，卻聽見一道聲音插了進來。
「謝大將軍是怕此次出兵後，討不著好處，反而再惹禍上身？」
謝元浩看向軒轅澈，冷笑一聲。「這十年來，我真真見識了什麼叫忠言難進。」
他轉頭，對顏玉清解釋起前因後果。
「妳父王是愛民如子沒錯，但他不辨是非，本性難改，麗秋容便是吃定他這一點，處處哄騙他，將朝中忠臣貶的貶，殺的殺，遣了個乾淨。我費了不少功夫，才能藉著被貶的理由，把一家老小遷到這裡。若我答應你們去救他，他便能一夜轉性了？」
他說著，諷刺地搖搖頭。「如今我年事已高，若是有下次，可沒本事再折騰一回。」

顏玉清停住腳步，一時不知道該如何勸。

軒轅澈卻笑道：「但於在下看來，比起麗王后，西瓊王最信任的，始終還是謝大將軍。不然，他為何只貶了謝大將軍的官階，卻從未打算要回兵符？」

謝元浩和顏玉清聞言，不由愣住。

軒轅澈又緩緩道：「謝王后死時，西瓊國運並不順利，據在下所知，麗家把握西瓊經濟命脈，尤其以靈河為主的水路運輸商會，幾乎把控整個西瓊的物資往來，輕易動不得。西瓊王不得已，只能寵幸她，意在穩住麗家。」

他的目光慢慢轉向謝元浩，嘴角笑意越加幽深。

「西瓊王確實算不得一個有能力的帝王，但謝大將軍的這句『不辨是非』，卻也有失偏頗了。」

「這……」謝元浩想了想，神色猶豫起來。

顏玉清見狀，再添一把火，想說服謝元浩。

「舅舅，如今已經不只是他與我們之間的恩怨。無論他是不是個好皇帝，但我們萬不可讓麗秋容得逞。這次戰事，是昌王暗中挑起，若是被他得手，不管你我還是謝家老小，都斷然不會有好結果。」

謝元浩一驚。「妳說什麼？麗秋容不是與昌王暗中結盟了？」

他到底也是西瓊人，若只是為難外人和西瓊王倒也罷了，但若有人惦記西瓊國土，卻又是另外一回事。

「到底怎麼回事，妳與我說清楚！」

顏玉清心中一鬆，將事情從頭到尾說了一遍。

謝元浩聽明白事情原委，終於答應出兵，當即便部署軍隊，準備出發。

而金武本就受傷，這一路上還忍受不少顛簸，顏玉清便安排他先住在謝家，不許他再跟著拚命。

臨走時，金武被下人扶著，站在府門口相送，似有話要對顏玉清說，最終卻只憋出了一句保重。

軒轅澈將兩人之間的心思看得清楚明白，但君子觀而不言，旁人感情與他無關。

謝元浩帶兵出發當天，一隻信鴿也同時被放飛，短短幾日便到了臨沙城駐將府。

荀柳得知軒轅澈等人成功說服謝元浩清君側的消息之後，這才算真正放下心。戰場的事情，也不再需要她過問。

自從上次回來之後，她整整睡了一天一夜，這幾日閒得無聊，便待在屋裡練習之前軒轅澈教她寫的字。

寫著寫著，便又過去數日。

轉眼到了六月下旬，還沒等西瓊傳來好消息，臨沙城卻迎來了朝廷的人。

青衣太監高高昂首，一道聖旨列舉出上百條罪名，命靖安王及其屬下立即交出所有兵權，自行認罪，不然便一律依造反處置。

王軍也已經進入碎葉城，駐紮在東城門外。靖安王府、刺史府等四品以上官員府邸，全被兵馬看守，一旦靖安王反抗，他們的親眷便會立刻身首異處。

惠帝竟打算直接與靖安王府撕破臉了。

荀柳收到消息時，絲毫不覺得奇怪，這樣才是她印象中的惠帝。

或許，惠帝早就知道他們與西瓊軍打了起來，故意等在他們兵力消耗過半，無力反擊王軍時，行此一招。不費一兵一卒，便可收回靖安王手上的兵權。

最重要的是，如此師出有名，那個名便是西瓊太子之死，即便證據不足也不算什麼，畢竟惠帝要殺人，只要有個理由便可。就跟當年雲峰那般，是不是冤枉的，他可不在乎。

這正是傳說中的當了婊子還想立牌坊，身為皇帝，就算總做些缺德事，但名聲還得好聽不是？

可惜，再晚幾天，西瓊那邊便會傳來結果，如今他們只能在牢車裡等著了。

靖安王沒有絲毫猶豫，直接拱手送上兵符投降。

此次情況與蕭朗的威脅不同，蕭朗多多少少帶著私心，將他關押起來也說得通，即便是對簿公堂，靖安王也有理由反駁，惠帝亦不敢輕舉妄動。

但這回惠帝下了狠心，西瓊太子之死的局，唯有軒轅澈和顏玉清能破解，否則他再如何爭辯，造反的罪名也是板上釘釘，還不如暫時屈服，避免不必要的傷亡。

靖安王雖行軍打仗數十年，但也浸淫官場，還是捨得下面子，能屈能伸。

荀柳更是明白，靖安王將兵符交上去的那一刻，便是將所有後路交到了軒轅澈手上。

如今，只待西瓊良信了。

第六十九章

靖安王都屈服了，荀柳連同王景旭在內的人，自然得一道被關押。

幸好暗部的人機靈，一察覺到前院動靜，便提前隱匿，只留下莫笑跟在荀柳身旁，也被抓了起來。

青衣太監一刻未耽誤，直接帶兵押他們回碎葉城。西瓊軍那邊，他派了使節勸和，向為首的申克勇保證，會給西瓊一個公道。

靖安王聽聞此事，在牢車裡冷笑一聲。

「這龜孫子還真是高明，打壓本王的同時，還不忘拉攏西瓊，可惜打錯了如意算盤。」

這句話被旁邊牢車裡正趴在莫笑身上打瞌睡的荀柳聽見，笑著神回一句。

「義父，您叫錯了，我可不記得您有這麼個兒子。」

王景旭和霍人傑等人本來還滿臉憤怒，聽見這話，忍不住噗哧笑出聲來。

這世上能如此調侃當今皇帝的，怕也只有這兩人了，怪不得能臭味相投當了父女。

雖然他們坐著牢車，但實在算不上辛苦，因為不用趕路。晚上趁著無人時，暗部的人還會偷偷設法送進吃食和水。

荀柳覺得，比起上戰場，這真的不算危險了。除了白日有些曬之外，反而還有那麼一些些的舒服。

但回到碎葉城後，她的好日子便到了頭。

蕭朗那廝，被放出來了！

荀柳等人被關進慎刑司的大牢，這本是王景旭之前負責的地方，沒想到如今卻用來關押他們。

當天晚上，蕭朗便押走幾個靖安王的親兵去拷問。說是拷問，不如說是以洩私憤。

靖安王憤怒不已，卻只能忍著，直到荀柳也被帶走。

「蕭朗，荀柳是本王已經入了族譜的義女，你敢對她動手？」靖安王瞪著鐵門外的蕭朗，咬牙切齒。

蕭朗陰笑一聲，絲毫未將他放進眼裡。

「義女？王爺，你到現在還沒認清自己的處境。如今莫說是義女，就算是您的長子長孫，若是我想帶走，也無人敢攔著，懂嗎？」

莫笑和王景旭捏著拳頭，忍不住要出手。

荀柳輕輕搖頭，示意他們不要輕舉妄動。

靖安王也悄悄攔住兩人，運功用密語告訴他們，若是此時出手，反而會讓荀柳更危險。

莫笑想了想，妥協地退後一步，但心中打定主意，若是荀柳有難，她便直接破門而出，即便是硬闖，也要把荀柳帶出去。

蕭朗見靖安王等人不敢出聲，得意地冷笑，叫士兵把荀柳押到另一處牢房內。

這裡距離靖安王等人不遠，卻看不見彼此。

荀柳掃了一眼，便明白蕭朗是故意的，想在拷打她時，讓靖安王等人聽見，讓靖安王嘗嘗無能為力的痛苦。

毒，真是毒，不愧是惠帝寵信、蕭家生出的人才。他娘生他的時候，沒天降毒蜈蚣，都算是天妒英才了。

牢房內沒有別的，只有一張造型看起來像是刑椅的大鐵凳。

不用想了，這定是為她準備的。

果然，荀柳被押到大鐵凳上坐下，十指被卡進凳子兩側的竹夾子中。這叫拶刑，也就是她前世在古裝劇中經常看到的刑罰，是一種專門拷問女犯的酷刑。與蕭朗的惡毒比起來，簡直是絕配。

荀柳一邊害怕、一邊腹誹，沒想到電視劇裡的情節，她能親眼看到，還能親身體驗，這可真是有緣分。

蕭朗悠哉悠哉地坐在椅子上，享受下屬端茶送水殷勤周到的服侍，表情比起上次見面時，更多了一絲陰鷙。

他慢悠悠地端起一杯茶，漫不經心道：「我只問妳一句話，軒轅澈在哪裡？」

果然還是為了這個。

荀柳冷靜下來，反正皇令沒下來之前，無論蕭朗還是青衣太監，誰也無權要了她和靖安王等人的命，不過身上多少要吃些苦頭，她能忍。

她抬起頭，十分無辜地笑了笑。「蕭大人，我實在不知道您說的是誰。我只是區區一個平民女子，您何必非要跟我過不去呢？」

蕭朗冷冷彎了彎嘴角。「事到如今，還在嘴硬。好，我看妳能忍多久。動手吧。」

刑椅旁的四名士兵使力拉竹夾子，一陣難忍的疼痛從十指指尖傳來。

十指連心之痛，荀柳終於知道了是什麼滋味。

但她不能讓外頭的靖安王和莫笑聽見，不然以莫笑的性子，怕是會越獄來救人。如此，蕭朗定會直接將罪名掛到靖安王頭上，說他要造反，屆時他們的所有努力，便都白費了。

更何況，莫笑一人對上禁衛軍大統領，怕是會白白搭上一條命。

荀柳咬牙，忍著鑽心的疼，臉色越來越白，額上慢慢沁出汗。

「怎麼，還不肯說？」蕭朗嘴角的笑意愉悅至極，彷彿荀柳越痛苦，他便越舒坦一般。

縱然疼得快忍不住，但荀柳卻絲毫不想讓蕭朗稱心如意，勉強扯出一抹笑。

「我倒是好奇一件事……」

蕭朗慢條斯理地抿了口茶。「哦？」

荀柳繼續道：「據說，蕭大人家中妻妾不少，卻始終無一子嗣。」

她疼得喘了口氣，嘴角的笑容卻越發燦爛。「是不是因為，喪盡天良的事情幹多了？」

蕭朗的臉色迅速轉為陰沈，重重將茶杯砸在桌上，惡毒而狠戾地瞪著荀柳。

「給我再用些力！」

一陣刺骨的疼痛鑽心而來，荀柳忍不住悶哼一聲，死死咬著唇，疼得渾身抽搐，幾乎能聽見十根手指上傳來的骨頭斷裂聲。

這回，她的手怕是真的要廢了。不知小風回來看見她軟趴趴的手，會不會笑她醜？

她剛露出一絲苦笑，便疼暈了過去。

另一邊，莫笑在牢房裡踱來踱去，無數次想破牢而出，但這麼做可能沒救到人，反而給了蕭朗乘機殺人的理由。

她運功，想探聽那頭牢房裡的聲音，卻始終沒聽到什麼，不知荀柳到底怎樣了。

蕭朗斷然不會直接要了荀柳的命，唯一的可能，便是對荀柳嚴刑拷打，好問出軒轅澈的下落。

若是嚴刑拷打，怎會一點動靜也無？

她要救人，卻是束手無策，更是心焦不已。

靖安王等人也十分著急，已經無數次請求見蕭朗，但守在門口的士兵顯然是被提前囑咐過，對他們的話充耳不聞。

正在眾人擔憂時，荀柳被送了回來。

莫笑和靖安王立即上前接住她，目光掃到她那十根腫如蘿蔔的手指時，眼底霎時生出一絲怒火。

靖安王怒瞪著鐵門外的蕭朗，吼道：「蕭朗，待本王出去，定會讓你償命！」

蕭朗挖了挖耳朵，滿臉譏諷。「待王爺真有命出來，再說吧。」慢悠悠離開了牢房。

王景旭和莫笑恨恨瞪著蕭朗的背影，咬牙切齒。待他走後，立即扶起荀柳。

「姑娘！」

莫笑心疼地打量著荀柳蒼白的臉，摸到她的後背，已經是濕濡一片。

蕭朗當真陰毒至此，對一個手無縛雞之力的弱女子都敢動這樣的大刑。

王景旭更是咬牙強忍著，因為他知道他自己什麼都不能做，也什麼都做不了。

莫笑叫喚許久，荀柳才悠悠轉醒，迷糊地看眾人一眼，嘴角扯出虛弱的笑容。

「你們這樣看著我幹什麼？我還沒死呢。」

「胡說八道！有本王在，誰也要不了妳的命。」

靖安王自從封王以來，還是頭一回動了真怒。

荀柳搖搖頭，對他笑道：「義父，我有幾句話想單獨跟您說，行嗎？」

靖安王定定看了她一眼，慢慢點頭。

苟柳看向一側的莫笑，莫笑擔憂地看看她，將她扶起靠著牆，才和王景旭等人避到了牢房的角落。

靖安王蹲下，耳朵湊近她。「丫頭，妳想說什麼？」

苟柳稍微動了動手指，便覺得一陣鑽心的疼，聲音低若蚊鳴。

「義父，我想請您幫我一個忙。」她疼得冷汗涔涔，卻盡力將話說明白。「明日若是蕭朗再來審我，請您幫我攔住莫笑。」

靖安王看著她蒼白的臉，語氣裡滿是不忍。「蕭朗那廝惡毒至極，妳難道還打算任他胡作非為？」

苟柳搖了搖頭，緩緩道：「義父，我知道您明辨是非，所以才來求您。莫笑想救我，以她的性子，必會設法向外面的暗部中人報信，但我不能讓他們為了我捲進來。要是因為我，暴露了暗部的存在，還讓皇上誤會你們有造反之心，那小風和你們的努力就白費了。義父應當是最深曉大義的，對不對？」

靖安王當然知道她說的都是對的，但如何忍心讓她獨自去承擔這些？猶豫不決，好半晌才心疼地開口。

「丫頭，妳真是給本王出了個大難題。」

苟柳笑了笑。「義父，蕭朗不敢殺我的，好歹我也是義父已經納入族譜的女兒，不過是受點皮肉之苦。我只是不想因為我一個人，讓別人白白搭上性命。」

她說著，頓了頓。「我能幫他的，也只有這麼多了，就當是我求求義父……」
靖安王閉上眼，點了點頭。「好，我答應妳。」
荀柳這才放了心，笑著道：「謝謝義父。」
莫笑見靖安王站起身，這才湊上去，重新扶起荀柳，側過身讓她靠著。
「姑娘，待會兒我傳信給外頭的人，今晚便能救妳出去。」
荀柳立即阻止。「笑笑，妳忘記我們這次主動投降的目的是什麼了？」
莫笑盯著她的兩隻手，急道：「他們對姑娘下了這般重的手，怕是裡頭的骨頭都已經斷了。就算妳能忍，若是明日蕭朗再來……」
「那便明日再說。」荀柳不容置疑地看著她。「笑笑，這是我第一次用主子的身分命令妳，就算是這樣，妳也不聽？」
莫笑忍了忍，低下頭。「好，我聽姑娘的。明日若那廝再來找碴，就算搭上我的這條命，姑娘也不能攔我。」

次日，蕭朗又來了。
莫笑想動手，卻暗中被人制止，只能眼睜睜看著荀柳被帶離牢房，不由怒瞪靖安王。
「王爺為何攔我？莫不是怕我動手連累了你們？」
靖安王卻未動怒。「她不希望你們動手。若是暴露了暗部，妳可想過妳主子的處境？」

「我等正是遵循主子的命令，必須拚命保護姑娘。主子說過，若是姑娘遇到危險，我等需不計一切代價護著她。」

這句話讓靖安王和王景旭皆是一愣，但神色迥異。

王景旭似是不敢置信，軒轅澈肯為了荀柳犧牲到如此地步，始終未能插上話。

靖安王卻深深嘆了口氣，無奈地搖搖頭。

「那妳可曾想過，這是那丫頭想要的？你們家主子如今對她來說，才是最重要的。她為此甘願忍受痛苦，你們卻還不理解她嗎？」

莫笑的目光閃了閃，表情仍舊倔強。

靖安王又嘆了口氣，對霍人傑道：「給本王看住她。」

霍人傑在一旁聽得雲裡霧裡，還沒搞明白兩人說的話是什麼意思，便聽到靖安王的吩咐，立即應下。

「是，王爺。」

莫笑被幾人牢牢看住，莫說打不打得過這些戰場悍將，就算能打，她也不能動手，只能瞪著荀柳被帶走的方向乾著急。

這幾天下來，蕭朗幾乎每天都要帶走荀柳拷問，大刑小刑不時輪換，雖不至於死人，但這種任人宰割且控制不住的心情，比起皮肉之痛，更令人折磨。

蕭朗就喜歡玩這種把戲，尤其是看見靖安王等人恨不能食其骨、嚼其肉，卻無能為力的表情，讓他愉悅，變本加厲。

莫笑無數次想出手，卻被霍人傑等人阻攔。

靖安王自然也忍不下去，甚至也好幾次想過直接動手，但拋卻大局不說，荀柳一個女子尚能忍到此，他們如何輕言放棄？

待他們出去之日，是殺定蕭朗了！

遠在千里之外的軒轅澈和顏玉清，卻是十分順利。

在荀柳等人被打入慎刑司大牢的第一天，謝家軍便成功殺入西瓊王宮，幾乎不費吹灰之力地拿下麗秋容等亂臣賊子。

麗秋容實在不是個能把持朝政的料子，沒了裴俊的出謀劃策，幾乎只憑喜怒行事。

更愚蠢的是，裴俊之死竟沒讓她收斂幾分，明知顏玉清回來了，不但沒想過調動兵馬，加強王宮守衛，反而幾乎支出所有人，到處搜尋顏玉清的下落，要替裴俊報仇。

被斬殺在大殿上時，她嘴裡念叨的，居然只有裴俊的名字。

顏玉清見狀，心情複雜，覺得十分諷刺。

「既然不愛自己的丈夫，又何必入宮？皇家內院錦衣玉食的日子，當真就這麼好嗎？」

但沒人能回答她，她的父親也因為中毒太深，昏迷不醒。

如今當務之急，是要盡快解除西瓊太子之死的誤會。

臨沙城許久沒來過信了，軒轅澈面上不顯，但莫離看得出來，自家主子的心情已然十分緊張。

如今西瓊的危機解除，即便西瓊王昏迷不醒，但顏玉清身為西瓊唯一的皇嗣，倒是可以替父下令，澄清太子的死因。

但他們沒想到，這件事遭到了謝元浩的橫加阻攔。

「舅舅，若是沒有靖安王，西瓊斷不可能有今天，您為何不讓我派人去澄清？」

謝元浩慢條斯理地撫了撫鬍鬚。「我並不是阻攔妳下令，而是下令之前，有個條件。」

顏玉清和軒轅澈對視一眼，扭頭看向他。「什麼條件？」

謝元浩瞇眼看軒轅澈。「不急。在此之前，我倒是對荀公子的真實身分十分好奇。」

顏玉清神色躲閃，她早就知道了軒轅澈的真實身分，甚至為了西瓊的未來，還答應與他和靖安王結盟。

原本她是想等父王醒來之後，再向他請求這件事，但她沒想到舅舅的眼睛這麼毒，相處區區幾天，便看出軒轅澈身分不簡單。

這一路上，軒轅澈利用暗部力量劫囚殺人，又有一身出神入化的功夫，能成功殺入西瓊王宮，更是有他出謀劃策的功勞。

這樣的本事，若說他只是靖安王的從屬，誰也不信。

軒轅澈卻絲毫不意外，反問謝元浩。「謝大將軍就算知道又如何？在下並非西瓊人，此次前來相助，有半數原因是為了我自己。總之，你我並非敵人。」

謝元浩哈哈大笑，意味深長道：「我自然知道你並非敵人，但也不一定永遠都是朋友吧？大漢二皇子。」

此言一出，讓軒轅澈挑了挑眉，顏玉清更是震驚。

「舅舅，您怎麼會知道他的身分？」

謝元浩看著軒轅澈，表情有一瞬間的恍惚。「居然被我猜對了，你真是她的兒子。」似是察覺到自己失態，斂起神色。「年輕時，我曾有幸見過你母親幾面。」

軒轅澈目光微閃。「謝大將軍何時見過我母妃？」

「那是二十多年前的事了，你母親還未出嫁，我奉命去大漢京城暗訪時，曾在暮月橋見過她。」

他說著，聲音頓了頓，表情悵然。

「不想，五年前我卻聽到你母親葬身火海的噩耗。你與你母親長得頗為相似，尤其是這一雙鳳眸。這般美麗的眸子，我只在你母親身上見過……」

顏玉清沈默，她從不知舅舅還有這樣一段過去，但似乎也沒必要多問。畢竟佳人已逝，縱然還安在，也不會是舅舅可以妄想之人。

「舅舅，既然是舊人之子，您又有什麼好阻攔的呢？幫助二皇子奪位，對西瓊百利而無一害。」

「不，這還不夠。」謝元浩突然嚴肅道：「二皇子，西瓊如今的狀況，你也看到了，若不出意外，清兒早晚會承接她父王的位置，接下這個爛攤子。但西瓊上下被麗秋容折騰得民不聊生，國內百廢待興，絕不能再起任何事端。你雖然與清兒有過命的交情，但兩國之間，向來以利益為重，是敵是友，不只是憑嘴上說說而已，你可明白我的意思？」

軒轅澈點頭。「謝大將軍需要在下如何保證？」

「不需要保證，只要你與西瓊結為秦晉之好。」謝元浩撫鬚笑道。

第七十章

「舅舅！」顏玉清一驚。「您知不知道您到底在說什麼?!」

「清兒，若妳還把我當成妳的舅舅，這回無論如何都要聽我的。」

謝元浩神色轉為嚴肅，扭頭看向軒轅澈。

「西瓊國土窄小，兵力微弱，數百年來只能在兩國夾縫中生存。若非因天然地勢，與大漢毗鄰的西關州又長年乾旱，自成屏障，或許早在幾代之前，便已經被鄰國吞併。

「先王在世時，主張與世無爭，從不參與昌國與大漢之事。但縱然西瓊從未想過謀害別人，但自古以來，兵家哪有善惡可分？

「昌王行事深謀遠慮，陰毒至極。就算麗秋容死了，但將來呢？西瓊皇嗣稀薄，斷不可再出任何意外，不然下次迎來的，很有可能就是滅國之災。如今唯一能長遠保護西瓊之法，便是另尋靠山。」

他說著，頓了頓。「二皇子，我們可以答應與靖安王結盟，助你奪位，但我唯一的條件便是，你要答應與清兒成親，婚後誕下的第一個子嗣，無論男女，便是西瓊王儲。此後，我不會再干預爾等婚事，屆時若清兒還願回來，西瓊江山仍屬於他們母子。

「你與清兒成婚，對你奪位只有百利而無一害。待王上醒後，我會親自上奏此事。為了西瓊的未來，他的想法必定也會與我一樣。」

顏玉清正打算插嘴，不想軒轅澈忽然意味不明地笑了一聲。

「謝大將軍如何認為，口頭承諾不能保證的東西，憑一紙婚約和一個孩子便能保證？」

他神色一冷。「謝大將軍莫不是忘了，如今在下幹的，正是殺弟弒父之事。」

謝元浩愣了愣，一時竟無法反駁，半晌後才開了口。

「二皇子不必詭辯，今日你不答應，就請在西瓊王宮多留幾日吧。」

他正要下令，顏玉清上前一步，急道：「舅舅，讓我先單獨跟他談談。」

謝元浩看了面無表情的軒轅澈一眼，思索一會兒，點了點頭。

顏玉清對軒轅澈使眼色，帶他進了側殿。

她關上門，扭頭看他。「二皇子，你應該答應他。」

軒轅澈微微挑眉。「何意？」

顏玉清尷尬地解釋。「我知道你不願意跟我成親，我也不願。但我舅舅有一點沒說錯，與我訂下婚約，於你奪位有益。而且，我打算重組使團入京，詹光毅聯合麗秋容母子害我父王和西瓊無數百姓，我勢必要親手除了他，不然永留後患。屆時成功之後，我再藉口毀了婚約，豈不兩全其美？」

軒轅澈目光閃了閃，不說話。

顏玉清見他許久未言語，眼珠子轉了轉。

「難道二皇子還有別的顧慮？心中已經有了意中人？你我不過交易而已，我可向那女子親口解釋……」

「不必了。」軒轅澈彎了彎唇角，笑意竟隱約有些苦澀。「我倒希望她會因此吃醋……罷了，便按照妳說的做。」

謝元浩見軒轅澈終於答應他的條件，當即高興地立約，讓顏玉清帶新使團趕赴大漢。次日，游夫子抵達雍都，替西瓊王醫治。

西瓊王悠悠醒轉，了解來龍去脈之後，萬分慶幸自己的親生女兒還活著，寵她還來不及，自然更是支持她。

申克勇等人早被扣押伏法，戰事平息，雖然西瓊朝官所剩無幾，但比起之前，已然清明太多。

就在他們準備帶著新使團出發的頭一日，暗部傳來密信，軒轅澈和顏玉清得知荀柳和靖安王等人已經被押往碎葉城，臉色皆是異常陰沈。

「不能再等了，今日我們便出發，我派人直接送金武走水路追上我們。」

顏玉清說完，便去安排。

軒轅澈捏著那封密信，盯著其中一行字，眼底猛地射出一絲殺意，手指捏得微微發白。

姑娘接連數日被蕭朗嚴刑拷問，怕是已撐不住。

莫離站在一旁，懾於主子身上散發出的徹骨寒意。

半晌後，軒轅澈低沈道：「傳信給賀子良，即刻動手。」

莫離一驚，有些猶豫。「公子現在就暴露身分，是否……」

他的話還未說完，便見主子淡淡掃來一眼，渾身一涼，立即低頭應下。

碎葉城的慎刑司大牢內，隨著鐵鍊嘩啦一響，牢門被打開，臉色蒼白如紙的荀柳像是破麻袋一般，被丟了進去。

莫笑等人上前接住她，但一觸到她的身體，便惹得她倒吸好幾口冷氣。

「疼……」

荀柳低低哼唧一聲，莫笑不敢再隨意動她，焦急地在她身上來回檢視。

「姑娘哪裡疼？」

然而，荀柳渾身上下除了前幾日的舊傷，卻看不到任何新傷的痕跡。

還沒等莫笑找到原因，荀柳又痛苦地扭了扭身子，抬起手想抓撓。

「癢……」

這時候，王景旭瞥見荀柳露出的手腕上似乎有些不尋常，此時也顧不得男女之防，蹲下身掀起她的袖子，神色一驚。

本來細白無瑕的肌膚上竟滿是芝麻大的血點，密密麻麻，恍若爬滿血紅色的螞蟻一般。

莫笑眼睛一紅，殺意濃得幾欲噴出。

針刑。

這是大漢皇宮內苑專對犯錯宮女實施的酷刑，用銀針塗上宮內秘製的毒液，扎入犯人皮肉，密密麻麻的針孔令人奇痛無比，渾身坐臥不能，但毒液卻又使人奇癢無比。一天下來，若無人看護，犯人便會忍不住自己撓破傷口，致使皮肉潰爛而死。

「我定要手刃那蕭朗狗賊！」

莫笑站起身，想硬闖牢門，荀柳卻伸手抓住她的腳踝，含淚盯著她，神情滿是懇求。

「不要去，不然我的苦便白受了……」

王景旭眼中閃過一絲悲哀，低頭看荀柳。

「為了他，妳究竟還要忍到什麼地步？」

荀柳虛弱地笑了笑。「我不只是為他，也是為了你們，為了西關州的百姓……」更是不想因為她，再起任何戰亂。

她經歷過一次，已經夠了。

王景旭緊抿著唇，撇過臉不語。

靖安王憐惜地摸著荀柳的頭頂，出了聲。

「丫頭，妳已經為我們做得夠多了，本王不能再眼睜睜看著妳被那奸賊折磨。接下來的事情，便交給本王吧。」

他說完，扭過頭吩咐眾人。「今夜開始部署，明日那狗賊再來，便讓他有去無回。」

「是！」

然而，靖安王等人沒想到的是，蕭朗這邊也在打他們的主意。

這次過來的青衣太監名叫孫德威，只是個小小的傳令使，但確實是秉承皇命而來。他以往在宮中並未參與黨爭，因此深受惠帝信任。

這幾日，蕭朗一直明裡暗裡地討好他，想從他這裡下手，直接鏟除靖安王等人。

這也是蕭世安的命令，因為靖安王已經暗投二皇子一派，如今正巧栽到他們手上，若不斬草除根，他日放虎歸山，再生事端，想動手可就來不及了。

孫德威身分低微，但他是惠帝的人，便只能設法收買。

蕭朗用盡辦法，送上不少奇珍異寶，孫德威始終油鹽不進。

昨日，他無意中從象姑館買進幾個孌童，這才摸到這廝的喜好。

孫德威年約三十多歲，平日行止有禮，衣冠楚楚，但唯一的愛好居然是這等骯髒事。

蕭朗投其所好，一連幾日換著法花重金買來絕色，任其把玩，今日才讓他鬆了口。

孫德威摸著懷中少年的臉，小人得志般，睨了蕭朗一眼。

「蕭大人說的事情，倒也不是不能辦。但我有皇命在身，靖安王等人雖然犯上作亂，可皇上若未下令，便擅自讓蕭大人作主，這罪過，我可擔當不起啊。」

蕭朗十分客氣地一笑，心中卻冷嗤一聲。

「孫公公說得是，但我並非想違抗皇命，而是為皇上排憂解難。靖安王一日不除，對你，對我，甚至對皇上也絕無好處，公公說是不是？」

孫德威笑而不語，似是對他的回答並不滿意。

蕭朗眼底掠過一絲怒氣，及時壓了下去，笑著道：「我記得公公宣旨那日，還說過一句話，若靖安王等人有抗旨之心，便可直接以造反之罪處死，不知這越獄算不算抗旨？」

孫德威眼珠一轉，明白了蕭朗話裡的意思。

蕭朗是想無中生有，替靖安王等人按上一個罪名，先斬後奏。這雖然冒險了些，但並不是不可行，他只是個傳令使，犯罪的和他無關，執刑的更與他無關。

回宮之後，他稍微潤色，便能將死的說成活的。在惠帝眼裡，靖安王既已交上兵權，是活是死，也無多大干係。

他想了半晌，故意猶豫道：「越獄當然算得上抗旨不遵。只是，屆時若有人傳出與之不相符的謠言……」

「公公可以放心，只要你能如實稟報皇上，其他的事情，我自然會處理好，絕不會傳出半句謠言。」

蕭朗說完，嘴角勾起一抹駭人的陰笑。

午夜時分，慎刑司的大牢裡，荀柳忍著身上難耐的癢痛，看莫笑從袖子裡掏出一只白玉瓶，打開蓋子，放在牢房牆角處。

不一會兒，一股異香便似有若無地飄散開來。

不到半刻鐘，一陣吱吱聲從牢門外傳進來，竟是一隻通體純黑的紅眼大老鼠，機靈非常，也不怕人，直接衝著散發異香的白玉瓶竄來。

莫笑索利地伸手抓住老鼠，老鼠也任由她拿捏。

她將一張提前準備好的字條塞進細竹筒裡，綁在老鼠背上，輕吹了聲口哨，老鼠便揹著細竹筒，又竄出了牢門外。

荀柳知道，莫笑這是在試圖傳遞消息給外面的暗部中人。

一旁，靖安王等人也正湊在一起，商量明日如何破牢。

她想勸他們再忍一忍，不想因為她破壞了所有人的努力。但她此刻身上又癢又痛，實在難以忍受，乾脆抓住走回來的莫笑。

「笑笑，妳幫我勸勸他們，我還能再忍幾天……」

莫笑卻反抓住她的手，細心替她抹去額上的汗，眼底卻滿是不認同。

「姑娘，王爺說得沒錯，妳已經做得夠多了。蕭朗意在逼問主子下落，同時也是在逼王爺等人出手，落實罪名。如今那奸賊的作為越發肆無忌憚，這樣下去，不知道會發生什麼事，不如再賭最後一把。只要我們在消息洩漏出去之前，除去蕭朗等人，還能守上幾日……」

她的話還沒說完，荀柳便狠狠甩開手。

「如果失敗了呢？」她的聲音顫抖。「東城門外的王軍會直接殺入城門，不僅妳我，靖安王府內百餘口，還有數萬將士會被處以極刑。你們賭掉的，可是整個碎葉城啊！」

不知何時，靖安王也停了下來，神色複雜而悲憫地望向草蓆上遍體鱗傷，還在為他人思慮的女子。

荀柳轉頭看他們，語氣誠懇而沈重。「荀柳請王爺萬萬三思。」

王爺二字，她咬得極重，意在提醒靖安王，背後牽連的是數萬條無辜的性命。

她後悔了，也許當初她根本就不該捲入這些事情。五年前，蝴蝶無意中撲動了命運的翅膀，是否就因此改變了某些既定的歷史？

難道，繼戰場上那些因她死去的人後，還要因她賠上一整座城嗎？

「丫頭。」靖安王嘆氣。「妳大可不必將所有的錯都歸結到自己身上，就算沒有妳，蕭朗也必會利用任何一個親近本王之人，逼迫本王出手。這件事，無論結果如何，都應該是本王的責任，畢竟做選擇的是本王，而不是妳。」

「可沒有，就算不是嗎？」荀柳費力地扯唇笑了笑。「現在到底還是因為我，王爺的話並不是讓我能心安理得，不理不管的藉口。」

「妳這丫頭啊……」靖安王撫鬚，長長嘆了口氣。
這時，牢門外忽然又傳來一陣老鼠吱吱聲，莫笑立即彎腰捉住牠。
這隻老鼠是黑瞳，不是方才傳信那隻，而牠的尾巴後面也綁著一只細竹筒。
她拆開竹筒，抽出字條一看，臉色陰沈。
「王爺，蕭朗似是說通了傳令使，今晚也準備動手了。」
靖安王冷笑一聲。「看，丫頭，不是本王想賭，而是蕭朗這狗賊先忍不住了。那今晚就好好看看，誰更勝一籌。」

剛過三更天，夜色濃郁，天邊不見一顆星辰。
偌大的碎葉城裡，空氣濕熱，似乎預兆著一場暴風雨馬上就要來臨。
慎刑司大門外，蕭朗帶著數列騎兵駕馬而來，停在大門前。
四名看門守衛上前行禮。「蕭大人，您這次帶這麼多人，是……」
蕭朗掃了旁側的親衛一眼，親衛帶人上前，數道刀光閃過，四名守衛一命嗚呼。
蕭朗低頭把玩著腰上的劍穗，百無聊賴道：「日後問起來，便說是靖安王叛黨所殺。」
幾名親衛立即抱拳。「是！」
蕭朗滿意地點點頭，翻身下馬，正準備進門，卻忽然停住腳步，往身後黑漆漆的街巷睇眼看去。

幾十道暗影悄然不動，似是與濃重的夜色融為一體，正是不久之前收到莫笑消息的靖安王親兵和暗部中人。

他們本來打算在蕭朗等人進去後，直接將其圍堵在牢中刺殺。然而禁衛軍大統領果然不可小覷，居然這麼早便察覺他們的動靜。

眼見已經引起蕭朗的注意，失去了最好的時機，無可奈何下，他們咬了咬牙，乾脆悄悄亮起了刀刃。

蕭朗看看前方的慎刑司大門，嘴角勾起一抹冷笑。「看來，倒是不用我費事作證了。」他說著，退後幾步，轉身面向街巷，慢慢抬起手，準備下令。

隱藏在街巷中的眾人，抽出刀劍，正準備衝出去搏命之時，忽然聽見身後傳來一陣急促的馬蹄聲。

數列身著黃甲的騎兵威風馳來，竟是本來駐紮在東城門外的王軍。

沒等蕭朗回過神來，王軍便將他在內的所有士兵團團圍了起來。

為首的威武中年將士駕馬而出，道：「稟皇令，將蕭朗這等犯上作亂之人拿下！」

蕭朗一驚，立即大喝。「你膽敢假傳聖旨動我？皇上命你帶軍守在東城門外，居然私自進城?!」

中年將士面無表情。「本將可沒有蕭大人這般偷天換日的本事，此次確是皇上下的旨，誰叫你動了不該動的人呢？半刻前，賀大人已然進城，有什麼話，你自去與他說吧。來人，將這些人押下去。」

蕭朗萬萬沒想到，這般精打細算的計劃，還能出現這樣的異數，一時間腦中渾沌，不知該如何走下一步，又想到中年將士方才說的那句話——

誰叫你動了不該動的人。

不該動的人？難道……

不，不可能！朝中有相爺坐鎮，就算軒轅澈進了京，也絕不會順利見到皇上。更何況，皇上早已相信當初的二皇子已然死在龍岩山脈中。

皇上生信多疑，若無確實證據，怎能讓他果斷認了軒轅澈？

蕭朗腦中思來想去也想不通，只能生生被王軍抓走。

街巷中的人也不太明白情勢為何急轉直下，未動他們一兵一卒，便解除了危機。面面相覷半晌，跟著離開。

王軍扣押蕭朗等人離去，慎刑司門口又恢復了安靜。

第七十一章

大牢裡，荀柳正緊張地等著蕭朗等人殺進來。

若真到了這一步，只可能是外面的同伴劫獄失敗，需要他們親自動手抵抗了。

孰料，她沒等到蕭朗，倒是等來放他們出獄的獄卒。

這還不算，大半夜的，他們還請了大夫替荀柳治傷。

直到和靖安王等人被請上馬車，回到靖安王府，荀柳也沒搞清楚到底發生什麼事。

但是，他們見到了一個本該不會出現在這裡的人。

荀柳不認得這人的臉，卻極為熟悉他的語調和聲音。五年前逃出宮時，這人曾幫了他們一把，不然她和軒轅澈早死在宮門口。

這人正是當朝監察百官的御史大夫賀子良。

「荀姑娘可是認得老夫？」

荀柳愣愣點頭，打量了這個眉眼帶笑的白鬍子老頭好幾眼，才問道：「你……是小風派來的？」

她雖沒見過賀子良幾面，卻知道這五年他與軒轅澈書信來往密切。

賀子良笑著撫了撫長鬚，一雙眼睛精明而睿智。

「老夫曾料到早晚會與妳見面，不想卻是在碎葉城。姑娘身有奇術，膽識過人，老夫可是佩服得很啊。」

「不敢當。」荀柳苦笑一聲，著急地問：「賀大人可有小風的消息，他現在如何了？」

「二皇子自是無事，西瓊那邊的危機早已解除，過不了幾日，他便會與西瓊長公主帶新使團進城。老夫此次過來，第一項任務便是迎接新使團。」

賀子良說著，嘴角笑意深長。「而第二項任務，便是代皇上迎接二皇子入宮覲見。」

「你說什麼？」荀柳嘴角顫了顫，手指不覺握緊。「他已經……」

她知道這次蕭朗等人被抓，是賀子良受軒轅澈吩咐請了皇命，但沒來得及想出為何賀子良能讓惠帝改口。

現在她明白了，原來軒轅澈選擇提前暴露身分。

但……又是為了她嗎？

她覺得渾身無力。「皇上為何相信他就是二皇子？」

她記得，龍岩山脈裡的屍體本就是賀子良和暗部假造，自己推翻自己做的偽證，怎會這麼容易？遑論軒轅澈本人還在西瓊。

賀子良挑眉。「那具童屍身上的宮衣是仿造的贗品，皇家衣飾均有宮中造冊登記，只要在仿造時刻意留些破綻，若要細查，便能查出真偽。蕭世安急於隱瞞二皇子下落，想要暗中動手除去，根本未派人細查，才給了老夫可乘之機。」

「而那套真正的宮衣和金冠就在老夫手上，老夫只要將當年你們在破廟遇襲的事告訴皇上，再找來那兩個賊子作證，假屍體的事自然不攻自破。」

「那具假屍體又怎麼辦？皇上不會懷疑你？」

賀子良呵呵一笑，神情悠然自得。「丫頭，長伴君側左右，不過一句猜度君心而已。老夫手上既然有真物，為何要去做偽證？這般想來，自然是急於剷除異己的蕭黨比老夫更可疑，不是嗎？」

他說著，眼底閃過一道異光，表情竟有些遺憾。「可惜蕭朗遠不如他叔叔聰明，自己往坑裡跳。這一局毫無反轉，實在無趣了些。」

荀柳無語。

賀子良果然如傳言所說，是個狡詐多變，心思叵測的老頭兒。

不過，她可以放心了。有這般人物站在小風身旁，未來皇權之爭，必定會多不少勝算。

荀柳正要說聲謝謝，又聽賀子良開了口。

「荀姑娘，其實老夫這次來找妳，並不是想說這些。有件事情，權當是老夫多管閒事，問上一問。」

荀柳抬頭，見他撫鬚斂眉，似乎有些猶豫。心思一動，笑著道：「賀大人儘管開口。」

賀子良的眸子裡，多了幾分認真和嚴肅。

「荀姑娘，我知曉妳從宮中一路帶二皇子脫險不易，若不是妳傾力相助，我等和二皇子斷然不會有今日。如今二皇子已恢復身分，一旦入了京城，很多事情便不受我等控制。但二皇子想必已將妳放在心中極重要的位置，不知荀姑娘是如何想的？」

荀柳抿唇不語。

賀子良見狀，嘆了口氣。

「就當老夫為了大局，卑鄙一回。荀姑娘，先不論入京之後的艱險，二皇子有帝王之才，帝王的未來不是不可以有男女之情，但若太束縛於此，長久以往，必成禍端。老夫曾在京城見過牧謹言夫婦，所以多少了解荀姑娘對於婚姻的想法，但二皇子畢竟不是凡夫俗子，妳可曾想過，二皇子若真為妳廢除後宮，將會遇到多大的阻礙？

「且先不說成功奪位之後的事，老夫打個比方，惠帝至今對雲家之事尚有顧忌，如果他選擇替二皇子賜婚，藉此來挾制二皇子，荀姑娘難道能眼睜睜看著二皇子違背聖意？」

他說完，見荀柳許久不語，忍不住安慰道：「荀姑娘，老夫並不是勸妳放棄……」

「賀大人的意思，是勸我退讓一步。」荀柳輕聲接話，臉上的笑容有些說不出的苦澀。

「我懂。」

她轉頭看向窗外。昨天下了大半夜的暴雨，此時外面尚有小雨淅瀝，幾隻來不及回窩的麻雀，正站在屋簷下，互相交頭接耳，嘰嘰喳喳。

像是被那自由的快樂感染一般，荀柳溫柔翹起嘴角。

「賀大人想勸我莫要貪心，若想留在他身旁，便要和雲貴妃一樣，學會忍耐、接納其他女人。」

「可是，身為女人一定只有這種選擇嗎？」她抬眼看向賀子良。「我不是雲貴妃，亦不會重複她的選擇。」

她到如今還未搞清自己的心意，自從那一吻後，她本以為清白的姊弟關係變了質，發覺她並不討厭他的碰觸。

後來，到了臨沙城，每逢夜深人靜的夜晚，她也曾思考自己對軒轅澈到底是什麼感情。但還沒想清楚，便又發生了蕭朗之事。

無論姊弟還是戀人，如今她都不再適合留在他身邊。

西瓊戰亂平息，他終於恢復二皇子的身分。從今往後，他的身後是暗部、是朝中新黨、是西瓊、是靖安王府，卻絕不能是她。

她始終不過是個憑著異世所學，能耍些小聰明的外來客罷了。她最好的歸宿，應當是如出宮時所想一般，找個柳暗花明的地方，自由而無牽無掛地度過餘生。

她這身本事，曾做過好事，也曾誘發過壞事，也該是徹底避世的時候了。

「有賀大人這樣的人為小風思慮至此，是小風的福氣。不過，我有我的堅持，或許與世不同，但那才是真正的我。小風才十七歲，如賀大人所說，他將來的人生注定要站在大漢巔峰之上，如今他對我的感情，只是因為我比旁人多陪了他幾年而已。再過幾年，他便會清楚自己真正想要的是什麼。而我……」

她說著，笑容淡了淡。「自有適合我的去處。」

賀子良不動聲色地打量著眼前女子，笑容比起剛才多了幾分真心實意。

「荀姑娘胸懷寬廣，是老夫狹隘了。」

此女心思玲瓏，若是能說通，將來未必不能做一代賢后，可惜了……

接下來幾天，荀柳安心待在靖安王府養傷，偶爾需要上公堂串場作作證，好替蕭朗那狗賊定罪。

龍岩山脈假童屍的事，本已讓惠帝對二皇子之死深信不疑，便默許蕭朗來碎葉城查明真相，但蕭朗卻故意曲解聖旨的意思，想將軒轅澈一併除去。

如今賀子良將真物呈上，並告訴惠帝，他早懷疑那童屍有假，同時懷疑蕭朗已暗中獲知真正的二皇子下落，私自查探。直到發現蕭朗確實在碎葉城假傳聖旨，證實了他心中所想，才對惠帝奏明真相。

他順道猜測，西瓊太子之事或許也有隱情，便親自請旨來了碎葉城。

抵達碎葉城之後，他又裝模作樣將所有相關人等逐個審問一遍，才將蕭朗有殺人之嫌，西瓊太子係昌王所殺，且早與昌國聯手妄想侵吞大漢國土，以及二皇子為救大漢百姓，與西瓊長公主回西瓊救人等事寫成奏摺，八百里加急送去京城。

這次蕭朗徹底栽了，也怪他實在倒楣，若賀子良再晚來半個時辰，他便能徹底除掉靖安王等人，屆時就算賀子良來找碴，亦無人證。

現在，不僅人沒殺成，不久前他收買的傳令使孫德威為了自保，乾脆將他供出來。別的不說，光是罔顧皇命，意圖殺人這一條，就夠他吃不了兜著走了。

更別說之前他在公堂之上逼荀柳與軒轅澈就範之事，整個碎葉城的百姓都知道得清清楚楚。所以假傳聖旨，加上偽造屍證的事情，他也跑不了。

雖然偽造屍證確實不是他幹的，但這麼多條死罪裡，這點冤枉怕是也沒人細究。

既然西瓊太子之死跟靖安王無關，他謀反的罪名便不成立，即使引發戰爭，也是為了自保。連之前扣押西瓊使團，也有足夠理由辯解，便是懷疑西瓊使團內混入了昌國奸細。

惠帝雖然忌憚靖安王府，但好歹是自己的國土，跟外族來犯的意義大大不同，遑論對方還是五年前承了他的情的昌王詹光毅。

這讓他大為惱火，也就無暇再去為難靖安王府了。

後面的事情，荀柳就不知道了，因為她只在王府養了幾天的傷，便堅持回了荀家。

錢江和葛氏知道她和莫笑回來，十分高興。

她們被關進大牢時，蕭朗並未放過荀家和奇巧閣。不過礙於人言，他未做什麼，只是派兵封了鋪子而已。

兩人知道荀柳和靖安王府出事之後，也尋求各種方法打聽，最終還是暗部派人來傳信，他們才放了心，一直等到現在。

葛氏是真心將荀柳當成妹子看待，見她臉色蒼白，身上全是大大小小的傷口，忍不住拉著她紅了眼。

「這天殺的狗官，怎能將妳一個弱女子折磨成這樣！」

錢江雖不說話，但眼底也全是心疼和憤怒。

「多虧了賀大人明察秋毫，不然我們怕是真的見不到妳了。」

荀柳早猜到會是這樣的情況，哭笑不得地安慰他們良久，告知蕭朗已然被判入獄，這才令他們消了氣。

晚上，王虎來了，他也剛被解開禁令不久，一聽說荀柳從王府回家，便馬上帶著酒菜趕過來。

一家人坐在院子裡，都有劫後餘生的感嘆。

不久後，王虎提起新使團還有兩日便要入城的事情，抬頭看向荀柳，語氣有些埋怨，又有些高興。

「小妹，妳怎麼不早些告訴我們，荀風居然就是二皇子？今日聽同僚提起，我還震驚了許久。這些年，你們姊弟對我們兄弟瞞得可真嚴實，要不是今日聽他們提起二皇子攜未婚妻，也就是西瓊長公主帶新使團入城，我怕是還被蒙在鼓裡呢。」

他話音剛落，便聽見好幾道吸氣聲，外加瓷碗被砸碎的聲音。
錢江夫婦、莫笑和王虎都看向砸碎了飯碗的荀柳，神色各異。
「姑娘……」莫笑動了動唇，最終什麼都沒說。
錢江擔憂道：「小妹，妳這是怎麼了？」
荀柳慢慢回神，僵硬地扯出一抹微笑。「無事，手滑了。」裝作鎮定自若地看向王虎。
「二哥，你剛才說什麼？小風和顏玉清訂親了？」
王虎向來一根筋，以為她真是手滑，呵呵笑道：「可不是，也許他們在西瓊發生了什麼我等不知道的事情。那個詞兒叫什麼來著？郎才……」
荀柳苦笑著接話。「郎才女貌。」
「對，郎才女貌，又共同經歷了生死大事，生出感情也不奇怪，對不對？」
荀柳嘴角的笑意越發複雜。「對，你說得沒錯。」
錢江和葛氏仍舊接受不了荀風的身分，忙拉著王虎追問是怎麼回事。
王虎興致高漲，仔細說了他知道的事情。
錢江和葛氏這才知道，謝凝居然就是西瓊長公主，一面驚訝、一面表示歡喜。
「平日裡長公主看起來難以親近，實際上卻是個很善良的姑娘呢。二皇子與她走在一起，身分相當，家世相配，倒也是件好事。我只是沒想到，和我們一起生活這麼多年的人，居然有這麼高的身分。」

葛氏溫婉笑道，憐惜地拉著荀柳的手。

「就是苦了妳一個弱女子，竟為毫無血緣關係的陌生人走到這一步。不過現在好了，二皇子恢復身分，又有西瓊和靖安王府為助力，想必也不用妳費心了。我看啊，妳不如也找個好夫君，享享福吧。」

荀柳眸光平靜，笑了笑，卻沒反駁。

散場後，王虎離開，他們各自回了自己的房間。

莫笑這才尋到機會，趕緊關上門，向荀柳解釋。

「姑娘，主子曾來過密信，讓我等瞞著妳。這件事必有苦衷，主子應是打算回來親自跟姑娘說，請姑娘千萬不要多想。」

「我沒多想，方才我說那些話，只是應付二哥他們而已。」荀柳笑著應道：「時辰不早了，妳趕緊回房去睡吧。主子的感情事，妳也操心這麼多，不怕提前長皺紋？」

莫笑被她這態度搞糊塗了，盯著她的眼睛，確實沒見她有任何不高興，這才鬆了口氣。

「公子的感情事，我等當然不敢管。但姑娘不高興，就是我的錯。」

荀柳心裡一動，不知為何，竟有些不捨。

「笑笑，妳年紀也不小了，往後這打打殺殺、伺候人的活計，妳也別幹了。若是遇到自己喜歡的人，便也替自己考慮考慮吧。」

「姑娘可是嫌我礙事了？」莫笑笑起來。「姑娘答應過，我不會輕易趕我走的，難不成姑娘忘了？」

荀柳輕輕搖頭。「沒忘。」

但她注定要食言了。

莫笑回到自己的房間，總覺得今日的姑娘有些古怪。在牢裡時，她萬分擔憂主子的狀況；出了大牢，反倒再沒問過主子的歸程。

可能是她多想了。姑娘說得對，感情之事，外人無法管，或許等主子回來就好了。

接下來兩日，如莫笑所想，荀柳並未表現出一絲異常，極像是迫切等待軒轅澈歸來的樣子，總喜歡跟她提起以往跟主子之間的舊事，笑容不止，甚至拉著她沒完沒了地問這五年軒轅澈在明月谷的點滴。

但到了晚上，荀柳卻早早便回到自己房間休息了。

前些日子，她在牢裡受了那麼苦，是該好好歇息。

莫笑到底還是放心不少。

第七十二章

很快便到了西瓊新使團入城的日子。

靖安王府特意派人來說一聲，大約午時左右，新使團便會入城。因軒轅澈和顏玉清身分特殊，午膳怕是要由靖安王府操辦，賀子良代為接風洗塵，等到晚上才能見到人。

即便如此，錢江等人還是高興不已。

一大早，錢江夫婦便出門採買肉和菜，荀柳和莫笑則留在家裡打掃庭院，有個大人物要回來，家裡即便不能富麗堂皇，至少也得乾淨整潔。

荀柳手上掃帚一揚，掃到了桃樹根。

她抬頭看去，這才發現，曾經只是小苗的桃樹已然長高不少，層層枝葉之間，竟還藏著一顆顆的小青桃，桃尖已然泛著粉色，不出一月便能吃了。

但一個月後……

她扭頭看看正在搬挪花盆的莫笑，又細細看了院子一眼，忽然喃喃自語。

「這可是我第一個家呢……」

聲音雖然輕，但還是被莫笑聽見了，回頭看荀柳，以為她是因不久後要隨主子離開而心有感慨，便笑了起來。

「姑娘若想回來，隨時可以回來，這有何難？」
荀柳不語。
這時，遠處城門傳來一道鐘聲，巳時剛過，午時已至。
新使團應當快入城門了。
荀柳有些發愣，心中越發不捨，但還是緩緩開了口。
「笑笑，替我辦件事吧。」
「姑娘要我做什麼？」
荀柳神色如常，從袖子裡掏出一封信，遞給莫笑。
「前些日子賀大人讓我擬的陳詞，我寫好了。本來早上想送過去，一忙就忘了，正好現在有空，妳替我跑一趟吧。這陳詞是賀大人準備與奏摺一併送入京城的，還是莫要耽誤為好。記住，千萬要親手交給賀大人，囑咐他先過目一遍，我擔心其中有與他所說對不上的，屆時若是被皇上看出來，就糟糕了。」
莫笑算算，來回腳程不過兩刻鐘，直接應下。「好，那姑娘先歇歇，待會兒等我回來再收拾。」
「好。」
莫笑微微一笑，接過信件出了門。

荀柳看著莫笑的背影消失在門口，笑容慢慢淡下來，笑罵了句。「傻丫頭。」

她收起掃帚進屋，走到梳妝檯旁，打開抽屜，拿出一個紅漆木盒，放到桌上，又從枕頭下取出幾封信，取出其中一封攥在手裡，另外幾封則放在木盒上。

最後，她揹上提前準備好的包袱，掃視屋內一圈，走出房間，合上了門。

她走到東廂房門口，緩緩將門打開，入眼便是那張軒轅澈曾教過她寫字的書桌。桌上的硯臺，因許久未被人使用，墨汁早已乾涸。

她走過去，將那封信輕輕放在書桌中央，又摸了摸他用過的筆架和鎮紙，轉身離去。

她不能猶豫太久，錢江他們或許很快就回來了。

走到院門時，她到底還是停了停，忽然攥緊手指，轉身朝正屋走去。

她推開門，走到桌前，打開紅漆木盒。第一個映入眼簾的，便是那根金燦燦的鳳釵。

她只帶走這一樣，應該不過分吧？也許以後連面都見不著了，留個念想而已。

沒工夫猶豫了，她將鳳釵塞進懷中，蓋上盒子，轉身關門離去。

西瓊新使團進城，這次卻與上次大不相同，今日靖安王府張貼告示，向全城百姓介紹了即將入城的兩位貴人。

一是西瓊長公主顏玉清，因麗王后早年被人謀害，她不得已流落大漢民間。先不說那一身出神入化的醫術，只說為了兩國無辜百姓，她不顧性命回國挽救頹局，便受碎葉城百姓夾道歡迎。

二是流落民間五年的大漢二皇子軒轅澈，更是令無數百姓驚喜不已，只因他不是別人，正是近日碎葉城無人不曉的積雲山才子雲子麟。他前有助新黨利民之功，後有為平定戰亂不惜與西瓊長公主一同犯險之德，還沒入城，便有無數百姓振臂高呼，喊著二皇子千歲。

新使團入城所受到的歡迎，遠比上次熱切得多。一眼望去，人山人海，擠得水洩不通。

荀柳站在人群裡看到的，就是這樣的景象。

他身著一身玄色繡金雲袍，腳踩同色緞靴，姿若青竹，面如冠玉，縱然萬千人群中只掃一眼，便會不由自主被他吸引，遑論他如今還有這般高不可攀的身分。

即使如此，從今日起，自碎葉城一直到京城，怕是會有無數女子心繫於他。

荀柳恍然發現，昔日少年已然長成。若真長久相處，怕是她這朵老鐵樹，也會忍不住開花的吧？

湖畔那一吻，少年專注而溫柔的眸子，恍若眼裡只容得下她一人。

她曾承諾，等西瓊事情結束後，會給他答案，如今卻選擇了不告而別。

或許，過不了幾年，他就會慢慢淡忘掉她這個算不上戀人的「姊姊」，也或許……

她望著他身後不遠處的華麗馬車，坐在裡面的人正是顏玉清。

現在，他可能已經明白，她對於他，只是少年懵懂不知情滋味時的盲目衝動罷了。

想到這裡，她的胸口微微一悶，不由一愣。

她這棵老樹，不會真發芽了吧？

荀柳在內心不正經地罵了自己一句禽獸，一抬頭，正巧看見馬上男子一轉頭，要往她這裡看來，忙側身一鑽，消失在人群裡。

莫離駕馬跟在軒轅澈身後，忽然見他身子頓了頓，朝著一處定定看去，忍不住問道：「公子，怎麼了？」

軒轅澈搖了搖頭。「看錯人而已。」

他甩了甩韁繩，繼續往前走，心中浮現念念已久那張面孔。

也是，她不喜麻煩，這個時候應當懶洋洋地待在院子裡，等著錢江和莫笑等人做飯。反正這些日子都等了，再晚半日也無妨。

這樣想著，他嘴角的笑意柔了柔，不再去看周圍的百姓，駕馬的速度也快了些。

他卻不知，此刻最想見的人正站在人群另一側，親眼目送他遠去，並趁著百姓又多又擠，城門守衛正鬆時，輕巧地溜出了碎葉城。

另一邊，莫笑到靖安王府時，正好遇見賀子良和靖安王站在府門口，準備迎接主子大駕，不費力地便將書信送到賀子良手上。

「賀大人，我家姑娘囑咐，請您務必先過目一遍，以免裡面寫的與大人所說對不上，屆時呈到那位面前，反而露了餡。」

賀子良納悶，他是讓荀柳寫了份陳詞不假，但其中內容，之前早已對過一遍，斷然不會有誤。而且，他並未說急著要，只要在他們動身趕往京城前送來便可。

他撫了撫長鬚，眼珠子一轉，抬頭對莫笑道：「還請莫姑娘在這裡等老夫一會兒。」

「好。」

他轉身，將信封拆開，果然見信封裡除了陳詞，還附著另一封信。

說是信，不如說是字條，只有短短幾句話而已。

我去找適合我的地方了，煩勞賀大人幫我一次，拖住莫笑和小風，謝謝。

賀子良似是沒想到荀柳會選在這個時候離開，心中驚訝，又隱隱有些佩服她的灑脫。

他將字條收入袖中，又把陳詞重新塞進信封，才轉過身。

「果然有幾處錯漏。這陳詞，老夫確實要得有些急，不如這樣，莫姑娘先進府等等老夫，老夫處理完接待事務，有些話想托莫姑娘替老夫帶回去。」

莫笑猶豫片刻，但一想此事涉及大局，便點了點頭。「好，我進去等大人。」

賀子良笑了笑，派人將她送進王府。

然而，莫笑卻沒想到，這一等，便足足等了一整個下午！

她在王府廂房等了兩個時辰，起初賀子良還特地吩咐人送來飯菜，她一口未動，只問送飯的下人，賀子良何時能忙完？

下人只說不知。

今天日子特殊，賀子良或許真的挪不出空，她便又耐心地等了一個時辰，卻是越等卻越心慌，總覺得似乎有什麼不好的事情要發生。

她走出門，想再找個下人再問問，沒想到左問右問都問不出個所以然，直到她聽見府門口傳來熟悉的聲音。

錢江夫婦似乎正在和兩名守衛爭執。自從朝廷的人來了之後，守衛便都換成王軍，所以根本不認識他們夫婦，自然也是愛搭不理。

兩人看到莫笑，錢江才像是抓住救命稻草一般，焦急地道：「小妹呢，她是不是跟妳一起來了王府?!」

葛氏也抹著淚道：「阿柳這傻丫頭，留下幾封信就走，到底是什麼意思？她人呢？」

莫笑低頭一看，這才發現錢江手上攥著幾封信，心思一轉，立即搶過其中一封看了看，見那上面寫著「致大哥」，三個字歪歪扭扭，且並非尋常墨水字跡，而是荀柳專用的自製炭筆所寫成的。

莫笑立時明白了，這幾日荀柳的古怪全有了解釋。

「你們可去問過街坊，姑娘朝何處去了？」幸好鄰居還有別的暗部中人。

不對，她竟忘了，前幾日還待在靖安王府時，荀柳便親自將那些人趕回暗部，藉口身旁有她即可。

那時，她只當是荀柳不喜身旁圍繞著太多不熟悉的人，又想著主子過不了幾日便回來，屆時再由主子作主，重新替荀柳添幾個暗衛便可。

如今回想，那時荀柳就已經有了離開的念頭？

葛氏應道：「當然問過，但不知為何，周圍的街坊竟空了大半，不知何時搬走的。妳真的不知阿柳去哪了？我們實在是沒辦法，才找來王府的。」

莫笑也心慌至極，忽而想起了賀子良的異樣。

賀子良辦事嚴謹，怎會留她入府，卻絲毫不聞不問？定是荀柳在那封信裡，還對他說了什麼。

雖然她不知道賀子良為何要幫荀柳做這種事，但她現在必須要將此事告訴主子。

她想著，將那封信交還給錢江，對兩人道：「我先去稟報主子，你們再到別的地方去找找看。」

錢江點頭，帶著葛氏離開王府門口。

莫笑轉身進了王府，還沒走到前院大門，便被守衛攔住。

「未經允許，閒雜人等不得入內。」

「兩位大哥，我有急事要向二皇子稟報，還請兩位行個方便。」

守衛卻絲毫不領情，瞥了她一眼，理都不理。

莫笑咬牙，縱然知道會被處罰，也懶得再繼續廢話，忽然側手使力，掀開那兩名守衛交叉執起的大刀，俐落地閃身闖進去。

「有刺客！」兩名守衛立即高喊一聲，拔刀追來。

但莫笑的功夫還是占了上風，眼看就要接近前廳，卻見大門忽然一開，迎面出現的正是賀子良的臉。

方才守衛的喊叫傳進前廳時，軒轅澈和靖安王等人便停下議事，以為真有賊人闖入，神色冷肅。

賀子良的反應卻與眾人不同，回神後，便走過去打開大門。靖安王還喊了一句小心，孰料出現在門口的竟是莫笑的身影。

莫笑很焦急，看見賀子良，立即警覺起來，不由退後一步，轉頭看向自家主子。

「公子，姑娘不見了！午時姑娘差我送信給賀大人，賀大人看了信之後，卻將我扣留在王府中兩個時辰。方才大公子夫妻拿著幾封信過來，說是姑娘留下的。算一算，姑娘已經不知所蹤兩個時辰了！」

軒轅澈的手指微微一顫。「妳說什麼?!」

一時間，廳內寂靜非常，兩名追上來的守衛見莫笑確實認識二皇子，一時間不知是進是退，直到賀子良衝著他們揮揮手，才抱拳離去。

賀子良轉身，對軒轅澈緩緩道：「二皇子，此事下官確實知情，也私自幫荀姑娘留下了莫笑。下官願冒死勸殿下一句，荀姑娘心中自有丘壑，她既已對自己的未來做了選擇，也請殿下能以己度人，放她自由。」

軒轅澈鳳眸一冷，五指不覺握緊，語氣更是前所未有的冷寒。

「這些話，我要她親自對我說，不用你多嘴。」

他甩袖起身，看向門口的莫笑。「派人去找。掘地三尺，也要將人找回來！」

看著軒轅澈的背影消失在門外，賀子良無奈地幽幽嘆了口氣。

「自古紅顏多是非。」

這句話，卻是引來始終未發一言的靖安王嗤笑。

「賀大人，你操心未免操得太寬了些。主子的婚事，你還想插手？」

賀子良沒好氣。「王爺以為老夫想當這個壞人？老夫只是不希望今後二皇子因此掣肘，反倒害了他們。若二皇子因此疏遠、責怪老夫，那也無妨。」

靖安王嗤之以鼻。「所以本王才不喜歡你們這些拿禮制當教典的酸腐，好似女人只會惹事一般。賀大人可別忘了，這前後若不是因為有荀丫頭，爾等還不一定能蹦躂到本王這裡。在本王看來，後宮三千，都不如本王女兒有此擔當。」

這句話是明著頂回去了。

賀子良哭笑不得。「王爺，老夫可從未逼迫過荀姑娘，雖然老夫確實有些想法，但不過是勸她多做考慮罷了。這離開的決定，可是她自己下的。

「老夫可以對王爺明說一句，老夫並不討厭您的義女，甚至與王爺一般，十分欽佩她這樣的奇女子。但事實就是事實，往後路途艱險，若她只因老夫三言兩語便打了退堂鼓，那還不如早些離開的好，王爺說是不是這個道理？」

靖安王語塞，這話的確無法反駁，嘆了口氣。

「你說得對，那丫頭離開，定不只是為了這般簡單的原因。也罷，孩子們的事情，便交給他們自己去處理吧。」

第七十三章

錢江和葛氏，以及暗部在城內的所有人找了整整半日，都沒有找到荀柳。

錢江抓著那封致大哥的信，眼角微微泛紅。

「她難道不回來了？不然為何要將奇巧閣轉交給我們，甚至連院子的地契也留了下來。我不明白，她為什麼要這麼做？」

那封給他的信上，沒有多餘的話，只細細囑咐一些店裡的事，請他們千萬保重，將來有緣再見。

軒轅澈盯著桌上的幾封信，是分別給靖安王、王虎和金武，唯獨沒有給他的。

她竟一句話也不打算留給他？

軒轅澈手心微涼，只覺心口處傳來一陣難以忍受的鈍痛感。

這時，門外傳來兩道腳步聲，是莫笑跟莫離。

「公子，南北城門和東城門並未查到任何消息，想必姑娘是趁著新使團入城，從西城門出走。今日西城門人聲嘈雜，守門的士兵也記不清是否有與姑娘身形相似的女子出城。」

軒轅澈手指微動，語氣平靜，卻透著徹心的涼。

「繼續查。」

莫離與莫笑低頭應了聲是，又出了門。

軒轅澈走進屋內，目光在屋內細細打量著，忽然停在窗戶旁的工具包上。

他記得，這是她從宮裡帶出來的東西。

那時，他們被困在龍岩山脈中，她便是用這些工具做捕獸籠，也為他做了第一個防身的袖箭。

這五年，她的工具包從不離身，如今卻連它也一併拋下了。

他的愛意，就這麼讓她避如蛇蠍嗎？

明明是她說過，會陪著他，不會輕易離開，會等他回來告訴他答案。如今，她連句交代也無，便扔下他不管了？

他走過去，一把抓起工具包，腳步有些踉蹌。

錢江夫婦也傷心，見他這般，想上前扶一把，卻見他扶住了桌沿。再看他的手，竟緊緊捏著一把刻刀。

刀刃深入其肉，鮮血往下滴，襯著白潤的肌膚，煞是觸目驚心。

「你的手……」

葛氏驚呼，待看到軒轅澈的目光時，不由噤了聲。

那空洞無神的目光裡，不知為何，竟帶著一抹恨意。

她從未見過這位身分高貴的小叔臉上出現過這樣的表情。

第一次見到軒轅澈時，她便覺得他比尋常人更加難以看透。或許之前的溫潤如玉，都只是他的假面孔罷了。

錢江更是驚詫。自軒轅澈從積雲山歸來後，他便多多少少察覺到，這個「家人」的身分，似乎不一般，但至少平日比起尋常公子並無不同。真實身分被揭露之後，他也覺得沒多大的變化。

現在，錢江才發覺，此人到底命非凡人。光是這一眼，便叫他心中有些發怵。

兩人不敢作聲，只能眼睜睜看軒轅澈握著那把刻刀，走了出去。

軒轅澈進了院子，看見那棵桃樹時，忽然一甩袖。

啪！桃樹連根齊斷，倒在地上。

「被棄之物，何必留著？」

他極為淡漠地說了一句，推開東廂房的房門，伸手微掃，只聞屋內嘩啦啦作響，無數筆墨紙硯無風自動，因真氣牽引升於半空。

這是無極真人自創的功法，練至九重，天下便無人可敵。但升至六重後，很容易走火入魔，自爆而死。

軒轅澈在回來之前，剛突破六重天，此時最忌妄動真火。

但此時，他卻是全然不顧了。

他忍著胸中的血氣翻湧，正要將此屋中被她一併拋棄的東西全部砸碎。

就在此時，一封信掠過他的眼前。

他微微一滯，即刻收回真氣，又聽房中噼哩啪啦作響，無數東西落在地上，傷的傷，碎的碎。

那封信也飄然如蝶翼一般，落在他腳旁。

他幾乎是顫動著手指，輕輕拿起那封信，像是對待極易破碎的珍寶，輕輕打開信封取出，入眼便是那人熟悉而嬌憨的字跡——

小風：

你此時看到這封信，一定很生氣，但我還是想勸你，不要來找我了。

你的喜歡，我無法回應，因為我們不適合。

你才十七歲而已，我不能這樣將你綁在我身邊。大部分的人，一生中會經歷好幾段深淺不一的愛情，只有極少數會從一而終。一心一意的愛太深重，我自己尚且不能保證做到，你又如何以為，自己能堅持到底？

再過幾年，你就會明白我這句話的意思，就會知道為了這樣一段感情而放棄所有的可能，太過草率。

我本就不屬於這裡，這件事，我從未對旁人說過。與西瓊的戰爭，讓我明白了很多事情，我曾後悔對五年前做過的東西，卻不後悔遇到你。

小風，我很珍惜你，以前是，往後也是，從未變過，但我們還是當姊弟比較好。我曾以為能陪你更久，現在卻不能不提前離開了。我知道自己未來的歸宿在何處，也希望你看到這裡，便能明白我的心意，別再試圖去找我。

盡力做個好皇帝吧，將來無論在什麼地方，我都為你自豪。

姊姊荀柳留

軒轅澈幽暗的鳳眸慢慢轉明，握著這封信許久，直到門外響起一陣腳步聲。

莫離和莫笑在門前行禮。「公子，我們查到一些消息……」

軒轅澈根本未聽進他們說的話，丟下信，衝出門往正屋跑。

莫離與莫笑面有驚色，立即跟上。

錢江夫婦見他們這般動作，也驚詫不已，但基於方才發生的事，不敢出聲。

軒轅澈翻箱倒櫃，將屋裡所有能放東西的地方都找了個遍。

莫離擔憂道：「公子，您要找什麼，不如我們替您找。」

軒轅澈卻充耳不聞，足足找了一刻鐘，才踉蹌地跌坐在凳子上，嘴角終於露出一抹略帶生氣的笑。

「騙子。說到底，不過是妳怕了……」
若真無心，為何只帶走了那根金簪？
錢江等人不明所以。
軒轅澈卻透過四人的身影，望向門外那棵被斬斷的桃樹，鳳眸微亮。
「無妨，不過時間而已。」

十月初，青州積雲山上已經轉涼，不少農戶結束了秋收，開始農閒。
積雲山上四季分明，這個時節楓色正濃，不少男女相約上山，領略此處的無限風光。尤以女子為多，因山上還有一座遠近聞名的雲松書院。
自從雲松書院出了一位年少得名的皇子，無事便來山上逛幾圈的女子便莫名多了起來，甚至不遠千里從各州「恰巧路過」的富家女，也不計其數。
無人不想著在雲松書院裡碰碰運氣，哪怕遇不上皇子，遇上幾個才華橫溢的嬌婿，也算不錯。
然而，這盛景只限於積雲山主山。
積雲山是由一條小山脈連貫而成，雖比不上龍岩山脈那般氣勢，但好歹也連通了青州、涼州兩大州。山勢不高，卻勝在物產豐富，這裡的農戶和獵戶靠山吃山，生活得還算富足。
但再富足，比起富人，總是窮人更多，遑論與青州接壤的憲州。

前些年，憲州盜匪猖獗，這幾年即便被朝廷剿滅不少，但也無法令其徹底絕戶，致使青州境內多多少少受到影響，尤其是朝官不願管的偏遠山區。

積雲山主山還好些，因為雲松書院的關係，附近的小山頭算是安全，但再遠一點的地方，便有些顧及不上了。

那裡山陵崎嶇陡峭，不少村落掩映其中，因為害怕從憲州流竄出來的盜匪搶掠，多數村民長年不離村，外人也不敢擅自闖入，唯有朝廷派人來收稅時，村長才會代為接待。

荀柳就是因為滿意這一點，才會選在此處落腳。

出了碎葉城後，她為了隱蔽行蹤，特意挑人煙稀少的小路和山路行走。

幸好，五年前她曾有過這樣的經驗，危險是危險，但如此過了一個月，也沒發現有人跟上來。

她並不僅僅是躲著軒轅澈等人，還有心思詭秘的昌王。以昌王的陰毒，若知道她獨自離開，必定不會放過她。

這就是她執意離開所有庇護的後果，所以她必須萬事小心。

雖然盜匪是個問題，但對她或許是件好事，若隱蔽得當，便不必擔心自己的身分會被輕易發現。

她住的這座小山村名為洪村，顧名思義，村裡多為洪姓人，鮮少有外人進入。

洪村民風樸實，村民得知她孤身背井離鄉來此之後，不排斥一個外姓人在此落腳，村長洪大慶還說，可以先讓她借住在他家裡。

荀柳思慮再三，還是拒絕了村民的好意，選擇在靠近洪村，卻與村裡相隔一段距離的山上定居下來。

山上本就有一間廢棄的木屋，荀柳花了兩個月加固改造，木屋才漸漸有了家的樣子。

荀柳上山後，京城也發生不少事情。

二皇子軒轅澈攜西瓊長公主顏玉清帶新使團入京，一進宮便被惠帝大加賞賜，朝中與市井歌功頌德，風頭險些蓋過了太子軒轅昊。

但不知為何，二皇子卻表現得對功名利祿毫不在意，當日更因蕭朗之事，與權傾朝堂的蕭相爺當朝對峙，且還對惠帝說，他更愛山水之樂，雖好評政史，但無心涉及朝堂，居然當著滿朝文武道，願放棄皇子身分。

這就算了，更邪門的是，惠帝對兒子的不給面子竟毫無不滿，甚至當夜揮退太子和蕭相爺在內所有人等，單獨留下二皇子徹夜長談。

不知父子二人說了什麼，次日一早，開門的宮人便看到惠帝雙眼通紅，對二皇子的憐愛甚濃。

沒過幾日，禁衛軍大統領蕭朗被斬首於午門，其府內百餘人口，連小兒在內，也無一倖免，偌大的府邸成了一片冷森森的空院。

蕭相爺的爵位也因此被削，俸祿減半。據朝中知情人所言，蕭皇后似乎也被波及，受了惠帝冷落。

蕭皇后的罪名未定，私下卻有不少人猜測，這八成與當年雲貴妃之死有關，但具體如何，卻無人道得清了。

這些事情發生許久之後，荀柳偶然聽苗翠蘭提起才知曉。

之前上山修房子時，她與時常來幫忙的村長兒媳苗翠蘭熟悉起來。

苗翠蘭的丈夫洪大海是獵戶，長得人高馬大、肌肉結實，打獵也是一把好手。膽子大，又有傢伙傍身，是為數不多敢獨身出入村子的人。每隔一段時日，會和村中的幾個獵戶出去一趟，到就近的小鎮售賣獸皮。

洪大海性子爽朗，也喜歡聽掌櫃聊天，時常將外頭聽來的事告訴苗翠蘭。苗翠蘭又跟荀柳走得近，自然而然便當故事講給她聽了。

苗翠蘭自顧自講了半天，卻沒聽見荀柳插話，有些納悶地抬頭，發現荀柳正在發呆，便用手肘碰了碰荀柳。

「阿柳，妳發什麼呆呢？難不成最近京城發生的事情，妳也知道？」

荀柳回神，抓起碗裡的米糠，順手往地上一撒，乾笑一聲。

「我哪裡知道，只是聽到妳說的，覺得很有意思罷了。」

苗翠蘭性子直爽，不作他想，嘖了一聲，跟著笑了笑。

「確實很有意思。以前我覺得天高皇帝遠的，跟我們這些小老百姓沒什麼關係，但我倒是挺想看看二皇子的。」

她說著，又賊兮兮地用手肘碰碰荀柳。

「哎，我聽旁人說了，二皇子長得很俊，雖說皇上已經答應他與西瓊長公主的婚事，但京城還有不少千金小姐等著給他做妾。」

荀柳聽了，手上的動作忍不住頓了頓，隨即佯裝打趣苗翠蘭。

「妳這副樣子，要是被妳家漢子知道，怕是回去要讓妳脫一層皮。」

苗翠蘭嬌蠻地哼了一聲。「他敢！就許他去鎮上看好看的姑娘，就不許我說道說道別的男人？」

話是這樣說，但她的語氣裡卻帶著一絲恃寵而驕的味道。

荀柳無奈地翻了個白眼。

苗翠蘭生性活潑熱情，跟村裡的女人交情都不錯，但就是喜歡炫耀，所以時日一久，女人們都不太喜歡捧她的場了。

荀柳來到洪村之後，苗翠蘭便喜歡往她這裡跑。最大的原因，正是她這古代大齡未婚女子，很適合當苗翠蘭的炫耀對象。

不過，往來多了，荀柳倒不討厭。苗翠蘭喜歡炫耀歸喜歡炫耀，但對她的關心，也是真情實意的。
反正捧場又不會少塊肉，多個這樣的朋友，挺能解悶。
於是，荀柳露出笑容，很給面子地道：「當然了，誰不知道妳家漢子疼媳婦，恨不得把妳捧上了天。」
「是呀。」苗翠蘭像是受到了讚揚，得意地笑，而後忽然想起一件事，問道：「阿柳，妳真沒想過找個漢子過日子？」
她說著，看了看身後的兩間小木屋，有些擔憂。
「妳一個女人家，又獨居在山上，無依無靠的，時日長了可怎麼辦？哎，我看隔壁嫂子家的兒子就不錯，妳不如……」
「翠蘭，我突然想起來，我這裡還缺隻公雞。妳什麼時候得空，幫我問問誰家有，順便問問價錢吧。」
荀柳笑吟吟地打岔，將話岔開了。
苗翠蘭一愣，接道：「我家就有啊，明日就幫妳抱來。欸，不對，妳怎麼亂打岔，妳真的不打算嫁人了？」
荀柳微微一笑，果斷地搖了搖頭。
畢竟才認識不久，苗翠蘭也不能硬逼著荀柳改主意，無奈地嘆口氣。
「算了，反正我說了這麼多回，問得多了，反而討人厭。若是以後妳改變主意，再來找我，我鐵定幫妳找個好漢子。天色不早，我也該回去了。」

苗翠蘭說著，將碗一倒，裡頭的米糠全潑到地上，引得覓食的母雞們蜂擁而至。

她走了幾步，又轉身朝荀柳喊了句。

「對了，妳要的小豬，這個時節村裡沒有，只有鎮上的牲畜場裡有賣。我已經跟我家大海打過招呼了，妳若是要，過幾日他正好趕車去鎮上賣貨，可以捎妳一程。」

荀柳並未猶豫多久，回道：「好，我去，那就麻煩你們家大海了。」

「咱倆誰跟誰啊，客氣話就甭說了，我走啦。」苗翠蘭笑嘻嘻地離開。

荀柳望著苗翠蘭的背影慢慢消失在樹林裡，又看了看天邊的夕陽，也將碗一扣，讓米糠盡數落在地上。

這座木屋背靠山脊，前面是茂密的樹林，左右只有兩間屋子，一間被她改成廚房，一間則是她的閨房。

這兩個月來，她花了不少心思，才終於清理出一座小院子。院子裡有雞籠，還用木頭做了一張小木桌和幾張小木凳。

如此佈置，對於餐風露宿許久的她來說已足夠舒適，但還是覺得缺了點什麼。

直到……

她把目光移到院中的桃樹上。

這是她在林裡砍木頭時偶然發現的，想也沒想，便費了足足半天的工夫，將這棵桃樹移植過來，且特意種在正對窗的位置。

晚上她睡不著時，打開木窗，看見這棵逐漸茁壯的桃樹，便莫名覺得安慰許多。

她將原因歸結到自己還未習慣新生活，但剛才聽到苗翠蘭突然提起軒轅澈，刻意逃避的事情又鑽入了腦子。

哎，人老了，果然就特別容易矯情。

荀柳這樣想著，將母雞們趕進籠子，回了屋。

——未完，待續，請看文創風1197《小匠女開業中》4（完）

為流浪貓狗加油 和貓寶貝 狗寶貝 廝守終生(一定要終生喔！)的幸福機會

對人來說，貓寶貝狗寶貝只是生活的一部分，但妳（你）對牠們來說，卻是生活的全部，領養前請一定要考慮清楚——

▲ 眼神煥發光彩的小天使——牛奶

性　　別：男生
品　　種：米克斯
年　　紀：2歲
個　　性：親人親狗、愛撒嬌
健康狀況：已結紮，已施打八合一預防針、狂犬病疫苗，每月例行洗耳、除蚤、投心絲蟲預防藥，四合一和血檢報告結果均正常
目前住所：台中市南區（月園流浪動物照護協會A14籠位）

本期資料來源：月園流浪動物照護協會

『牛奶』的故事：

今年過年假期中，園區收到救援人的求救信息，告訴我們在通霄的某處施工案場，有一隻長期餵養的狗狗「牛奶」，右前肢疑似中了山豬吊陷阱，躲在案場建到一半的小木屋裡。身負重傷的牠膽小驚恐，非常警戒人類，接近不了牠以致傷口腫脹成兩倍大，經過兩次埋伏後，才成功誘捕順利送醫。

歷經兩星期不間斷施以強效消炎藥和抗感染藥點滴，加上雷射輔助等密集治療，傷口壞死的痂皮逐漸脫落，長出新的肉芽組織，終於脫離險境，可以出院接回園區照護，也免於截肢的命運。

更讓人欣慰的是，牛奶的個性就此一百八十度大轉變，從怕生變成黏人愛撒嬌的小可愛。康復後的牛奶，前肢幾乎看不出曾經受過傷的痕跡，現在可是活蹦亂跳的健康寶寶！

牛奶親人親狗，互動零距離，連第一次到訪的善心朋友也來者不拒，是隻適合新手爸媽收服的極品狗狗。有意願者可洽月園流浪動物照護協會各官方平臺，如：IG、FB等，我們將為您與牛奶安排令人怦然心動的會面，請接招吧！

認養資格：

1. 認養人須年滿20歲，有穩定的經濟能力，必須取得全數同住室友同意，
   確定狗吠叫時不會對鄰居造成影響，本人須親自到園區探訪有意認養的牛奶。
2. 請了解並願意配合認養手續，必須簽署一份申請書、兩份切結書，
   簽署磨合期切結書時，必須提供身分證正、反面影本。
   限認養人本人簽署以上切結書，請勿代替別人認養。
3. 毛孩是家人！不接受工具狗、放養、長期關小籠飼養、再度棄養、飼養在惡劣的戶外環境，如：
   牽繩太短、無遮蔽處、吃餿水等等。
4. 同意並能配合本會飼養理念：每年定期健康檢查，施打狂犬病、預防針（八合一或十合一）等疫苗，
   每月固定洗耳、預防心絲蟲、除蚤。
5. 須同意送養人日後之追蹤探訪，對待牛奶不離不棄。

來信請說明：

a. 個人基本資料：姓名、性別、年齡、家庭狀況、職業與經濟來源等。
b. 想認養牛奶的理由。
c. 過去養寵物的經驗，及簡介一下您的飼養環境。
d. 若未來有結婚、懷孕、出國或搬家等計劃，將如何安置牛奶？

願得一心人，白首不相離／灩灩清泉

2023年5月出版

香氛巧廚娘

文創風 1165～1166

動點小腦筋，就能讓大家的生活變得完全不同！
被自家親戚隨隨便便嫁掉已是無可挽回的事實，
不過她可不准許自己跟夫家的人背負不幸的命運活下去……

恬淡溫馨敘述專家／九葉草

穿越到投河尋短的姑娘身上，差點又死一次，她認了；
被安排與快掛掉的救命恩人倉促成親，她無話可說；
可是要她安安靜靜看那些貪得無厭的人欺負到他們頭上，
雲宓說什麼都不會答應，也嚥不下這口氣……
既然天底下凡事兜來轉去都脫離不了一個「錢」字，
就看她用手中擁有的靈泉水與一手好廚藝，
在僵化如水泥般的市場中投下一顆超級震撼彈！
瞧，一旦手頭寬裕起來，連跟相公培養感情的時間都有了，
正當兩人之間越來越親密時，接踵而至的變故告訴雲宓，
這個男人的身分並不簡單，她怕是招惹了個大麻煩……

2023年5月出版

富貴閒中求

文創風 1163~1164

重生後的明秋意，只想甩開那些後宮爭鬥，
她躲到鄉下的莊子，圖個耳根清淨，
可那些貴女不放過她，連同父異母的妹妹都要踩她一腳，
唉！怎麼往上爬難，當個平凡人更難！

夫妻機智在線，強強聯手除惡 ／清圓

上輩子明秋意汲汲營營，機關算盡，坐穩皇后之位，
可到頭來皇帝不愛，女兒不親，最終含恨而死。
重生後，明秋意覺醒了，宮中愛恨如浮雲，
人生苦短，她何不及時享樂，躺平當鹹魚？
首先，她得先砸壞自己的名聲，才不會被選入皇宮！
上輩子她是人人誇的才女，這輩子她就當個人人嫌的剩女，
扮蠢、扮醜、裝病樣樣來，太子會看上她才怪呢！
太子不愛甜食，她偏要送去一份栗子糕惹他厭棄，
誰知她打好各種如意算盤，反倒被最不著調的三皇子穆凌寒惦記上，
這位三皇子說來也怪，每天吊兒郎當，卻能寫出一手好字，
眾人都說他是廢柴，可他的行事作風又似有一番條理，
更讓她摸不透的是，明明罵她醜還嫌她眼睛小，卻偏偏說要娶她，
莫不是三皇子跟她一樣，有什麼深藏不露的秘密？

文創風 1196

小匠女開業中 3

國家圖書館出版品預行編目資料

小匠女開業中 / 染青衣著. --
初版. -- 臺北市 ： 狗屋出版社有限公司, 2023.09
冊 ； 公分. --（文創風 ; 1194-1197）
ISBN 978-986-509-457-7（第3冊 : 平裝）. --

857.7　　　　112012805

著作者	染青衣
編輯	安愉
校對	陳依伶
發行所	狗屋出版社有限公司
地址	台北市104中山區龍江路71巷15號1樓
電話	02-2776-5889～0
發行字號	局版台業字845號
法律顧問	蕭雄淋律師
總經銷	知遠文化事業有限公司
電話	02-2664-8800
初版	2023年9月
國際書碼	ISBN-13　978-986-509-457-7

本著作物由北京晉江原創網絡科技有限公司授權出版

定價280元

狗屋劃撥帳號：19001626

網址：love.doghouse.com.tw　E-mail：love@doghouse.com.tw